Una vez

Una vez

Anna Carey

Traducción de
Margarita Cavándoli Menéndez

S

Rocaeditorial

Título original: *Once*

© 2011 by Alloy Entertainment and Anna Carey

Esta traducción se publica por acuerdo con un sello de
Random House Children's Books, Random House Inc.

Published by arrangement with Rights People, London

Primera edición: enero de 2012

© de la traducción: Margarita Cavándoli Menéndez
© de esta edición: Roca Editorial de Libros, S.L.
Av. Marquès de l'Argentera, 17, pral.
08003 Barcelona
info@rocaeditorial.com
www.rocaeditorial.com

Impreso por Liberdúplex, S.L.U.
Crta. BV-2249, km 7,4, Pol. Ind. Torrentfondo
Sant Llorenç d'Hortons (Barcelona)

ISBN: 978-84-9918-567-5
Depósito legal: B. 30.530-2012
Código IBIC: YFCB

Para mi familia (de Baltimore a Nueva York)

Uno

Eché a andar sobre las piedras, con el cuchillo en la mano. La playa estaba salpicada de barcos maltrechos por el sol que llevaban mucho tiempo en la orilla. La embarcación que tenía ante mí, de seis metros de altura y casi dos veces más grande que las demás, había varado esa misma mañana. Mientras trepaba por la borda noté el viento helado que llegaba desde el mar; el cielo todavía estaba cubierto de bruma.

Al deambular por la desconchada cubierta, noté a Caleb a mi lado, ciñéndome la cintura con la mano. Señalaba el cielo y me mostraba cómo los pelícanos se lanzaban en picado hacia el mar y cómo la niebla se deslizaba sobre las montañas cubriéndolo todo de una capa de blancura. A veces me doy cuenta de que hablo con él y de que murmuro tiernas e íntimas palabras que soy la única que percibo.

Habían transcurrido casi tres meses desde que nos vimos por última vez. Yo vivía ahora en Califia, el campamento exclusivamente femenino creado hacía más de diez años, en pleno bosque, como refugio para las mujeres y muchachas procedentes del caos. Habían llegado de todas partes y cruzado el puente Golden Gate rumbo a Marin County. Algunas de ellas habían enviudado después de la epidemia y ya no se sentían seguras viviendo solas; otras habían escapado de pandillas violentas que las habían retenido. También residían allí las que, como yo, se habían fugado de los colegios del Gobierno.

Mientras residía en el recinto amurallado escolar, todos los días contemplaba el edificio sin ventanas del otro lado del lago, el centro profesional al que habríamos asistido después de la graduación. La noche que precedió a la ceremonia, descubrí que ni mis amigas ni yo adquiriríamos las habilidades que nos permitirían contribuir al desarrollo de la Nueva América porque, dado que la epidemia había diezmado la población, nadie necesitaba artistas ni educadores, sino niños, niños que nosotras estábamos destinadas a procrear. Escapé por los pelos, pero luego me percaté de que mi verdadero destino era mucho peor: además de ser la encargada del discurso de despedida del colegio, estaba prometida al rey como su futura esposa, para traer al mundo a sus herederos. El monarca siempre me perseguiría y no cejaría hasta encerrarme entre los muros de la Ciudad de Arena.

Subí la escalerilla hasta la cabina superior de la embarcación. Delante del destrozado parabrisas había dos sillas y una rueda de timón metálica, tan herrumbrada que ni siquiera giraba; en los rincones se acumulaban papeles empapados de agua. Registré los armarios de debajo de los mandos en busca de latas de alimentos, ropa aprovechable y cualquier herramienta o utensilio que pudiese llevar a mi regreso al campamento. Guardé en la mochila una brújula de metal y una raída cuerda de nailon.

A continuación bajé a cubierta, me acerqué al camarote principal y, tapándome hasta la nariz con la camisa, corrí la puerta de cristal agrietado y entré. Las cortinas estaban echadas. Sobre el sofá, hundido entre los almohadones cubiertos de moho, había un cadáver envuelto en una manta. Recorrí el cuarto con gran rapidez, respirando por la boca, e iluminé con la linterna los armarios. Encontré una lata de comida sin etiqueta y varios libros mojados. El barco se movió ligeramente bajo mis pies mientras echaba un vistazo a los libros: había alguien en el camarote de abajo. Desenfundé el cuchillo, me aplasté contra la pared contigua a la puerta de la cabina y presté atención a las pisadas.

Los escalones del nivel inferior crujieron. Aferrando el cuchillo, noté que alguien respiraba tras la puerta. La luz se colaba entre las cortinas y un rayo de sol oscilaba sobre la pared del camarote. Al cabo de un segundo la puerta se abrió, y alguien entró corriendo. Lo cogí del cuello y lo arrojé al suelo; le salté encima, le inmovilicé los hombros con las rodillas y le acerqué el cuchillo al cuello.

—¡Soy yo! ¡Soy yo! —Con los brazos contra el suelo, Quinn me miraba asustada.

Me aparté y sentí que el corazón me latía más despacio.

—¿Qué haces aquí?

—Lo mismo que tú —respondió.

En medio del forcejeo, había soltado la camisa que me cubría la boca y la nariz, y el pútrido hedor de la cabina casi me impidió respirar. Ayudé a Quinn a ponerse en pie tan rápido como pude. En cuanto salimos, se arregló la ropa; el aire salobre que nos aguijoneaba supuso un gran alivio.

—¡Fíjate qué he encontrado! —Levantó un par de zapatillas deportivas de color morado, cuyos cordones estaban anudados entre sí. En el círculo que había a la altura de los tobillos se leía: CONVERSE ALL STAR—. No estoy dispuesta a entregarlas; me las quedaré.

—Te comprendo perfectamente —le dije, irónica.

La lona de las zapatillas estaba milagrosamente intacta, en perfecto estado si la comparábamos con la mayor parte de las cosas que yo había encontrado. En Califia se utilizaba el sistema de trueque y, además, todas contribuíamos de diversas maneras: rebuscábamos en la basura, cocinábamos, cultivábamos, cazábamos y arreglábamos las casas y las fachadas desmoronadas. Yo trabajaba en la librería: restauraba novelas y enciclopedias viejas, cedía en préstamo los libros y ofrecía cursillos de lectura a quienes les interesaran.

A Quinn se le apreciaba un delgado corte en el cuello; se lo frotó y se manchó los dedos de sangre.

—Lo siento muchísimo —afirmé—. Maeve siempre dice que tenga cuidado con los descarriados.

La aludida era una de las madres fundadoras, nombre que se daba a las ocho mujeres que fueron las primeras en asentarse en Marin. Me había acogido y permitido compartir el dormitorio con Lilac, su hija de siete años. Durante mis primeros tiempos en Califia, ella y yo habíamos salido todas las mañanas de exploración, y me había mostrado las zonas seguras y cómo defenderme si me topaba con un descarriado.

—Pues he pasado por cosas peores —reconoció Quinn y,

11

riendo quedamente, descendió por el costado del barco hasta la playa.

De cabello oscuro y rizado y facciones menudas, que se le apiñaban en el centro del rostro, con forma de corazón, era más baja que la mayoría de las habitantes del Califia; vivía en una casa flotante de la bahía, con otras dos mujeres, y dedicaban casi todo el día a cazar en la espesura del bosque que rodeaba el campamento, al que regresaban con ciervos y jabalíes.

Me ayudó a atravesar la pedregosa playa y me preguntó:

—¿Cómo aguantas la situación?

Contemplé las olas que rompían en la arena, el agua blanquecina e inexorable, y respondí:

—Estoy mucho mejor. Cada día resulta más fácil.

Intenté mostrarme entusiasta y alegre, aunque solo era cierto en parte. Cuando llegué a Califia, me acompañaba Caleb, herido en una pierna tras un encuentro con los soldados del rey. No le permitieron entrar. En aquel lugar no admitían hombres; era una de las normas. Él ya lo sabía, y no me había traído para que estuviésemos juntos, sino porque consideró que era el único sitio en el que yo estaría a salvo. Hacía mucho tiempo que esperaba noticias suyas, pero no me había enviado ningún mensaje a través de la ruta, la red secreta mediante la cual se comunicaban fugados y rebeldes. Tampoco había dejado recado alguno a las guardianas de la entrada.

—Solo llevas unos meses aquí. Necesitas tiempo para olvidar. —Quinn me cogió por el hombro y me condujo hacia la linde de la playa, donde la rueda trasera de su bicicleta asomaba en medio de las hierbas que crecían entre las dunas.

Las primeras semanas de mi estancia en Califia apenas estuve presente: me sentaba a comer con las mujeres, paseaba el pescado blanco y blando por el plato y no escuchaba más que a medias las conversaciones que se mantenían a mi alrededor. Quinn fue la primera en arrancarme de mi ausencia. Ella y yo pasábamos las tardes en un restaurante remozado, cercano a la bahía, tomando la cerveza que las mujeres destilaban en cubos de plástico. Me explicó cosas de su colegio, cómo había escapado por una ventana rota y cómo se dedicó a acechar en la puerta de entrada, a la espera de que los camiones de provisiones realizaran el reparto semanal. Yo, a mi vez, le conté que ha-

12

bía pasado varios meses como fugitiva. A grandes rasgos, las demás conocían mi historia: un mensaje cifrado, en el que se detallaban los asesinatos de Sedona, había llegado a través de la radio utilizada por la ruta. Las mujeres sabían que el rey me buscaba y habían visto al muchacho herido al que ayudé a cruzar el puente. En la quietud del restaurante, le conté a mi compañera absolutamente todo sobre Caleb, Arden y Pip.

—Por todo eso estoy preocupada —aclaré.

El pasado parecía cada vez más lejano y los pormenores de lo sucedido se tornaban más nebulosos cada día que pasaba en Califia. Paulatinamente, me iba resultando más difícil recordar la risa de Pip y los verdes ojos de Caleb.

—Comprendo lo que sientes por él —afirmó Quinn, y se deshizo un enredo del cabello. Su piel de color caramelo era perfecta, salvo por la pequeña zona reseca de la nariz, enrojecida y descamada por el sol—. Las aguas volverán a su cauce. Necesitas tiempo.

Pisé un trozo de madera arrastrado por las olas, y me sentí satisfecha cuando se partió por la mitad. Pese a todo tenía conciencia de que éramos afortunadas, pues muchas veces, durante las comidas pensaba en la suerte que habíamos tenido de escapar de los colegios, en la cantidad de chicas que continuaban viviendo en ellos y en todas las que estaban bajo la férula del rey en la Ciudad de Arena. Claro que saber que me hallaba a salvo no puso fin a las pesadillas: Caleb a solas en una habitación, formándosele un charco de sangre seca y negra alrededor de las piernas. Las imágenes eran tan intensas que me despertaba con el corazón a punto de estallar y las sábanas mojadas de sudor.

—Me gustaría saber si sigue vivo —logré musitar.

—Tal vez nunca lo averigües —replicó Quinn—. Yo también he dejado gente atrás. Mientras escapábamos, pillaron a una amiga mía. Solía pensar en ella y obsesionarme por cómo podría haber actuado. ¿Y si hubiésemos elegido otra salida? ¿Y si hubiera sido yo la rezagada? Si lo permites, los recuerdos te arrasan.

Esa fue la pista que me dio aquella chica: «Ya está bien». Había dejado de hablar del tema con las demás, pero, en cambio, arrastraba los pensamientos como si fueran piedras y los

13

abrazaba para notar su peso. Cierto día Maeve me había dicho: «Deja de darle vueltas al pasado. Aquí todas tenemos algo que olvidar».

Caminamos por el borde de la playa; la arena nos cubría los pies y las gaviotas trazaban círculos en lo alto sobre nosotras. Fui a buscar la bici que había escondido detrás de la colina; la saqué de debajo de un arbusto espinoso y regresé al lado de Quinn. Ella ya estaba montada en la suya, apoyado un pie en el pedal, mientras se ataba el rizado cabello con un trozo de bramante. La holgada camiseta de color turquesa que llevaba, luciendo la leyenda «I❤NY», se le subió por delante y le quedaron al descubierto unas rosáceas cicatrices inflamadas en el vientre que me indujeron a pensar en Ruby y en Pip. Había hecho referencia a su fuga, pero no me había dicho palabra de los tres años pasados en el colegio, ni de los hijos que había tenido.

Pedaleamos en silencio carretera arriba, oyendo únicamente el susurro del viento entre las hojas de los árboles. Algunos fragmentos de la montaña se habían desplomado sobre la calzada, de modo que varias pilas de piedras y ramas amenazaron con reventar las ruedas de las bicicletas. Me centré en esquivar los obstáculos.

A lo lejos un grito hendió el aire.

Intenté deducir de dónde procedía. La playa estaba vacía, la marea subía y el incesante borboteo de las olas cubría las rocas y la arena. Quinn abandonó la carretera, se puso a cubierto tras la espesura y me hizo señas de que la siguiese. Nos agazapamos entre la maleza y desenfundamos los cuchillos, hasta que por fin, en la calzada, apareció una silueta.

Harriet se hizo visible lentamente; pedaleaba hacia nosotras, mostrando una expresión rara y preocupada. Era una de las cultivadoras que distribuía hierbas y verduras frescas en los restaurantes de Califia; siempre olía a menta.

—Harriet, ¿qué pasa? —preguntó Quinn, bajando de inmediato el cuchillo.

La recién llegada, cuyo cabello se le había enredado terriblemente a causa del viento, se apeó de un salto de la bici y se nos aproximó. Se agachó, se puso las manos en las rodillas e intentó recuperar el aliento.

—Se ha detectado algún movimiento en la ciudad. Hay alguien al otro lado del puente.

Quinn se volvió hacia mí. Desde mi llegada, habían apostado guardianas en la entrada de Califia, que escrutaban la ciudad en ruinas de San Francisco en busca de indicios de los soldados del rey. Pero no habían detectado luces, todoterrenos ni efectivos.

Mejor dicho, hasta ahora no los habían detectado.

Mi compañera sacó la bicicleta de los matorrales, se encaminó hacia la carretera y me azuzó:

—Te han encontrado. No tenemos mucho tiempo.

15

Dos

*H*arriet trazó la curva sin dejar de pedalear.

—Precisamente por eso tenemos un plan —aseguró Quinn y, acelerando, se puso a mi lado para que pudiese oírla. Debido al impulso, algunos rizos enmarañados le cubrieron los ojos—. Todo saldrá a la perfección.

—No me encuentro demasiado bien —admití, y me giré para que no me viese la cara.

Se me había hecho un nudo en la garganta y respirar me resultaba doloroso. Me habían encontrado. El rey estaba cerca y se aproximaba cada vez más.

Quinn se inclinó para tomar una curva cerrada. El borde de la calzada, un barranco desmoronado de quince metros de altura, estaba muy próximo. Aferré el manillar, resbaladizo a causa del sudor, mientras ascendíamos rumbo al puente. Corría el rumor de que el Gobierno conocía la existencia de la comunidad de mujeres que se alojaban en las colinas de Sausalito, creyendo que se trataba de un grupúsculo de descarriadas más que de las depositarias secretas de la ruta. Habían transcurrido casi cinco años desde la última vez que llevaron a cabo un registro del campamento, durante el cual las mujeres se dispersaron por las colinas, donde permanecieron escondidas toda la noche. Los soldados pasaron junto a sus casas y habitáculos sin reparar en los refugios camuflados bajo un manto de hiedra muy crecida.

El puente estaba próximo: la imponente construcción de color rojo había sufrido un incendio atroz, y allí se amontonaban coches quemados, restos de vigas y cables caídos, así como los cadáveres de quienes habían quedado atrapados mientras intentaban huir de la ciudad. Me aferré a la afirmación de Quinn: «Precisamente por eso tenemos un plan». Si veíamos soldados, ella y yo abandonaríamos Sausalito y no nos detendríamos hasta internarnos en el laberinto de Muir Woods, donde años atrás habían construido un búnker subterráneo. Yo me quedaría allí y me alimentaría de las provisiones almacenadas, mientras los soldados peinaban Califia; las restantes mujeres se desplazarían hacia el oeste, hacia Stinson Beach, donde aguardarían en un motel abandonado a que la invasión hubiera terminado. Correrían bastante peligro si los soldados descubrían el campamento…, y mucho más si comprobaban que me habían escondido para protegerme del monarca.

—Se ha detectado cierta actividad en el otro extremo del puente —anunció Isis desde la entrada de Califia, oculta tras un montón de espesos arbustos. Se había sujetado el cabello con un pañuelo y, asomada al saliente de piedra, sostenía unos prismáticos en la mano. Abandonamos las bicicletas y nos reunimos con ella. Maeve, encaramada sobre la puerta trampa, detrás del saliente, repartía fusiles y munición adicionales, y entregó un arma a Harriet y otra a Quinn.

—Pegaos a la pared —les indicó.

Las mujeres siguieron sus instrucciones. Era una de las madres fundadoras más jóvenes y el miembro de la comunidad que mejor representaba la actitud que se esperaba de nosotras en el campamento; conservaba el mismo aspecto que el día en que la conocí, de pie en la entrada de Califia: alta, de músculos muy marcados y cabello rubio trenzado. Era la que había rechazado a Caleb. Yo había aceptado una habitación en su casa, los alimentos y la ropa que me entregó, así como el puesto que me había conseguido en la librería, porque comprendía que era su forma de transmitir los sentimientos que no podía expresar: «Lo lamento, pero no tuve más remedio que hacerlo».

Cogí un fusil y me reuní con las demás, sin dejar de percibir la frialdad de la pesada arma que sostenía entre las manos. Recordé que Caleb me había dicho cuando estaba en su refugio: «Matar a un soldado de la Nueva América, aunque sea en defensa propia, es un delito que se castiga con la pena de

17

muerte». Me acordé entonces de los dos soldados a los que había disparado en defensa propia, cuyos cadáveres habíamos dejado en la carretera, junto al todoterreno del Gobierno. Había retenido a punta de pistola a un tercer soldado y lo había obligado a conducirnos hasta Califia; las manos le temblaban sobre el volante. Caleb se había desplomado en el asiento trasero y le sangraba la pierna, donde había recibido una cuchillada. Ese soldado era más joven que yo, y lo liberé cuando llegamos a los alrededores de San Francisco.

—Maeve, ¿necesitamos las armas? No deberíamos utilizar...

—Si descubren a las fugadas, las conducirán de regreso a los colegios, donde pasarán los próximos años embarazadas y tan drogadas que ni siquiera recordarán sus nombres. No es una opción viable.

Recorrió la fila de mujeres y les corrigió la posición de los hombros, echándoselos hacia delante, para que apuntaran mejor.

Siguiendo la línea del cañón del fusil, enfoqué hacia el extremo del puente, contemplé el océano gris y me negué a reflexionar sobre las omisiones de Maeve, pues no había mencionado qué ocurriría conmigo. Por el contrario, su afirmación encubría un ligero tono acusador, como si yo hubiese invitado a venir a los soldados.

No dejamos de vigilar ni un momento. Me concentré en el sonido de la respiración de Harriet mientras aquellas figuras recorrían el puente. Desde tan lejos solo distinguí dos siluetas oscuras, una más pequeña que la otra, que caminaban entre los coches calcinados. Al cabo de unos segundos, Isis bajó los prismáticos y comentó:

—Lo acompaña un perro, un rottweiler.

Cogiendo los prismáticos, Maeve indicó:

—Seguid apuntando y, si se produce una agresión, no dudéis en disparar.

Ambas figuras se acercaban. El hombre caminaba encorvado; la camisa negra que llevaba le permitía confundirse con la calcinada calzada.

—No va de uniforme —comentó Quinn, y relajó la sujeción del fusil.

—Eso no significa nada —afirmó Maeve, enfocando los prismáticos—. Ya los hemos visto sin uniforme.

Yo estudié la figura y busqué semejanzas con Caleb.

Cuando el individuo se halló a menos de doscientos metros, se detuvo a descansar junto a un coche. Buscando indicios de vida, escrutó la ladera de la colina, y aunque nos ocultábamos detrás del saliente, no apartó la mirada.

—Nos ha visto —siseó Harriet, y pegó la mejilla a la piedra.

A todo esto, el hombre cogió la mochila y sacó algo de ella.

—¿Es un arma? —preguntó Isis.

—No lo sé —respondió Maeve.

Isis situó el índice sobre el gatillo.

El hombre reanudó la marcha con renovada decisión, y Quinn apuntó.

—¡Alto ahí! —gritó permaneciendo agachada detrás del saliente para que no la viera—. ¡No dé un paso más!

El hombre echó a correr llevando a su lado al perro, cuyo cuerpo —negro y macizo— acusaba el esfuerzo.

Maeve se desplazó unos centímetros y susurró al oído de Quinn:

—Pase lo que pase, impide que se marche.

Maeve no transmitió la menor emoción, igual que el día en que Caleb y yo cruzamos el puente; estábamos extremadamente cansados, pues las últimas semanas nos habían extenuado y cada paso que dábamos suponía un gran esfuerzo. Él llevaba la pernera del pantalón empapada en sangre, y los trozos de tela donde esta se había secado se habían quedado rígidos y arrugados. Pero ella había aguantado firme en la entrada de Califia, apuntándome al pecho con un rifle, y su rostro mostraba la misma expresión que ahora. Cualquiera que fuese la amenaza que ese hombre representaba, de momento solo era culpable de entrada ilegal…, pero de nada más. Le arrebaté los prismáticos.

El individuo se acercaba rápidamente al final del puente.

—¡No dé un paso más! —repitió Quinn a gritos—. ¡Alto ahí!

Gradué los prismáticos, intentando localizarlo. Levantó la cabeza un segundo: su rostro parecía el de un cadáver, pues te-

19

nía los ojos y las mejillas hundidos; se le vislumbraban los cenicientos y agrietados labios tras varios días sin beber agua, y llevaba el pelo muy corto. Pese a todo ello, saltó el chispazo del reconocimiento.

La figura corría hacia nosotras, sorteando sin parar los coches volcados y las pilas de restos quemados.

—¡No dispares! —chillé a Quinn.

Eché a correr cuesta abajo, arañándome las piernas con los espesos matorrales, sin hacer caso de los gritos de Maeve. Me coloqué el fusil bajo el brazo y no quité ojo de encima a la persona que se aproximaba.

—Arden… —murmuré, estupefacta. Ella se había detenido, sosteniéndose en el capó de un camión y encorvando la espalda a causa de lo difícil que le resultaba respirar. Sonrió a pesar de las lágrimas—. Estás aquí.

El perro se lanzó sobre mí, pero Arden lo retuvo y le murmuró algo al oído para calmarlo. Corrí sin parar hasta que nos encontramos y abracé aquel frágil cuerpo: llevaba la cabeza afeitada, pesaba diez kilos menos y le sangraba el hombro, pero estaba viva.

—Lo has conseguido —afirmé estrechándola fuertemente.

—Sí —logró responder, y su llanto me mojó la camisa—. Lo he conseguido.

Tres

Esa noche llevé a Arden a casa de Maeve. La estrecha vivienda de dos plantas estaba conectada con otras seis casas, y la hilera completa se enclavaba en la ladera de la colina. En Califia era más fácil ocultar las residencias si se hallaban dispersas; por ello, de esas seis, la de Mae era la única ocupada. Las paredes presentaban múltiples desconchones y los suelos formaban un mosaico de baldosas desparejadas. Arden y yo ocupábamos el pequeño dormitorio del primer piso; a la luz de la vela nuestra piel adquiría un tono rosado. Maeve dormía en el cuarto contiguo, con Lilac a su lado.

Arden se quitó la larga camisa negra y, deteniéndose ante la cómoda en camiseta de tirantes, se pasó una toalla mojada por la cara y el cuello.

—Cuando llegué aquí y comprobé que no estabas, pensé lo peor —afirmó mientras me tumbaba en mi litera. El empapelado de flores de la habitación se había despegado en varios sitios, y algunas tiras estaban sujetas con chinchetas—. Supuse que los soldados te habían cogido y que te retenían, te torturaban o… —Guardé silencio, pues no me apetecía continuar.

Ella también se frotó los brazos con la toalla y se quitó la suciedad que los cubría. Le aproximé la vela y distinguí cada una de sus vértebras: guijarros diminutos bajo la piel. Recordé el aspecto que ofrecía la última vez que la vi cuando nos escondimos detrás de la cabaña: tenía las mejillas carnosas y la mirada despierta, pero ahora estaba tan flaca que los omóplatos le sobresalían, y costras recientes le salpicaban el cuero cabelludo.

—No lo consiguieron —explicó sin darse la vuelta, y cuando

se contempló en el resquebrajado espejo, su imagen quedó partida por la mitad—. El día en que te dejé junto a la casa de Marjorie y Otis, los soldados me persiguieron por el bosque; les llevaba una buena delantera al llegar a los alrededores de la ciudad, pero no encontré donde esconderme. Al fin di con una tapa metálica en la calle que comunicaba con las alcantarillas, y descendí. Recorrí los túneles, caminé sobre las aguas residuales y me preparé para la persecución, pero no aparecieron.

El enorme perro se había tumbado a sus pies, apoyando el morro en el suelo. Sin quitarle la vista de encima, recordé las advertencias que en el colegio nos habían hecho sobre las personas atacadas por jaurías de perros salvajes que deambulaban por los bosques.

—¿Dónde lo encontraste? —pregunté, señalando con la cabeza al animal, cuyo cráneo era casi tan grande como el mío.

—Fue «ella» quien me encontró. —Arden rio, y metió la toalla en la palangana—. Estaba asando una ardilla. Supongo que *Heddy* se había alejado de la jauría y estaba hambrienta. Le di de comer, y me siguió. —Agachándose, cogió entre las manos la cabeza de la perra—. No la juzgues por su aspecto, porque es un encanto. ¿No es así, cariño?

Reparé entonces en que a mi amiga le serpenteaba por la clavícula una ancha cicatriz rojiza que le llegaba al pecho derecho. En algunos puntos todavía sangraba. El mero hecho de verla me sobrecogió.

—Estás herida —dije, y salté de la litera para observar la cicatriz de cerca—. ¿Qué te ha pasado? ¿Quien te lo ha hecho?

Le sujeté el hombro y la volví hacia la luz.

Ella me apartó. Rescató la toalla de la palangana y se tapó el cuello.

—No quiero hablar de ese tema. Por fin estoy aquí y no me faltan ni un brazo ni un ojo. Dejémoslo estar.

—No lo dejaremos estar —añadí, pero ya se había metido en la litera de abajo. Se acostó junto a las viejas muñecas de Lilac, la mayoría de las cuales estaban desnudas y tenían el pelo enredado tras años de abandono—. Dime, ¿qué te ha pasado? —repetí, suplicante.

La perra me siguió hasta la escalerilla, gimió e intentó subirse a la cama.

22

Arden dejó escapar un suspiro, y replicó:

—No creo que quieras saberlo.

Se apretó la toalla mojada contra el pecho e intentó que me alejase, pero no cedí en mi empeño.

—Cuéntamelo.

Al volverse hacia mí, reparé en que estaba llorosa.

—Me perdí —reconoció en voz baja—. Por eso he tardado tanto en llegar. Desde Sedona me dirigí al norte y poco después encontré a *Heddy*. Llevábamos juntas una semana cuando empezó a hacer tanto calor que me costaba caminar de día. La perra correteaba entre la maleza e intentaba evitar el sol. Finalmente, decidí que esperaríamos a que pasase la ola de calor: buscaríamos un lugar donde descansar. —Se humedeció los labios agrietados con la toalla y arrastró la piel muerta.

»Llevamos las provisiones a un aparcamiento subterráneo, donde bajamos una rampa tras otra; la temperatura descendió y se volvió más soportable, aunque también había mayor oscuridad. Intenté abrir la portezuela de un coche; en ese momento oí una voz masculina. El hombre chillaba, pero sus palabras no tenían el menor sentido. Me eché al lado de *Heddy* y me hice un ovillo. —Se fijó en la parte inferior del colchón de la litera de arriba, cuyos muelles se marcaban en la funda.

»Estaba muy oscuro, pero noté su olor. Olía fatal. Me agarró y me tumbó sobre el capó de un coche. Me presionaba la garganta, asfixiándome, y noté la hoja de un cuchillo en el cuello. Sin tiempo de hacerme cargo de la situación, descubrí que el hombre estaba de repente en el suelo y que *Heddy* había saltado sobre él. La perra lo atacó hasta que el desconocido se quedó quieto. El animal tenía la cara cubierta de tierra, le faltaban varios mechones de pelo a la altura del cuello, y la zona estaba plagada de heridas y suciedad. Jamás había oído un silencio parecido.

—Cuánto siento no haber estado allí —aseguré—. Lo lamento muchísimo.

Arden se apartó la toalla del cuello, y prosiguió:

—No me di cuenta de que me había herido hasta que volvimos a salir a la luz. *Heddy* y yo estábamos bañadas en sangre. —La perra subió de un salto a la litera y, acostándose, acercó el morro al pie de su ama. Como consecuencia, el extremo del colchón se hundió a causa del peso del animal—. De

23

no ser por ella, habría muerto. —Le acarició la cabeza, donde la negra y sedosa pelusa crecía de nuevo, pero aún quedaba al descubierto parte de la piel del cráneo—. Por eso pensé que sería más seguro viajar aparentando ser un hombre. A partir de ese momento nadie se fijó en mí, excepto algunos descarriados, pero me dejaron en paz. Viviendo en el caos, un hombre no llama la atención tanto como una mujer.

—Espero que así sea —comenté, y mis pensamientos volaron hacia Caleb. Me asomé a la ventana: apenas se distinguía el reflejo de la luna en la superficie de la bahía porque la casa de Maeve estaba calle arriba, lejos del agua—. Después de que te dejara, Caleb me encontró. Había dado con mi paradero, y vinimos juntos hasta aquí.

—Pero no le permitieron quedarse, ¿eh? —Se tapó con la manta de ganchillo, asomándole los dedos entre los cuadrados de lana de colores variopintos—. ¿Lo consideraron demasiado peligroso?

—Tenía una herida en la pierna y casi no podía andar —expliqué. Aferré un trozo de manta entre las manos; no me apetecía recordar aquel instante al final del puente.

Arden cambió de posición, hasta recostarse contra la pared, y metió los dedos de los pies debajo de *Heddy*, que seguía enroscada al pie de la litera, haciéndose patente en el pequeño cuarto el sonido de su respiración.

—Seguro que encuentra el camino de regreso al refugio subterráneo. Hace años que vive en el caos. Se las apañará.

Me metí bajo las sábanas, procurando no molestar a la perra.

—Sí, lo sé —reconocí quedamente, y reposé la mejilla en la almohada, que olía a humedad.

Pero los pensamientos negativos volvieron a apoderarse de mí: continué imaginando a Caleb en una casa abandonada, sufriendo una grave infección en la pierna.

Arden cerró los ojos. Se le relajó el rostro y las facciones se le suavizaron. Concilió el sueño sin dificultades, y a cada minuto que pasaba sujetaba la manta con menos fuerza. Me acerqué lentamente a ella y me acurruqué a su lado. Estuve un rato así, atenta a su respiración, que me recordó que yo ya no estaba sola.

24

Cuatro

*E*staba de nuevo en el campo, de bruces en el suelo. Acababa de escapar del camión de Fletcher, pero este se acercaba por entre los árboles. Las delgadas ramas se partían a causa del enorme peso de aquel hombre, que jadeaba y se ahogaba por el exceso de flemas. Mi cuerpo aplastaba las flores silvestres, cuyos delicados capullos liberaban un olor nauseabundo, y tenía los dedos anaranjados debido al contacto con el polen. Entonces me vio. Levantó el arma. Intenté echar a correr y escapar, pero no había remedio. Fletcher apretó el gatillo, y el disparo retumbó por el campo.

Cubierta de una fina capa de sudor, me incorporé bruscamente en la cama. Tardé un instante en percatarme de que estaba en Califia, en casa de Maeve, en el minúsculo dormitorio del empapelado de flores. Oí un ruido en la planta baja: un portazo. La vela se había apagado; a través de una grieta de la ventana entraba aire frío. Me froté los ojos y esperé a que se adaptasen a la oscuridad.

En el vestíbulo de abajo había alguien. *Heddy* alzó la maciza cabezota y prestó tanta atención como yo.

—Silencio —oí decir a Maeve. Estaba en el salón o en la cocina, y hablaba con quien acababa de entrar—. Está arriba.

La perra dejó escapar un gruñido ronco, y Arden despertó.

—¿Qué pasa? —preguntó incorporándose, y se puso muy tensa mientras escrutaba el dormitorio—. ¿Quién anda ahí?

—Chist. —Me llevé el índice a los labios para pedirle que guardara silencio, e indiqué la puerta: apenas estaba entreabierta. Me acerqué poco a poco a la entrada, y le hice señas de que me siguiese. Habían bajado la voz, pero detecté los apremiantes susurros de Maeve, así como las tensas y apresuradas respuestas de otra mujer.

El pasillo se encontraba a oscuras, y una frágil barandilla de madera, a la que le faltaban varios barrotes, bordeaba la escalera, hasta donde nos arrastramos por el suelo después de encerrar a *Heddy* en el dormitorio. Nos tumbamos boca abajo y nos asomamos: una luz extraña iluminaba el salón.

—Él sabe que está aquí…; al fin y al cabo, fue quien la trajo. Y ahora aparece esa chica nueva —declaró Isis, a quien delataba su grave y carraspeante voz—. ¿Quién más la busca? En el pasado no actuábamos así y no podemos…

—¿Desde cuando practicamos la política de devolver a las mujeres al caos?

Reconocí la camisa de color turquesa de Quinn. Se hallaba de espaldas a nosotras, recostada en el marco de la puerta, gesticulando con las manos al hablar.

Isis elevó el tono:

—Esto es distinto. Todas las mujeres comentan…, están preocupadas. Prácticamente, es como si le pidiéramos al rey que viniera a buscarla aquí. Es posible que hoy no tocara, pero se trata de una cuestión de tiempo.

Giré la cabeza hacia Arden y toqué el frío suelo con la mejilla. La mayor parte de las mujeres se habían mostrado acogedoras desde mi llegada, aunque en todo momento existía la preocupación, casi imperceptible, de que yo trastocase el equilibrio de Califia. Estaba presente, sin duda, la inquietud de que todos los años dedicados a construir la ciudad, a limpiar las viejas casas y fachadas y a recuperarlas, los años dedicados a ocultarse tras una cortina de hiedra y musgo, los días pasados a oscuras cada vez que detectaban actividad en la ciudad… desaparecieran en un abrir y cerrar de ojos si el monarca llegaba a descubrir que yo estaba allí.

—Representa la misma amenaza que supusimos nosotras —opinó Quinn—. Todas fuimos propiedad del rey. Cuando me presenté, nadie dijo que debían expulsarme porque los soldados podrían tomar Califia por asalto, y cuando rescatamos a Greta de aquella pandilla, nadie se preocupó por las ofensivas que tal vez se producirían. Esos hombres podrían habernos matado.

—Por favor —terció Isis—. Sabes perfectamente que esto es distinto. —Aunque me asomé un poco más, no logré verla a través de la puerta abierta—. Hace meses que la buscan; ya has oído los avisos por la radio. Y no da, precisamente, la sensación de que estén a punto de suspender la búsqueda.

Esas palabras me erizaron el vello de los brazos. Hacía dos años que Isis vivía en una casa flotante. Era una de las madres fundadoras y después de la epidemia sobrevivió en San Francisco porque se refugió en un almacén abandonado antes de cruzar el puente. Yo había estado en la cocina de su casa, comido a su mesa y hablado con ella sobre las joyas antiguas que una de las mujeres había recuperado, y acerca de una amiga suya que estaba aprendiendo a cortar el cabello. Me sentí tonta por haber confiado en ella.

—No pienso echarla —declaró Quinn—. Díselo, Maeve, dile que no la expulsaremos.

Percibí que Mae iba de aquí para allá y que el suelo crujía bajo sus pies. Ni siquiera en mis peores momentos, en que imaginaba lo que le podría haber ocurrido a Caleb o me preguntaba por el destino de Pip, Ruby o de cualquiera de mis amigas, había temido verme obligada a abandonar Califia y que me arrojarían, totalmente sola, al caos.

Al cabo de un largo silencio, Maeve suspiró y dictaminó:

—No echaremos a nadie. —Arden me apretó tanto la mano que me hizo daño. Debido a la tenue luz reinante, se le apreciaba el rostro incluso más enjuto y las mejillas hundidas y grisáceas—. Además, sería absurdo no utilizarla en nuestro favor: si el rey se entera de que está aquí, todas quedaremos al descubierto y la necesitaremos como elemento de negociación.

Sentí una opresión en el pecho.

—Si esa es tu forma de argumentar que ha de permanecer aquí, adelante. —Quinn volvió a la carga—. De todos modos, no le seguirán la pista hasta Califia, así que representa el mismo riesgo que cualquiera de nosotras.

—Espero que tengas razón —acotó Maeve—. Pero si el rey la encuentra, no sufriremos martirio en su nombre. Llévala al búnker, donde vivirá hasta que estemos en condiciones de entregarla a los soldados. Podría ser nuestra oportunidad de independizarnos del régimen.

27

Me indigné al recordar la infinidad de veces que le había agradecido que me diera de comer, que me consiguiese ropa y que calentara agua de lluvia para que me lavase. «No hay de qué —había respondido y restado importancia a mis gratitudes—. Nos sentimos felices de tenerte aquí.»

Cruzaron otras pocas palabras susurradas, hasta que Maeve abandonó el salón, con las otras dos mujeres pisándole los talones. Arden y yo retrocedimos e intentamos que no nos viesen.

—Aquí no la buscarán…, no tienen motivos para hacerlo —insistió Quinn por última vez.

—Son casi las cuatro de la madrugada —añadió Maeve, e indicó con un gesto el fin de la conversación—. No se hable más. ¿Por qué no volvéis a casa y descansáis?

Abrió la puerta con sumo cuidado y separó la gruesa cortina de hiedra que ocultaba la entrada principal. Oí que Isis volvía a discutir mientras franqueaban la puerta.

Maeve echó el cerrojo y subió la escalera. Me quedé sin aliento. Desesperadas por regresar a nuestra habitación, Arden y yo nos pegamos a la pared y nos escabullimos como ratones. Nos metíamos en la cama en el preciso momento en que Mae pisaba el último peldaño. Me tumbé, cubrí nuestros cuerpos con la manta, cerré los ojos y fingí que dormía.

Se abrió la puerta. La luz de la linterna nos entibió el rostro. «Sabe que estabas escuchando —reflexioné intuyéndolo—. Lo sabe y te encerrará en el búnker hasta que llegue el momento de entregarte al rey.»

La luz se mantuvo inmóvil, lo mismo que Maeve. Solo reparé en el peso de la perra a mis pies, que levantó la cabeza y, probablemente, le dirigió la misma tierna mirada que me había lanzado a mí.

—¿Qué miras? —masculló Maeve por último.

Cerró la puerta al salir y se alejó por el pasillo; nosotras nos quedamos a oscuras.

Cinco

*E*l día siguiente fue agobiantemente deslumbrante. Me había acostumbrado a los cielos grises de San Francisco, a la niebla que todas las mañanas se posaba sobre nosotros, se extendía por encima de las colinas y llegaba hasta el mar. Arden y yo salimos de casa de Maeve, y el sol me quemó la piel; su reflejo en la bahía cegaba. Incluso los pájaros parecían estar muy alegres y piaban en los árboles.

—Recuerda que no hemos oído nada —musité.

Arden apretó los labios forzando una mueca; nunca había sabido fingir. En el colegio había estado de pésimo humor las semanas anteriores a su huida: se había apartado de las demás, utilizaba el lavabo del rincón para cepillarse los dientes y, durante las comidas, se encorvaba sobre la mesa del comedor sin relacionarse con nadie. Sospeché que tramaba algo la víspera misma de la graduación, pero di por hecho que se trataba de otra de sus absurdas travesuras. De ningún modo habría deducido la verdad.

Caminamos por el estrecho sendero, cubierto de enredaderas, hasta que desembocó en el puerto. Sobre las rocas se apilaban los restos de embarcaciones con los parabrisas destrozados y la pintura desconchada; varias de ellas estaban volcadas. Una vez cruzada la bahía, el refugio de Marin no era más que un montículo verde, en el que los árboles crecían entre las casas y las tapaban con su follaje.

Arden se ajustó la camisa de hilo a su magro cuerpo, para protegerse del viento que soplaba.

—Durante el desayuno me ha costado hablar con Maeve —reconoció. *Heddy* caminaba a nuestro lado, y su negro pelaje brillaba bajo el sol—. El simple hecho de saber lo que planea…

—Aquí no debemos hablar de este tema —la interrumpí mientras inspeccionaba la hilera de fachadas cubiertas: el ventanal de una cafetería estaba tapado con papel de periódico, pero oí perfectamente a las cocineras, el ruido de las cacerolas al entrechocar y el del agua al correr en el fregadero—. Espera a que embarquemos.

Era imposible tener intimidad en la ciudad que albergaba a más de doscientas mujeres. Algunas tiendas y restaurantes del centro comercial marítimo estaban en plena actividad, aunque otros locales se mantenían ocultos y desaprovechados en medio de la espesa maleza. Cada mujer se había forjado un lugar propio y un propósito.

—¡Eve! ¡Buenos días! —exclamó Coral, una de las madres fundadoras de más edad, que descendía por el sendero. Trasladaba al matadero tres pollos que pendían tiesos cabeza abajo, pues los llevaba cogidos por las patas. *Heddy* ladró a las aves, pero Arden la retuvo—. Hace un día maravilloso. Me recuerda la vida de antes.

Contempló el cielo, la ladera verde de la colina y el destrozado malecón que se internaba en el mar.

—Muy hermoso, sí —me apresuré a responder, e hice lo imposible por parecer contenta.

Coral me había caído bien desde el principio. Había pasado toda la vida en Mill Valley, en compañía de su marido, y luego se convirtieron en descarriados durante tres años, hasta que el esposo murió. Me encantaban las historias que contaba acerca de su propio huerto y de cuando cocinaba en las brasas que encendía en el patio trasero de su casa. En cierta ocasión espantó a una pandilla que cruzaba la ciudad para que no encontrasen la reserva de productos que guardaba en el sótano en caso de tempestad. En ese momento, en cambio, hasta ella me pareció poco amistosa. ¿Acaso estaba al tanto del plan? ¿Acaso siempre me había considerado como elemento de negociación para la independencia de Califia?

La anciana siguió su camino. Más adelante, Maeve e Isis recorrían el sendero a caballo, llevando a remolque una carretada de ropa recuperada. Todos los meses se desplazaban a distintas poblaciones lejos de Muir Woods, y registraban las casas en busca de artículos que distribuir o trocar en las tiendas de Califia.

Haciéndole una seña a Arden, nos fijamos en el bote amarrado en el atracadero. Era una de las pocas embarcaciones que las mujeres habían restaurado; el interior estaba revestido con una ligera capa de cera.

—Será mejor que nos vayamos —opiné. Maeve había desmontado y se acercaba a la orilla, mientras nosotras nos dirigíamos al muelle. Desamarré la embarcación y le dije—: He decidido que hoy pasearía a Arden y a *Heddy* por la bahía; quiero mostrarles todo lo que Califia ofrece.

Subí al bote e intenté que mis movimientos fuesen tranquilos y decididos. Cogí los remos y me alegré de introducirlos en el agua: su resistencia al líquido elemento calmó mi inquietud. Arden también se metió en la embarcación y llamó a *Heddy* para que hiciese lo mismo.

—¿Y la librería? Tienes que trabajar —comentó Maeve, internándose entre las resbaladizas rocas y los bajíos, mojándose las botas.

Seguí remando, y me relajé a medida que nos alejábamos.

—Trina sabe que no iré y le parece bien.

Ella se cruzó de brazos. Era muy musculosa, de vientre plano y fornidas piernas de tanto correr.

—¡Ten cuidado con las corrientes y con los tiburones! Ayer avistaron a uno de esos en la bahía.

Me acobardé ante la mención de los escualos, pero me pareció improbable y, sobre todo, lo consideré como un intento desesperado por su parte de mantenernos cerca de la orilla. Ella se quedó donde estaba, con los pies en el agua, hasta que nos alejamos casi cien metros.

—¿Podemos hablar ahora? —preguntó Arden cuando dejé los remos. *Heddy* se tumbó cuan larga era en el fondo del bote, y mi amiga colocó los pies a uno y otro costado de la perra.

Maeve utilizaba los prismáticos que había cogido del carro para seguir la trayectoria del bote arrastrado por la corriente. Entonces me deshice el moño y la saludé con la mano.

—No ha cesado de vigilarnos —comenté—. Arden, hazme un favor y deja de fruncir el entrecejo.

Mi amiga echó la cabeza hacia atrás y profirió una carcajada grave y gutural que yo nunca había oído.

—¿No te das cuenta de lo paradójico que es todo? —pre-

31

guntó sonriente, y su expresión me resultó rara, incluso sobrecogedora, porque no estaba en consonancia con sus palabras—. Hemos recorrido un largo camino para llegar hasta aquí, para escapar de la directora Burns y de sus mentiras. Esto me resulta extrañamente conocido.

Sabía muy bien a qué se refería. La noche anterior me resultó imposible volver a conciliar el sueño. Me quedé despierta e imaginé qué sucedería si Maeve se enteraba de que yo conocía sus planes con respecto a mí. Al fin y al cabo, ella creía que Califia era mi destino definitivo y que jamás me marcharía…, porque no podría. Si se le cruzaba por la cabeza la idea de que deseaba huir, tal vez informaría a la Ciudad de Arena de que me tenía en su poder.

—Cuando llegamos, Caleb y yo pensamos que este era el único lugar en que estaría a salvo. —Me froté los callos de las palmas de las manos, endurecidas tras las horas dedicadas a reforzar la tapia de piedra de detrás de la casa de Mae—. Entonces parecía mi única opción, pero ahora…

A lo lejos distinguí a Maeve, que seguía en la orilla. Ya no utilizaba los prismáticos y había echado a andar por el sendero; daba dos o tres pasos y se volvía para vigilarnos. Me sentí atrapada. Desde la bahía, rodeada por tres lados de altos acantilados rocosos, un centenar de ojos me controlaban constantemente fuera adonde fuese. Una vez atravesada la bahía, San Francisco no era más que un diminuto montículo de musgo muy crecido.

—Tenemos que salir de aquí.

Arden acarició la cabeza a *Heddy* y, contemplando la lejanía, afirmó:

—Necesitamos tiempo. Ya se nos ocurrirá algo; siempre pasa lo mismo.

Estuvimos calladas largo rato. Los únicos sonidos perceptibles eran los de las olas que acariciaban los costados del bote y los de las gaviotas que chillaban aleteando en pleno vuelo.

Transcurrió una hora. La corriente arrastraba el bote. Cuando la conversación giró en torno a temas más alegres, sentí un gran alivio.

—Todavía no le había puesto nombre —explicó Arden, acariciando la cabeza a la perra—. Me figuré que no estaríamos juntas mucho tiempo y no quería encariñarme. Fue entonces cuando se tumbó delante de la hoguera y me llegó al alma. Tuve clarísimo cómo la llamaría. —Se puso las manos en las mejillas y, presionándolas hacia abajo, las estiró—. Así nació *Heddy*, en honor de la directora Burns.

Por primera vez reí de verdad en varias semanas al recordar la cara de la directora del colegio.

—¿No te parece que no eres justa con *Heddy?*

—La perra comprende mi sentido del humor. —Se le había dulcificado la expresión, y el sol le daba un toque de color a las pálidas mejillas—. Antes detestaba a los perros, pero sin ella no me habría salvado. —La voz se le agudizó varias octavas, como si hablase con alguien de corta edad—: Te quiero, *Heddy*, te quiero.

La acarició de nuevo y le besó el sedoso pelo de la frente. Nunca había oído hablar a Arden en ese tono. Durante los años que pasamos en el colegio se hizo famosa por aborrecerlo todo: los higos que servían de postre, los problemas de matemáticas, los juegos de mesa apilados en los estantes de la biblioteca...; se enorgullecía de estar al margen de las demás y de no confiar en nadie. Hacía doce años que la conocía, y siempre había insistido en que no era como las otras huérfanas del colegio, puesto que ella tenía padres que la esperaban en la Ciudad de Arena. Únicamente, cuando nos reencontramos en el caos y ella enfermó, fue capaz de contar la verdad: no existían tales padres y la había criado su abuelo, un hombre amargado que había muerto cuando ella tenía seis años. Por eso, la expresión «te quiero» me pilló por sorpresa; daba por hecho que no formaba parte de su vocabulario.

Permití que la perra me olisqueasé la mano sin hacer caso de mi nerviosismo cuando acercó el morro a mis dedos. Le di unas palmaditas en la cabeza y le rasqué el hocico y las orejas. Estaba a punto de pasarle la mano por el lomo cuando algo chocó contra la parte inferior del bote. Me aferré a las bordas y me di cuenta de que a Arden y a mí nos había pasado por la mente la misma idea: un tiburón. Estábamos, más o menos, a cien metros de la costa, Maeve ya no nos observaba y el agua tenía un color amenazadoramente negro.

33

—¿Qué hacemos? —preguntó mi compañera, asomándose.

Heddy olisqueó el fondo de la embarcación y gruñó.

Petrificada, continué agarrada a las bordas.

—No te muevas —le aconsejé.

El bote volvió a sufrir una sacudida. Bajo nosotras, distinguí una masa oscura.

—¿De dónde diablos…? —masculló Arden, señalando el agua. De repente se echó a reír y se tapó la boca con la mano—. ¿Es una foca? ¡Eh…, hay más!

Otro ejemplar apareció junto al primero, y luego llegó una tercera. Asomaron las lisas cabezas de color marrón, pero se sumergieron de nuevo con rapidez.

Dejé de aferrarme al bote y me carcajeé de mí misma, del pánico que había experimentado al pensar en Maeve, en Califia y en los tiburones imaginarios.

—Nos han rodeado.

Me incliné hacia el agua y la rocé con las yemas de los dedos. Alrededor de una decena de focas rodearon la embarcación, y sus amistosas caritas nos contemplaron con curiosidad. Una de ellas, muy pequeña, dio una voltereta y nadó boca arriba; a poca distancia, un ejemplar de mayor tamaño y largos bigotes blancos lanzó un grito agudo. *Heddy* ladró a modo de respuesta y las asustó, por lo que se sumergieron otra vez.

—No le hagáis caso —les gritó Arden; se la veía más contenta de lo que había estado desde nuestra huida—. *Heddy*, las has asustado —dijo amenazándola con el índice. Las focas se alejaron por la bahía. La pequeña tardó en marcharse, como si se disculpase por el comportamiento descortés de sus compañeras—. ¡A mí también me ha gustado conoceros! —gritó Arden, y las saludó con la mano.

Heddy emitió otro sonoro ladrido y se mostró muy ufana de sí misma.

Las focas se distanciaron hasta convertirse en diminutos puntos negros sobre el agua. El sol ya no me pareció demasiado brillante, y acogí de buena gana la presencia de las aves que sobrevolaban el bote. En compañía de Arden, me olvidé de Maeve y de sus propósitos. Estaba con mi amiga y, solas y libres, navegábamos por las aguas mecidas por el viento.

Seis

Cuando regresamos al malecón, el sol ya se encontraba bajo en el horizonte. El restaurante que se había convertido en el comedor de Califia estaba más animado que en las últimas semanas. Aparté una enmarañada cortina de hiedra y enredaderas, y quedó al descubierto el interior restaurado: de una de las paredes sobresalía una larga barra; las mesas y los bancos de madera, cubiertos de restos de cangrejos hervidos, lenguados y orejas de mar, se apiñaban en el centro del local; en un estante del rincón, había una estatua de Safo, de sesenta centímetros de altura, motivo por el que se le había dado al comedor el afectuoso apodo de «Busto de Safo».

—¡Vaya, vaya! —gritó Betty desde detrás de la barra, exhibiendo unos rubicundos mofletes porque ya había bebido varias cervezas—. ¡Pero si son la dama y el vagabundo!

Las mujeres que ocupaban los taburetes soltaron una carcajada. Una de ellas bebió apresuradamente un sorbo de cerveza de bañera, el brebaje casero que Betty destilaba.

—¿Tengo que suponer que soy el vagabundo? —me preguntó Arden, un tanto enfurruñada.

Ojeándole la rapada cabeza cubierta de costras, el delgado rostro, los pequeños arañazos que le recorrían la piel y las sucias uñas a pesar de que ya se había dado dos baños, le respondí:

—Diría que sí. Indudablemente, eres el vagabundo.

Como las puertas traseras estaban abiertas, entraba el olor del fuego que habían encendido en la parte posterior del restaurante. Delia y Missy, dos de las primeras fugadas por medio de la ruta, lanzaban monedas verdes a sus respectivas bebidas. Era un juego ridículo al que les gustaba dedicarse después de comer y del que las demás estaban excluidas. Detuvieron el juego cuando Arden y yo pasamos por su lado, y Delia asestó un soberano codazo a Missy en el costado.

Varias mujeres ocupaban las mesas del fondo, parloteando a medida que rompían patas de cangrejo. Divisé a Maeve y a Isis en un rincón. Arremangada hasta los codos, Mae abría las conchas de una oreja de mar para dársela a Lilac.

Betty depositó dos vasos de cerveza en la barra.

—¿Dónde está la perra? —preguntó buscando a *Heddy* a los pies de Arden.

—No la he traído. —Probó un sorbo y, contrariada, le plantó cara a Betty, hasta que esta se alejó para atender a alguien que se encontraba en el otro extremo de la barra. Al beber, se atragantó y estuvo a punto de vomitar—. ¿Desde cuándo tomas esto? —murmuró contemplando el líquido amarillento.

Di varios sorbos y disfruté de la repentina sensación de ligereza que me dominó.

—Aquí casi todas lo hacemos —respondí, y me sequé los labios con el dorso de la mano.

Rememoré los primeros días en que, una vez cumplidas las tareas, permanecía a solas en el dormitorio de Lilac a media tarde. Todo me resultaba muy extraño entonces: tanto el ruido que hacían las mujeres al cortar leña en el claro situado encima de donde vivíamos, persiguiéndome por toda la casa, como el que producían las ramas al arañar las ventanas y que me impedía dormir. Quinn venía a buscarme e insistía en que la acompañase al comedor, donde pasaba horas conmigo; a veces jugábamos a las cartas. Y Betty nos servía su destilado más reciente, que yo bebía despacio, mientras refería a Quinn mi viaje hasta Califia.

Arden continuaba estudiándome.

—Además —añadí—, no fue precisamente fácil perderos a Caleb y a ti el mismo mes.

Regina, una viuda corpulenta que hacía dos años que vivía en Califia, se tambaleó en el taburete contiguo y le comentó a Arden en voz baja:

—Caleb es el novio de Eve. Por si no lo sabes, en otro

tiempo tuve marido. No es tan malo como dicen todas. —Levantó el vaso e hizo señas de que quería otra cerveza.

—¿Novio? —se extrañó Arden.

—Más o menos —respondí, y sujeté a Regina por la espalda para ayudarla a recuperar el equilibrio—. ¿No es así como lo llaman?

En el colegio nos habían hablado de «novios» y de «maridos», mejor dicho, nos habían advertido contra ellos. En el seminario sobre «Peligros a causa de chicos y hombres», las profesoras habían referido anécdotas de sus propios desconsuelos, de los hombres que las habían abandonado por otras mujeres, y de los maridos que, valiéndose de la fortuna o de la influencia de que gozaban, habían sometido a sus esposas a la esclavitud hogareña. Después de ver lo que los hombres eran capaces de hacer en el caos (los integrantes de las pandillas se mataban entre sí, los captores vendían a las mujeres apresadas, y los descarriados, presas de la desesperación, recurrían al canibalismo), algunas mujeres de Califia, sobre todo las que habían huido de los colegios, todavía creían que los hombres eran universalmente malos. La vida después de la epidemia parecía demostrarlo de forma constante. No obstante, algunas de ellas aún recordaban con cariño a esposos y a antiguos amores, y muchas compañeras nos tildaban a Regina y a mí de recalcitrantes, y nos lo decían tanto a la cara como a la espalda. Cuando despertaba en plena noche y mis manos palpaban la cama en busca de Caleb, «recalcitrante» me parecía un término demasiado suave para describir lo que el amor me hacía sentir.

Delia y Missy comenzaron a discutir de nuevo y, a medida que el tono de sus voces iba en aumento, las mujeres que atestaban las otras mesas se callaron. Todas centraron la atención en el lado del comedor donde las otras dos se encontraban.

—¡Déjalo correr! ¡Ya está bien! —chilló Delia. A continuación cogió su cerveza, arrojó la moneda verde en el culo del vaso y la hizo tintinear.

—Díselo —la apremió Missy. Se giró en su asiento y me hizo señas—. ¡Eve! Escucha, Eve…

Delia se estiró por encima de la mesa y propinó un buen empujón a Missy, así que esta cayó de espaldas.

—Te he dicho que te calles —ordenó. Missy se frotó la

37

zona de la cabeza que se había golpeado contra el suelo de madera—. Cierra tu estúpido pico —añadió y, levantándose, intentó rodear la mesa, pero Maeve se lo impidió.

—Ya está bien; se acabó. Me parece que tenéis que aprender a tomaros las cosas con más calma. Isis, haz el favor de acompañarlas a sus cuartos. —Dicho esto, nos escrutó a Arden y a mí, como si evaluara nuestras reacciones.

—¿Qué tenían que decirme? —inquirí, pues todavía seguía pendiente de las palabras de Missy.

Isis se echó a reír y dijo con tono apremiante:

—Missy está borracha. ¿No es así, Delia?

La aludida se enjugó el sudor de la frente, pero no respondió.

—Alguien lo ha visto —susurró Missy, sacudiéndose los pantalones para quitarse el polvo. Habló en voz tan baja que tuve que agacharme para oírla—. Alguien ha visto a Caleb. Ella lo sabe —insistió, y señaló nuevamente a Delia.

Maeve se irguió, sujetó del brazo a Missy y la ayudó a incorporarse.

—Es una ridiculez, no es más que…

—No quería decírtelo —la interrumpió Delia. En el comedor se impuso el silencio. Hasta Betty dejó de hablar y enmudeció detrás de la barra, sosteniendo una pila de platos sucios en las manos—. El otro día fui a la ciudad a buscar provisiones entre la basura, y me crucé con un descarriado; ya lo había encontrado la semana anterior. Me preguntó de dónde había salido y a dónde me dirigía…

—No le dirías nada, ¿eh? —la interrumpió Maeve con voz monocorde.

—Por supuesto —le espetó Delia. Se había tranquilizado gracias a la ayuda de Isis y Maeve, pero evitaba mirarlas—. La primera vez intentó hacer un trueque con mis botas. Y el otro día me mostró que las llevaba nuevas; después rio y comentó que se las había robado a un muchacho que encontró en la ruta ochenta.

Cada centímetro de mi ser estaba despierto y alerta, y los dedos de las manos y de los pies me latían llenos de energía.

—¿Qué aspecto tenía…, tenían las botas?

Delia se limpió las comisuras de los labios, en las que se le había formado una fina capa de saliva.

—Eran marrones con cordones verdes, y llegaban más o menos hasta aquí. —Se señaló la tersa epidermis de encima del tobillo.

Decidida a mantener la calma, respiré hondo. Parecía que se trataba de las botas que Caleb calzaba cuando íbamos juntos, deambulando por las calles de la ciudad, pero no estaba totalmente segura.

—¿El muchacho estaba vivo?

—Según dijo el descarriado, lo encontró en el almacén de muebles que hay a la vera de la carretera, en el tramo que hay antes de llegar a San Francisco —repuso, y consultó a una de las mujeres de más edad—: Se llama IKEA, ¿verdad? Me contó que el chico estaba gravemente herido y que la cuchillada que tenía en la pierna se le había infectado.

Yo no percibía más que el movimiento de los labios de Delia, y únicamente oía las palabras que le brotaban de la boca. Intenté asimilarlas una por una.

—¿Dónde…, dónde queda eso?

—Préstame atención. —Maeve hizo un gesto con las manos—. Probablemente, no se trata más que de un rumor, no hay nada que demuestre que…

—Ahora mismo podría estar muerto —murmuré y, en cuanto la expresé, la idea me resultó más aterradora si cabe.

Isis meneó la cabeza, y afirmó:

—Con toda seguridad se lo inventó. Al fin y al cabo, es un descarriado.

—Lo ama y no es capaz de dejarlo ahí fuera —sentenció Regina.

Un puñado de mujeres estuvieron de acuerdo con ella, pero Maeve las obligó a callar.

—Nadie encontrará a Caleb porque ni siquiera está aquí —declaró—. Estoy segura de que el descarriado contó una mentira; engañan constantemente. —Y aparentando una intensa preocupación, me dijo—: Además, no podemos permitir que vuelvas al caos, sobre todo porque el rey va tras de ti.

Detecté las intenciones que se ocultaban en sus frases. Parecía estar diciendo: «Jamás saldrás de aquí. No lo permitiré». Me cogió del brazo y me condujo afuera, seguida de Isis, que cargó con Delia. Varias mujeres ayudaron a Missy a sentarse,

39

manifestándole su inquietud por el chichón que se le estaba formando en la cabeza.

La noche era fría y húmeda. Me zafé de los dedos de Maeve.

—Tienes razón —reconocí humildemente—. Con toda seguridad es una mentira que he querido creerme.

Se le relajó la expresión y, alargando el brazo, me dio un apretón cariñoso en el hombro. Lilac no se apartaba de su lado.

—Esa clase de comentarios llegan constantemente, pero es mejor hacer oídos sordos.

—No pensaré en ello. Lo prometo —asentí.

A medida que caminábamos de regreso a la casa, aminoré el paso para que Maeve, Lilac, Delia e Isis se adelantasen. Arden corrió tras de mí; ambas sonreímos en la oscuridad. Ella indicó con la cabeza el puente, y la idea arraigó en nosotras. La pregunta que tanto nos angustiaba por fin tenía respuesta: ya sabíamos qué hacer.

40

Siete

—*U*n poquito más —propuso Arden. Jadeando, se agazapó detrás de un coche calcinado mientras atraía a *Heddy* hacia ella, sujetándola por el collar para que no se moviese—. Casi hemos llegado.

Escruté detenidamente con los prismáticos y descubrí la luz de la linterna, minúscula y casi imperceptible, que brillaba en lo alto del saliente de piedra. Isis se hallaba en la entrada delantera de Califia, semejante a un punto negro que se desplazaba por el grisáceo paisaje.

—No sé si sigue utilizando los prismáticos —comenté.

Esa noche, mucho después de que Maeve y Lilac se hubieran ido a dormir, Arden y yo nos colamos en la despensa, cogimos con mucho cuidado las provisiones necesarias y las guardamos en dos mochilas. Después cruzamos el puente y sorteamos coches y camiones, zigzagueando entre los vehículos para que no nos detectasen. Prácticamente, habíamos llegado al otro extremo del puente, y solo unos pocos metros nos separaban del corto túnel que desembocaba en la ciudad.

—Por si acaso, corramos —propuse.

Mis pasos eran tambaleantes, y tuve la sensación de que las piernas no me sostenían.

Arden le acarició las negras y sedosas orejas a *Heddy*, y le preguntó:

—Chica, ¿estás lista? Tienes que correr a toda velocidad. ¿Lo harás?

Como si lo hubiera comprendido, la perra la observó fijamente con sus ojazos de color ambarino.

A continuación mi amiga me hizo una señal, indicándome que tomase la delantera.

Salté de nuestro escondite, eché a correr tan rápido como pude sin volver la vista hacia Califia, la linterna o la silueta de Isis, que continuaba desplazándose por delante del saliente de piedra. Arden me seguía a poca distancia, saltando por encima de neumáticos pinchados, huesos carbonizados y motos volcadas. La mochila me pesaba y, en su interior, los botes de fruta y carne chocaban entre sí mientras ella y yo corríamos como flechas, con la perra pisándonos los talones. Aferrada a los prismáticos, mantuve la velocidad sin dejar de correr en dirección a la negra boca del túnel.

No reparé en la carretilla destartalada que había junto a un camión y, al sobrepasarla, me enganché el tobillo en su curvo agarradero. Caí al suelo, mochila incluida, y grité cuando me golpeé la rodilla con el asfalto.

Sin detenerse, Arden giró la cabeza y escudriñó las montañas.

—¡Arriba, arriba! —me apremió, saltó por encima de los últimos escombros y se puso a cubierto en la entrada del túnel.

Ella y *Heddy* me vigilaron desde allí; la voz de mi amiga resonó en la oscuridad.

Me incorporé y recogí los prismáticos que, al caerme, habían quedado debajo de mi cuerpo. Algo goteaba en la mochila: una sustancia rojiza y espesa se deslizó por mis piernas cuando proseguí la marcha cojeando en el intento de salir del campo visual de Isis. Al llegar por fin al túnel, me dejé caer junto a la pared.

—¿Nos habrá visto? —preguntó Arden, sujetando a la perra para impedir que me lamiese la cara—. ¿Dónde están los prismáticos?

—Aquí los tengo. —Se los mostré. Como la pieza central se había rajado, los dos tubos seguían unidos únicamente por un delgado trozo de plástico. Me los acerqué a los ojos y rastreé las colinas por si descubría a Isis, pero no distinguí nada—. Está todo negro —reconocí frenética, y les di un pequeño golpe con la intención de repararlos.

Con toda probabilidad, Isis ya habría recorrido la mitad del sendero de tierra, yendo precipitadamente hacia las casas para despertar a Maeve. Esta no tardaría en cruzar el puente y vendría a buscarnos. «Anda ya», me dije, y agité el puñetero instrumento para que funcionase.

Volví a enfocarlos, pero tampoco detecté a nadie: ni a ella, ni a Quinn ni a Mae. Ante mí se extendió una negrura infinita, y mis ojos, irritados y atemorizados, se reflejaron en el cristal.

Rebuscadas y pintorescas tallas recubrían las fachadas de las estrechas casas de San Francisco, a las que la pintura se les caía a trozos. Al pie de cada colina se acumulaban coches carbonizados, y como por todas partes había restos de cristal, la calzada destellaba.

—Debemos apretar el paso —aconsejó Arden. *Heddy* y ella, que me llevaban varios metros de ventaja, esquivaron la basura de la acera, las botellas de plástico aplastadas y las envolturas de papel de aluminio que llegaban a la altura de los tobillos de mi amiga. La luna estaba a punto de desaparecer, y la gigantesca cúpula del firmamento se iba tiñendo rápidamente de luz—. Hemos de llegar antes de que salga el sol.

—Ya voy, ya voy —repliqué observando la tienda que había a mi espalda: un coche había atravesado el escaparate y destruido la cristalera; enredaderas y musgo colgaban sobre la abertura. En el interior del local, detrás de varias estanterías volcadas, algo se movió. Entorné los ojos en la penumbra e intenté detectar a qué correspondía la sombra que, en ese momento, saltó hacia mí.

Heddy ladró cuando el ciervo abandonó la tienda. El animal desapareció calle abajo. Hacía cuatro horas, o incluso más, que caminábamos sorteando obstáculos por la ciudad. Casi habíamos llegado a la ruta ochenta y al puente que nos conduciría hasta Caleb. No tardamos en ver la rampa de entrada cubierta de musgo. Me mantuve atenta por si Maeve o Quinn aparecían, o por si algún descarriado llegaba repentinamente y nos obligaba a entregar las provisiones. Pero no sufrimos ningún percance. Volvería a reunirme con Caleb. A cada paso que daba, mi certeza iba en aumento y me parecía más real. A partir de ahora, él, yo, Arden y *Heddy* formaríamos una pequeña tribu y nos ocultaríamos en el caos.

43

Subimos por la rampa de la ruta ochenta y caminamos entre los coches que habían quedado definitivamente inutilizados para circular. Anduve más ligera cuando pasamos junto a la vieja obra en construcción que Caleb y yo habíamos visto el día de nuestra llegada.

—¡Es eso! —grité al ver que la carretera trazaba una curva ascendente que rodeaba el océano.

El inmenso edificio estaba un poco más adelante; el yeso azul se caía a trozos. La palabra IK A estaba escrita con letras amarillas, y solo se percibía una ligera sombra donde antaño estuvo colgada la E.

Ya no me separaban de Caleb más que un aparcamiento vacío y una pared de cemento. Eché a correr, sin hacer caso del dolor que sentía en la rodilla a consecuencia de la caída, y oí que Arden me gritaba:

—No deberías entrar sola.

Infinidad de veces había imaginado ese momento. En las semanas posteriores a mi llegada a Califia, solía decirme a mí misma que Caleb y yo estábamos bajo el mismo cielo. Dondequiera que él se hallara e hiciera lo que hiciese (ya fuera cazar, dormir o preparar la comida en una hoguera), siempre compartiríamos algo. A veces elegía un edificio concreto de la ciudad y lo imaginaba dentro, leyendo un libro con manchas de humedad, mientras descansaba y esperaba a que la pierna se le curase. Estaba convencida de que volveríamos a encontrarnos…, pero aún quedaba por ver cómo y cuándo.

Cuando llegué a la entrada, me percaté de que las cristaleras estaban cerradas con llave y los pomos metálicos rodeados con una gruesa cadena. Como habían roto a patadas un par de los vidrios inferiores, entré a gatas procurando no cortarme con las astillas de cristal. El interior de la inmensa tienda estaba a oscuras y en silencio. La luz matinal que se colaba por las puertas producía un ligero brillo en el suelo de cemento. Saqué la linterna de la mochila, la encendí y me interné en el local.

Desplacé el haz de luz por la estancia, lo detuve en un cajón lleno de almohadas mohosas y luego alumbré el viejo armazón de una cama, un tocador, una lámpara y unos libros sobre el mueble como si fuera el hogar de alguna persona. En un rincón habían montado una cocina, provista de nevera y fogones, y al fondo del pasillo había un salón con un sofá azul muy largo. Ya había recorrido el interior, largo y estrecho, de otras tiendas de este estilo, pero este me pareció un laberinto descomunal en el que cada habitáculo desembocaba en el siguiente.

Percibí un crujido y retrocedí de un salto; cuando iluminé el suelo, vi una rata que se alejaba a toda velocidad. Algunas sillas de un comedor contiguo estaban volcadas. No quise correr el riesgo de gritar en la oscuridad, así que me contuve y caminé tan silenciosamente como pude por encima de la basura y los cristales rotos.

Vagué por las habitaciones, alumbrando con la linterna los rincones para cerciorarme de que no se me escapaba nada, pasé junto a camas, mesas y sillas, y mis ojos se adaptaron lentamente a la penumbra. Cuando me detuve ante una de las duchas de mentirijillas, oí una ligera tos; procedía de mi derecha, a varias habitaciones de distancia.

—Aquí —musitó una débil voz—. ¿Eve? Estoy aquí.

Me conmoví tanto que me tapé la boca, incapaz de responder. Por el contrario, me precipité por las estancias y sentí que mi corazón palpitaba de alegría. Caleb estaba vivo. Estaba aquí. Lo había logrado.

A medida que me acercaba, vislumbré tres velas en el suelo. Sobre una cama se perfilaba una figura masculina. Me aproximé. Pero, al llegar al dormitorio, comprobé que no estaba solo: en total había tres individuos. El segundo hombre, espectralmente pálido, estaba sentado en un sillón situado en un rincón del cuarto; el tercero, de pie junto a la otra entrada de la habitación, cortaba el paso. Este tenía la cara surcada de cicatrices; llevaba los pantalones sucios de tierra y las mismas botas que Missy había descrito en Califia. Los otros dos iban de uniforme y lucían el escudo de la Nueva América en la manga de la camisa.

—Hola, Eve —saludó el que estaba acostado—. Te estábamos esperando.

Se incorporó poco a poco y, manteniendo parcialmente la cara en la sombra, me examinó. Se me erizó el fino vello de la nuca: lo conocía, conocía a ese hombre.

Sus ojos, de negras y tupidas pestañas, me observaron con atención. Era joven, no debía de tener más de diecisiete años,

45

pero su aspecto parecía más maduro que aquel día en que nos topamos con él al pie de la montaña. Me refiero al día en que disparé contra dos soldados y los maté. Este era el tercer hombre al que dejé en libertad después de que suturase la pierna de Caleb. Resultaba que, curiosamente, lo había soltado para encontrármelo, justo ahora, en este sitio tan extraño.

El soldado de la cara surcada de cicatrices cruzó los brazos a la altura del pecho, y me dijo:

—No sabía cuánto tardarías en recibir el mensaje. —Y a sus compañeros, les comentó—: Los rumores corren que vuelan entre los descarriados, ¿no creéis?

De inmediato pensé en Arden. Probablemente, *Heddy* y ella estarían en la entrada, a punto de internarse en el edificio, pues ante mi estúpida insistencia, me habían seguido. Con anterioridad, ya había conducido a Arden a las fauces del peligro, y no debía permitir que volviese a ocurrir.

Tenía que lanzar la voz de alarma.

El soldado joven hizo una señal a sus compañeros, que se abalanzaron sobre mí. La linterna pesaba lo suyo y no me lo pensé dos veces: cuando el individuo pálido llegó a mi lado, me giré y le asesté un golpe en el pómulo. Trastabilló, chocó con el que tenía al lado y tuve el tiempo suficiente para escapar. Eché a correr por el laberinto y salté por encima de sillas, mesas y lámparas rotas. Advertí que acortaban distancias, y cuando llegué a la entrada, noté que estaban cada vez más cerca.

Arden se disponía a franquear la cristalera rota, mientras que *Heddy* ladraba, poniéndose cada vez más nerviosa a medida que nos acercábamos. A mi espalda, las pisadas resonaron, y los ladridos aumentaron progresivamente. Continué corriendo en dirección a la entrada, sin volver la cabeza cuando la franqueé, y grité la única palabra que fui capaz de pronunciar:

—¡Corred!

Ocho

El cristal me hirió el brazo. Durante unos segundos el mundo se detuvo. Franqueé hasta la cintura la puerta rota, y ante mí apareció gran parte del aparcamiento vacío y los hierbajos que asomaban entre las grietas de la calzada. *Heddy* gruñía. Desesperada, Arden me cogió de las axilas e intentó sacarme a rastras. En ese momento una mano me agarró un tobillo y me clavó las uñas, mientras uno de los soldados tironeaba de mí hasta que me metió de nuevo en el almacén.

La perra atravesó la abertura y clavó los dientes en la pierna del hombre.

—¡Me ha atacado! —gritó el militar a sus compañeros.

Heddy no cesaba de gruñir y, emitiendo un sonido ronco y gutural que reverberaba en la estancia, meneó la cabeza de un lado para otro, desgarró el pantalón del muchacho y le mordió las carnes; logró tirarlo al suelo y, finalmente, él me soltó. La cabeza chocó contra el suelo y cerró los ojos de dolor. Acto seguido ordenó:

—¡Disparadle!

Arden volvió a tirar de mí, y mi sangre le empapó la manga de la camisa, pero logró arrastrarme hacia el aparcamiento. La distancia hasta la carretera rondaba los cincuenta metros. Detrás de la tienda había un bosquecillo, y los tupidos árboles nos servirían de refugio. Me puse en pie y corrí hacia los árboles, pero mi amiga se había quedado petrificada, con la vista fija en la entrada: *Heddy* seguía en el interior. Había inmovilizado al soldado y le ladraba en la cara. Cuando los otros dos hombres surgieron de la oscuridad, la perra les enseñó los dientes como si protegiera una presa recién cazada.

—*Heddy*, ven, ven aquí —la llamó Arden, dándose palmaditas en el muslo—. ¡Vamos, ven!

Sacando un arma que llevaba en la cintura, el soldado vestido de descarriado apuntó a la perra que, súbitamente, dio un tumbo e hincó los dientes en el brazo del militar joven, que desde el suelo gritó:

—¡Dispara de una vez!

—Tenemos que irnos —aseguré, y tiré de Arden.

—¡Ven aquí, *Heddy!* —Lo intentó de nuevo mientras se alejaba de la tienda, corriendo hacia atrás—. Te he dicho que…

Sonó un disparo. El animal emitió un quejido sobrecogedor y se tambaleó; el costado le sangraba. El soldado ayudó al joven a ponerse de pie, y disparó a la cadena que mantenía cerradas las puertas, hasta que la partió. Los tres individuos salieron al aparcamiento.

Agarré a Arden de la mano y la conduje hacia el bosque de detrás de la tienda, pero ella caminaba muy despacio sin querer alejarse del edificio. Pese a tener una pata trasera totalmente paralizada, *Heddy* persiguió cojeando a los hombres.

—Arden, tenemos que irnos —insistí, y la forcé a que viniera en pos de mí. Aunque los individuos nos seguían, ella apenas se movió y estiró el cuello para contemplar a la perra que sufría mucho—. Vamos —supliqué.

No sirvió de nada. En pocos segundos los soldados nos alcanzaron.

—Lowell, cógela —ordenó el joven, señalando a Arden.

El tal Lowell —el pálido— la sujetó por los codos y le ató los brazos a la espalda. Mi amiga pataleó desaforadamente, pero el otro soldado le aferró las piernas y le rodeó los tobillos con una brida de plástico. Con un decidido tirón la tensó, y Arden dejó de dar patadas, ya que las piernas le quedaron cruzadas y aprisionadas.

Mientras la reducían, el soldado joven se me acercó sin prisa. Tenía la pierna en carne viva donde *Heddy* se la había mordido, y la mancha de sangre se le extendía por la fina tela verde del uniforme.

—Vendrás conmigo —afirmó serenamente.

Su rostro era más anguloso de lo que yo recordaba, y en el caballete de la nariz se le apreciaba una inflamación considerable, como si se lo hubiese roto hacía poco. Me cogió de la muñeca, pero tirando de la mano hacia abajo, tal como Maeve me había enseñado las semanas precedentes, tras mi llegada a Califia, la liberé por debajo de su pulgar. Luego me agaché, hice palanca sobre el suelo y le asesté un codazo en el sensible hueco de la entrepierna. El soldado se encogió de dolor y le brotaron las lágrimas.

Me precipité hacia los demás. El de las cicatrices se llevó una buena sorpresa justo antes de que le diera un soberbio puñetazo en el cuello. Se quedó sin resuello, perdió el equilibrio y soltó las piernas de Arden. Lowell la dejó caer al suelo, se abalanzó sobre mí y me aplastó contra el suelo.

—Tienes suerte —me susurró al oído, echándome el aliento —ardiente y baboso— a la cara—. Si fueras otra te habría rajado el cuello.

Sacó entonces una brida de plástico del bolsillo, me la colocó alrededor de las muñecas y la tensó con tanta fuerza que me latieron las venas de las manos.

El militar joven se incorporó lentamente e indicó al de las cicatrices que fuera a buscar algo al bosque. Este se alejó tambaleante, agarrándose todavía el cuello con las manos. Yo me giré hacia Arden, que estaba hecha un ovillo en el suelo, llorando y musitándole a *Heddy*:

—Tranquila, pequeña, tranquila. Estoy aquí, pequeña. Aquí.

Los gemidos de la perra fueron en aumento cuando intentó avanzar a rastras. La sangre le manaba a chorros por la pata trasera herida.

De pronto nos inundó el conocido sonido rechinante del motor de un todoterreno. El soldado de las cicatrices trasladó el vehículo de la arboleda al aparcamiento vacío, y los otros dos nos cargaron, una tras otra, en la parte trasera.

—¡Ya está bien! —gritó Lowell a Arden, pues su llanto le resultaba insoportable—. No quiero oírte más.

El conductor puso rumbo a la autopista.

—¡No podemos dejarla en ese estado! —La voz de Arden sonó entrecortada por los sollozos—. ¿No os dais cuenta de lo que está sufriendo?

49

Tironeé de mis ataduras, ya que quería consolar y abrazar a mi amiga, a quien las lágrimas le mojaban los cabellos y la camisa. Los hombres no le hicieron el menor caso, ya que únicamente prestaban atención a la rampa que conducía a la ruta ochenta. Arden se arrojó sobre los respaldos y gritó:

—No podéis hacer esto, no la abandonéis así. Sacrificadla, por favor, os lo suplico —repitió hasta quedarse sin aliento. Agotada, apoyó la cabeza en el asiento y chilló—. ¿Qué os pasa? Acabad de una vez por todas con su sufrimiento.

El soldado joven le tocó el brazo al conductor y le hizo señas de que frenase. Los aullidos de dolor de *Heddy* eran impresionantes; el pobre animal se lamía la herida como si intentase detener la hemorragia.

El soldado se apeó y, atravesando el aparcamiento, se aproximó a la perra. Sin titubear, se limitó a levantar el arma. Me di la vuelta. Sonó la detonación, a Arden se le contrajo el rostro y noté que todo se quedaba inmóvil y en silencio.

Mientras nos alejábamos, ella escondió la cara en mi cuello, estremeciéndose a causa de los apagados sollozos.

—Calma, Arden —le susurré al oído, descansando mi cabeza sobre la suya.

Sus lloros se tornaron inconsolables a medida que el vehículo circulaba hacia el este, hacia el sol naciente.

Nueve

Cinco horas después, el todoterreno se detuvo junto a una muralla de unos nueve metros de altura, por cuya fachada de piedra trepaba la hiedra. Yo sudaba y notaba la piel quemada por el sol, así como las manos y los pies insensibilizados a causa de las sujeciones. Despierta y alerta, entrecerré los ojos para protegerlos del resplandor. Después de meses en fuga y de tantos errores y escapadas por los pelos, todo me daba igual porque, de todas maneras, había acabado en la Ciudad de Arena.

—Arden…, Arden, despierta —murmuré dándole un suave codazo.

Se había dormido hacía varias horas cuando sus lloros dieron paso al agotamiento. Tenía los ojos tan hinchados que, prácticamente, se le cerraban solos.

—Stark al habla —dijo el soldado joven hablando por el radioteléfono del asiento delantero—. Nueve, cinco, dos, uno, ocho, cero. Ya es nuestra.

Me pareció vergonzosa su actitud arrogante ahora que me tenía sentada y maniatada en la parte de atrás del vehículo. Durante las cinco horas de viaje no se había movido de su asiento, charlando sin cesar con el conductor y respondiendo a la radio cada vez que sonaba. Como si pidiesen autorización, los otros dos le consultaban antes de hacer cualquier cosa. Tras una hora de viaje, Arden y yo nos aflojamos las bridas de plástico e intentamos saltar del vehículo en movimiento, pero el soldado que ocupaba el asiento trasero nos vio y nos ató las muñecas a la estructura metálica del coche.

En ese momento se produjeron muchas interferencias.

—Estamos a punto de abrir la puerta. Ya podéis entrar —anunció una voz a través del radioteléfono.

Tironeé de la cuerda pasada por la brida que me sujetaba las muñecas.

—Es más pequeña de lo que suponía —murmuró Arden, contemplando la muralla. La camisa le iba tan grande que le quedaba al descubierto la parte superior de la ancha cicatriz del torso—. Tanto hablar de su grandeza… No son más que un hato de malhechores.

En los doce años que pasé en el colegio, las profesoras siempre se cuidaron muy mucho de resaltar (lo hacían también en los discursos que emitían por la radio en el salón principal), que la Ciudad de Arena era un sitio extraordinario, el corazón de la Nueva América, la ciudad que el monarca había restaurado en pleno desierto. Pip y yo habíamos hablado sobre nuestro futuro dentro de sus muros, de los enormes y lujosos apartamentos que daban a elegantes fuentes, del tren que circulaba por los raíles situados en la calle, así como de las tiendas llenas a rebosar de ropa y joyas restauradas. Soñábamos con las montañas rusas, los parques de atracciones, los zoológicos y el altísimo Palace, repleto de restaurantes y tiendas. Pero lo que estábamos viendo no tenía nada que ver con la imponente metrópoli imaginada. La muralla era poco más alta que la del colegio, y tras ella no se veían torres rutilantes.

La verja metálica chirrió, se desplazó y se abrió lentamente. Lowell, el soldado pálido, descendió, rodeó el todoterreno y cortó la cuerda con la que Arden estaba sujeta al vehículo. Stark hizo lo propio conmigo, mientras la verja se abría del todo y quedaba al descubierto un edificio de ladrillo, no muy alto. Me cogió del brazo y me trasladó de la parte posterior al asiento trasero del vehículo.

—No, no —masculló Arden cuando ambas nos percatamos de dónde estábamos. Se dejó caer al suelo como un peso muerto—. No pienso volver.

Lowell intentó que se incorporase y le tiró del brazo.

A uno y otro lado de la verja se encontraban Joby y Cleo, las guardianas que durante muchísimos años habían sido un elemento inamovible del colegio; apuntaban las metralletas hacia el bosque que se extendía a nuestra espalda. Desde la parte trasera, el edificio parecía más pequeño a como lo recordaba. Junto a una hilera de ventanas bajas y enrejadas, había una zona de hierba, rodeada de una valla de tela metálica cuya parte superior se curvaba hacia dentro para impedir fugas. Un puñado de chicas, luciendo vestidos de papel azul exactamente iguales, estaban fuera y ocupaban dos mesas de piedra de gran anchura.

El vehículo avanzó. Me arrojé sobre Lowell y le clavé el hombro en un costado, pero no sirvió de nada porque llevaba las manos atadas a la espalda. El soldado recuperó rápidamente el equilibrio y arrastró a Arden hacia el interior. Cleo le sujetó las piernas para impedir que asestase patadas.

—¡No podéis hacer esto! —chillé.

Stark me cogió firmemente del brazo mientras me llevaba de regreso al coche.

—Este es el sitio que le corresponde —sentenció con frialdad.

A pesar de estar sujeta de manos y pies, Arden forcejeaba. Lowell le tapó la boca cuando entraron en la zona vallada. El soldado y Cleo la entregaron a las dos guardianas que se hallaban junto a la puerta, como si fuese un saco de arroz.

—Solo pido un minuto —supliqué y, clavando los talones en el suelo, me negué a dar un paso más. Stark no me soltaba el brazo—. ¿No me lo permitirás? Ya la has traído, has cumplido con tu cometido. Y yo iré a la Ciudad de Arena. Solo pido un minuto, un único minuto, para despedirme de ella.

Él revisó las altas cercas, situadas a ambos lados del camino de tierra, y el edificio que se alzaba más adelante, cuya fachada de piedra rondaba los nueve metros de altura. El conductor había colocado el todoterreno de costado, de modo que bloqueaba la verja. Yo no tenía la más remota posibilidad de escapar.

Al final me soltó.

—Dispones de un minuto —precisó—. Tú misma.

Caminé por el sendero de tierra, notando cómo me ardía la zona del brazo que él me había aferrado. Del edificio salió una mujer que se protegía la boca con una mascarilla; arrastró una cama metálica con ruedas hasta la entrada, y Cleo ató a Arden en ella, cambiando las bridas de plástico por ti-

53

ras de cuero, más gruesas y resistentes. Al verme tras la valla, se relajó.

—No permitiré que te hagan esto —afirmé—. No lo permitiré.

Iba a responderme, pero Joby la introdujo en el edificio, y la puerta se cerró tras ellas. Mi amiga ya no estaba.

—¿Y yo qué? —preguntó una voz conocida.

Me quedé inmóvil, porque supe de quién se trataba incluso antes de girarme. Se hallaba a dos metros de mí, agarrada a la tela metálica. Me dirigí hacia allí, observando la negra melena humedecida de sudor, los moretones que le rodeaban las muñecas y los tobillos, y el incómodo vestido de papel que le llegaba a las rodillas.

—Ruby… —musité. No parecía estar embarazada…, al menos de momento—. ¿Cómo te encuentras?

La noche de mi partida me había detenido en la puerta de mi dormitorio, escuchando la respiración de mis amigas y preguntándome cuándo estaría en condiciones de regresar. Cada vez que Maeve me enseñaba una nueva técnica, ya fuera usar el cuchillo, lanzar una flecha o trepar por una cuerda, imaginaba que regresaría al colegio acompañada por las mujeres de Califia, y que Quinn o Isis estarían a mi lado cuando tomásemos al asalto el dormitorio a oscuras y despertáramos a las chicas. En ningún momento se me pasó por la cabeza que las cosas sucederían de otro modo.

Ruby tenía los ojos semicerrados. Aferrada a la valla, balanceó el cuerpo de un lado para otro, desmadejado.

—¿Qué te pasa? ¿Qué te han hecho? —pregunté mientras examinaba el pequeño jardín, donde descubrí a varias chicas de mi clase y a algunas alumnas del curso superior, sentadas a las mesas de piedra. Maxine, una muchacha de nariz chata que cotilleaba sin cesar en aquellos tiempos, mantenía la cabeza gacha—. ¿Qué te ocurre, Ruby?

—Apartaos de ahí —ordenó una guardiana desde el interior del edificio. Se trataba de una mujer baja y fornida, con las mejillas picadas de viruela—. ¡Atrás!

Me apuntó con un arma, pero no le hice el menor caso y apreté la cara contra la valla con tanta intensidad que mi nariz estuvo a punto de tocar la de Ruby.

—¿Dónde está Pip? —susurré. Pero ella se fijaba solamente en mis gastadas botas grises—. Ruby…, contesta —insistí apremiándola.

La guardiana se aproximó, y Stark se apeó del todoterreno. No nos quedaba mucho tiempo.

Ruby miró el cielo, y el sol le iluminó los ojos de color castaño, resaltando los puntitos marrones y dorados ocultos en sus profundidades. «Di algo —pensé mientras Stark se me acercaba, llevando a Lowell pegado a sus talones—. Te ruego que me digas algo.»

—¡Eve, aléjate de la valla! Ya está —gritó Stark, y ordenó a la guardiana—: ¡Baja el arma!

—Por favor —insistí a Ruby.

Entreabrió los labios como si fuera a decir algo, recostó la frente en la valla y preguntó:

—¿Dónde se han metido los pájaros?

Stark me sujetó del codo, y volvió a hacerle señas a la guardiana para que bajara el arma.

—Bueno, se acabó. Sube al coche —masculló, y me clavó más fuerte los dedos en el brazo.

No perdí de vista a Ruby mientras me metían en la parte trasera del todoterreno y volvían a atarme. Mi excompañera de colegio seguía apoyada en la valla, moviendo la boca, como si ni siquiera se hubiese enterado de que yo ya no estaba.

Lowell puso el vehículo en marcha, y los neumáticos chirriaron en contacto con la endurecida tierra. La verja se abrió, y entonces experimenté ese sentimiento tan conocido de soledad, la insondable sensación de vacío por no tener a nadie a mi lado. El lugar que me había arrebatado a Pip y a Ruby también se había llevado a Arden. Una vez que se hubo cerrado la verja, contemplé cómo la pared de piedra desaparecía tras los árboles, y fui consciente de que gran parte de mi vida seguía aprisionada en el interior de aquel edificio.

55

Diez

El sol se hundió detrás de las montañas y los bosques dieron paso a amplias extensiones de arena. Continuaba atada a las entrañas metálicas del todoterreno, sintiendo el cuerpo entumecido y dolorido tras las horas pasadas en su interior. Nos vimos obligados a circular por el terreno pelado y lleno de baches que había junto a la calzada para evitar los numerosos coches calcinados que se amontonaban en la autopista. El vehículo pasó bajo gigantescas vallas publicitarias, cuyo papel se había rasgado y cuyas imágenes habían perdido color a causa del sol. En una de dichas vallas se leía: PALMS. CENTRO TURÍSTICO, INFINITAS TENTACIONES; otra de ellas exhibía botellas de un líquido amarillento cuyo cristal estaba salpicado de gotas, como si fueran de sudor. La palabra BUDWEISER apenas resultaba legible.

Nos dirigimos rápidamente hacia las murallas de la ciudad. Tal como nos habían contado en el colegio, en medio del desierto se alzaban unas torres monumentales. Pensé en Arden y en Pip, atadas a las camas metálicas, y en Ruby y su mirada perdida. La pregunta que esta me había formulado seguía resonando en mi cabeza: «¿Y yo qué?». El sentimiento de culpa me asaltó de nuevo, y me dije que no había hecho lo suficiente. Pero aquella noche me había ido convencida de que tendría ocasión de regresar. Necesitaba más tiempo. En ese momento, maniatada y a punto de entrar en la Ciudad de Arena, no podía hacer nada por ellas.

Cuando nos acercamos a la muralla de quince metros de altura, Stark sacó del bolsillo una placa circular y se la mostró a los guardias. Después de una pausa interminable, se abrió una puerta en un lateral de la muralla, lo suficientemente ancha para que el todoterreno pasase. Entramos y nos detuvimos ante una barrera. Con los fusiles desenfundados, varios soldados rodearon el vehículo.

—Dadnos vuestros nombres —gritó alguien desde la oscuridad.

Stark le mostró la placa y pronunció su nombre y su número; los demás ocupantes hicieron lo mismo. Un soldado, con la piel quemada por el sol, estudió la placa, mientras otros compañeros registraban el vehículo, iluminaban la parte inferior de la carrocería, escudriñaban las caras de los viajeros y observaban el suelo bajo sus pies. El haz de luz recorrió mis manos, todavía sujetas por la brida de plástico.

—¿Es una prisionera? —quiso saber uno de los soldados sin apartar la luz de mis muñecas—. ¿Tenéis sus documentos?

—No hacen falta —respondió Stark—. Es ella.

El soldado, de ojillos redondos y relucientes, me examinó y, finalmente, dijo muy ufano—: En ese caso, bienvenida.

Hizo una indicación a sus compañeros para que se apartasen, y la valla metálica se alzó; Stark apretó el acelerador y nos dirigimos velozmente a la rutilante ciudad.

Pasamos frente a edificios cuyos interiores estaban iluminados en tonos azul, verde o blanco brillantes, como habían descrito mis profesoras. Recuerdo haber estado sentada en la cafetería del colegio escuchando por la radio los discursos del rey sobre la restauración: habían convertido algunos hoteles de lujo en bloques de apartamentos y despachos, y suministrado agua, conduciéndola desde un embalse denominado lago Mead; los últimos pisos de cada edificio estaban muy iluminados, y las piscinas eran de un precioso azul cristalino, generado por la electricidad producida en la gran presa de Hoover.

El todoterreno circuló muy deprisa por una extensa obra en construcción de los alrededores de la ciudad, en algunos de cuyos puntos los montículos de arena rondaban los tres metros de altura. Por su parte, los soldados recorrían la parte superior de la muralla, apuntando las armas hacia la oscuridad. Pasamos junto a casas destartaladas, pilas de escombros y un impresionante corral lleno de animales de granja. El olor a excrementos

57

me impregnó las fosas nasales. Sobre nosotros se cernieron palmeras gigantes, de troncos secos y color pardo.

El terreno se despejó cuando nos aproximamos al centro de la ciudad: a nuestra izquierda avistamos jardines y, a la derecha, un solar cubierto de cemento; había algunos aviones oxidados frente a un edificio decrépito en el que un letrero rezaba: McCarran Airport. Dejamos atrás barrios destruidos y carcasas de viejos coches, hasta que llegamos a una zona de edificios, cada uno más grandioso que el anterior, de colores distintos y rebosantes de luz eléctrica.

—¿Verdad que es impresionante? —opinó el soldado de las cicatrices. Viajaba a mi lado en el asiento trasero, y se dispuso a abrir la cantimplora.

Analicé el edificio que apareció ante nosotros: una gigantesca pirámide dorada. A la derecha había una torre verde, en cuya vítrea superficie se reflejaba la luna. «Impresionante» no era la palabra adecuada. Aquellas elegantes construcciones no se parecían en nada a lo que yo había visto hasta entonces. A fin de cuentas, solo conocía el caos: caminos de asfalto resquebrajado, casas de techos hundidos, las paredes del colegio cubiertas de moho negro… En esta ciudad, la gente se paseaba por pasos elevados metálicos, y al final de la calle principal, una torre se elevaba hasta las estrellas, cual una aguja de color rojo intenso en contraposición con el firmamento. Gracias a cada rutilante rascacielos, a cada calle pavimentada y a cada árbol, la ciudad parecía afirmar: «Hemos sobrevivido. El mundo continuará».

El todoterreno era el único vehículo que circulaba. Íbamos a tal velocidad que veía borrosa a la gente. Debido a los anchos hombros y a los fornidos cuerpos de los transeúntes, me di cuenta de que se trataba mayoritariamente de hombres. Unos perros blancos muy pequeños, de más o menos un tercio del tamaño de *Heddy*, correteaban por la calle.

—¿Qué son? —pregunté.

—Cazadores de ratas —contestó el soldado de las cicatrices—. El rey ordenó que los criasen para hacer frente a la plaga de roedores.

No tuve tiempo de responder porque el vehículo giró a la izquierda y enfiló una calle larga que serpenteaba hacia un imponente edificio blanco, en cuya parte delantera había hileras y más hileras de vehículos del Gobierno. Unos soldados, colgándoles las metralletas a la espalda, estaban apostados a lo largo de una fila de estilizados árboles. Examiné con atención la amplia construcción. La entrada principal estaba bordeada de esculturas: ángeles alados, caballos y mujeres decapitadas. Después de recorrer muchísimos kilómetros habíamos llegado.

Aquel edificio era el Palace, y el rey me esperaba allí.

Stark me bajó del todoterreno aferrándome enérgicamente del brazo. Se me cortó la respiración cuando entramos en el vestíbulo circular de mármol. Hacía meses que la cara del monarca me perseguía, y recordé la fotografía que siempre nos habían enseñado de él en el colegio: el pelo —canoso y ralo— le caía sobre su frente, la piel de los carrillos le colgaba y sus astutos ojillos, siempre vigilantes, parecía que te seguían fueras donde fueses.

Varios soldados recorrían el vestíbulo; algunos charlaban y otros paseaban arriba y abajo por delante de una fuente. Stark me condujo a través de varias puertas doradas hasta un pequeño ascensor recubierto de espejos, y pulsó un código en el teclado. Las puertas se cerraron y subimos sin parar; noté un vacío en el estómago al sucederse los pisos a toda velocidad: los cincuenta primeros y luego cincuenta más.

—Te arrepentirás —dije, y tironeé de la brida de plástico que me ceñía las muñecas—. Le contaré lo que me has hecho. Le diré que tus hombres me arrojaron al suelo en el aparcamiento y que me amenazaste con matarme.

Reparé en que la costra del corte del brazo se había ennegrecido.

—Perfecto —declaró Stark, impasible—. Cumplí las órdenes que me dieron. Me encomendaron que hiciese cuanto fuera necesario para traerte a la ciudad. —Se me encaró con los ojos inyectados en sangre. Me cogió del cuello de la camisa y me acercó tanto a él que mi cara quedó a pocos centímetros de la suya—. Los hombres que mataste eran como hermanos para mí; durante tres años habíamos trabajado juntos todos los días. El rey jamás te castigará por tus asesinatos, pero yo me encargaré de que nunca olvides lo sucedido aquel día.

Las puertas se abrieron con un siseo aterrador. El soldado

59

me clavó las uñas en el brazo mientras me conducía a una estancia situada al otro lado del pasillo enmoquetado.

—Espera aquí —ordenó y, sacando una navaja del bolsillo, cortó la brida. De inmediato sentí hormigueo en las manos ante la súbita circulación sanguínea.

La puerta se cerró. Di un salto para sujetar el picaporte, pero incluso antes de intentarlo me di cuenta de que estaba cerrada. En el centro de la habitación había una larga mesa de caoba, rodeada de varias sillas macizas. Desde un gran ventanal, cuyo alféizar sobresalía unos sesenta centímetros, se divisaba la ciudad. Me acerqué a él, encajé como pude los dedos bajo el marco del cristal y presioné.

—Ábrete, por favor —musité en voz muy baja—. Por favor, ábrete.

El modo de conseguirlo daba igual, pero lo cierto es que necesitaba salir de esa habitación.

—Está sellado —musitó alguien.

Me erguí y me di la vuelta. En la puerta había un hombre de unos sesenta años, de pelo canoso y piel muy fina y reseca.

Me alejé del ventanal y dejé caer las manos a los lados del cuerpo. El hombre vestía un traje de color azulón, corbata de seda y el escudo de la Nueva América bordado en la solapa. Se aproximó y me rodeó lentamente, examinando mi enredado cabello castaño, la camisa de hilo empapada en sudor y las marcas en las muñecas debidas a las ataduras. La herida del brazo seguía abierta, y la sangre me ensuciaba desde el codo hasta la mano. Cuando concluyó el escrutinio, se detuvo ante mí, extendió el brazo y me acarició la mejilla.

—Mi bella niña… —murmuró, y me pasó el pulgar por la frente.

Le asesté una palmada en la mano, retrocedí e intenté acrecentar tanto como pude el espacio que nos separaba.

—No se acerque a mí —advertí—. Me da igual quién sea usted.

Sin dejar de contemplarme, dio un paso, y luego otro en un intento de aproximación.

—Sé por qué me han traído —le espeté y, rodeando la mesa, retrocedí hasta quedar arrinconada contra la pared—. Para que se entere, prefiero morir a parir un hijo suyo.

Levanté el brazo para golpearlo, pero me cogió la muñeca con mano firme: tenía los ojos llorosos. Se agachó hasta que su cara quedó a la altura de la mía, y cuando por fin habló, cada palabra sonó pausada y comedida:

—No estás aquí para darme un hijo. —Lanzó una risotada extraña—. Eres mi hija. —Me atrajo hacia él, me cogió la cabeza entre las manos y me besó en la frente—. Eres mi Genevieve.

Once

Estuvimos un segundo así, en la misma posición, hasta que me separé de él, pero fui incapaz de decir nada. Las palabras de ese hombre y sus espantosas repercusiones entraron rápidamente en mi cerebro y lo conturbaron todo, tanto el pasado como el presente.

La cabeza me daba vueltas. ¿Qué me había contado mi madre? ¿Qué me había dicho? Desde que tenía memoria, siempre habíamos estado solas. No había fotografías de mi padre en la pared de la escalera, ni me había explicado nada sobre él a la hora de ir a dormir. Cuando tuve edad suficiente para darme cuenta de que era distinta a las niñas con las que jugaba, la epidemia ya se había producido y llevado a sus progenitores. Según mi madre, mi padre ya no estaba, y eso era cuanto necesitaba saber. Al fin y al cabo, mamá me quería por los dos.

El monarca sacó un trozo de papel brillante del bolsillo interior de la chaqueta, y me lo entregó. Se trataba de una fotografía. La cogí y contemplé una imagen de él, de hacía muchos años, en la que el paso del tiempo todavía no había hecho mella: parecía feliz, incluso apuesto; rodeaba con el brazo a una joven cuyo oscuro flequillo le llegaba hasta los ojos. Él la contemplaba, y la mujer, muy seria, se encaraba a la cámara, mostrando la expresión confiada de quien se sabe hermosa.

Me llevé la fotografía al pecho. Era mi madre. Evoqué cada rasgo de su cara, el pequeño hoyuelo de la barbilla y la forma en que el cabello le cubría la frente (siempre buscaba un pasador con que recogérselo). Aquel día, antes de que se declarara la epidemia, habíamos jugado a disfrazarnos en mi cuarto: oía como si fuera ahora los gritos y las risas de los niños en la calle y el ruido de los monopatines en el asfalto; yo llevaba puestos unos zapatos con lazos de color rosa, y mamá, cogiendo uno de mis dos pasadores con forma de elefante, se lo puso encima de la oreja; me besó la mano y me dijo: «¡Ay, mi dulce niña, somos gemelas!».

—La conocí dos años antes de que nacieras —me explicó el rey. Me condujo hasta la mesa, apartó una silla y me la ofreció. Accedí y sentí un gran alivio cuando tomé asiento sobre el cojín, porque me temblaban las piernas—. Por aquel entonces yo era gobernador y había organizado una recogida de fondos en el museo en el que tu madre trabajaba; era conservadora de museos antes de que sobreviniese la hecatombe. Estoy seguro de que ya lo sabes.

—Es muy poco lo que sé de mi madre —musité, y examiné con detenimiento su imagen en la foto.

Situándose detrás de mí, el monarca apoyó las manos en el respaldo de la silla y dijo:

—Tu madre me llevó de visita privada por los jardines y me mostró esas plantas que huelen a ajo y alejan a los ciervos. —Se sentó a mi lado y se pasó los dedos entre los cabellos—. Había algo en su forma de expresarse que me llamó la atención, como si se riese de una broma que solo ella conocía. Pasé dos semanas allí y luego nos mantuvimos en contacto. Iba a verla siempre que no estaba en Sacramento. Al final la distancia resultó excesiva y dejamos de vernos.

»Dos años después se declaró la epidemia. Al principio fue gradual: llegaron noticias de la enfermedad en China y en algunas zonas de Europa. Durante mucho tiempo creímos que solo se había producido en el extranjero. Los médicos norteamericanos intentaron desarrollar una vacuna, pero fue entonces cuando el virus mutó, se reforzó y causó la muerte más rápidamente. Se extendió también por Estados Unidos, y murieron miles y miles de personas. La vacuna salió de inmediato al mercado, pero no sirvió más que para frenar el avance de la enfermedad y alargar durante meses el sufrimiento. Tu madre intentó ponerse en contacto conmigo, pero no me enteré; envió cartas y correos electrónicos y me llamó antes de

63

que los teléfonos dejasen de funcionar. Cuando me sometieron a cuarentena, encontré esa correspondencia en mi despacho; en mi escritorio había un montón de cartas sin abrir.

Recordé aquella época: las hemorragias se habían incrementado. En su intento de mantener seca la nariz, mi madre utilizaba un pañuelo tras otro. Una tarde logró por fin conciliar el sueño, y cuando salí, su habitación estaba a oscuras. En la casa de enfrente habían pintado una equis roja y removido la tierra del jardín, porque la habían utilizado para tapar los primeros cadáveres que habían enterrado. El silencio me sobrecogió. Los niños se habían esfumado. En mitad de la calle yacía una bicicleta rota. Cuando me acerqué a la puerta, observé que el gato de los vecinos estaba fuera, lamiendo la punta de una manguera. Fui a buscar al matrimonio, al hombre del sombrero marrón que tantas veces había visto entrar y salir. Me vino a la memoria el olor intenso y desagradable y el polvo acumulado en los rincones. «Necesitamos ayuda», había dicho yo dando unos pasos inseguros hacia el salón. Entonces descubrí los restos del hombre en el sofá: tenía la piel grisácea y la cara parcialmente hundida debido a la putrefacción.

—Nos abandonaste —lo acusé, incapaz de hablar sin ira—. Mi madre estaba sola, murió sola en esa casa y podrías haberla auxiliado. Yo esperaba que alguien nos salvase.

Cubrió mi mano con la suya, pero la retiré.

—Lo habría hecho, Genevieve…

—No me llamo así —lo interrumpí, y apreté la foto de mi madre contra el pecho—. No puedes llamarme así.

Él se puso de pie, se acercó al ventanal y me dio la espalda. En el exterior, más allá de la muralla, todo estaba a oscuras, y en varios kilómetros no se divisaba ni una sola luz.

—No supe que existías hasta que leí sus cartas. —Suspiró—. ¿Cómo es posible que te enfades conmigo por eso? Tuvieron que apostar soldados en mi casa para impedir que la gente me atacara, ya que fui uno de los pocos funcionarios gubernamentales de Sacramento que no sucumbió. La población estaba segura de que yo contaba con una cura mágica, y de que salvaría a sus familias. Envié soldados en su ayuda en cuanto terminó la epidemia y dispuse de recursos, creé una nueva capital provisional e intenté reunir a los supervivientes. Los envié también a casa de tu madre para que os buscasen, pero tú ya no estabas.

—¿Hallaron a mi madre? —pregunté con las manos cruzadas sobre la fotografía.

La recordé de pie en la puerta, lanzándome un beso. Se la veía muy frágil, y los huesos le sobresalían. Nada de eso me impidió imaginar que todo podría haber sido distinto y que cabía la posibilidad, contra toda lógica, de que ella se hubiera curado.

—Encontraron sus restos —respondió él. Se dio la vuelta y se aproximó a mí de nuevo—. Fue entonces cuando empecé a buscarte; al principio lo hice en los orfanatos, y más tarde, una vez montados los colegios, consulté en las listas de alumnas. No había ninguna niña llamada Genevieve…, supongo que ya te habías convertido en Eve. Cuando enviaron las fotografías de la graduación y te vi, me enteré de que estabas viva. Te pareces tanto a ella…

—¿Y esperas que me lo crea basándome únicamente en una foto? —Se la mostré.

—Podemos hacer comprobaciones —añadió con toda la serenidad del mundo.

—¿Pretendes que confíe en todo cuanto dices? Mis amigas siguen en el colegio y están allí por tu culpa.

El rey rodeó la mesa y, exhalando profundamente, dijo:

—Supongo que todavía no lo entiendes. Sería imposible que lo comprendieras.

—¿Qué tengo que comprender? —pregunté soltando un bufido—. Diría que no hay nada complicado en lo que haces. Repito que por tu culpa ellas están allí, en contra de su voluntad. Eres tú quien puso en marcha los campos de trabajo y los colegios.

Negué con la cabeza y me esforcé por no reconocer que tanto su nariz como la mía tendían a torcerse hacia la izquierda y que teníamos los mismos párpados gruesos. Me repugnaron su pelo ralo, el sutil hoyuelo del mentón y las profundas arrugas de las comisuras de los labios. No podía aceptar que estuviese emparentada con ese hombre, ni que compartiéramos una historia común o unos lazos de sangre.

Gotitas de sudor relucían en su piel. Aunque se tapó la cara,

65

no quise dejar de observarlo. Finalmente, accionó un botón que había en la pared.

—Beatrice, haz el favor de venir —musitó quitándose una pelusa de la pechera de la chaqueta—. Por decirlo con delicadeza, has tenido un día agotador y, seguramente, estás cansada. La asistenta te acompañará a tu dormitorio.

Al abrirse la puerta, entró una mujer baja, de edad madura, que vestía falda y chaqueta rojas; en la solapa de la chaqueta lucía el escudo de la Nueva América. Tenía la cara surcada de arrugas. Me sonrió, hizo una reverencia y de su boca se escaparon las siguientes palabras:

—Su alteza…

El monarca me cogió con suavidad del brazo, y añadió:

—Descansa. Mañana nos veremos.

Eché a andar hacia la puerta, pero me retuvo cogiéndome de la mano y me estrechó entre sus brazos. Cuando se apartó, su expresión era tierna y no me quitaba el ojo de encima. Evidentemente, deseaba que le creyese, pero me resistí, porque pensé en Arden, atada por los tobillos, y en cómo retorcía el cuerpo intentando liberarse.

Experimenté un profundo alivio cuando por fin me soltó la mano.

—Por favor, muestra sus aposentos a la princesa Genevieve, y ayúdala a desnudarse.

La mujer repasó mis andrajosos pantalones, el brazo ensangrentado y los restos de hojas secas entremezclados con mis cabellos. Expresaba ternura cuando el rey se perdió por el pasillo, caminando con energía sobre el brillante suelo de madera. No me moví, pero el corazón me latió violentamente hasta que la estancia quedó en silencio y ya no hubo ni rastro de él.

Doce

—Y aquí merendará —explicó Beatrice, y con un ademán abarcó el enorme patio.

Tres paredes estaban formadas por ventanales y el techo de cristal permitía ver un cielo sin estrellas. Ya habíamos recorrido el comedor de gala, el salón, las suites para invitados con cerrojo incorporado y una completísima cocina. Todo se había convertido en un borrón. «Es tu padre», me dije, como si fuera una desconocida que daba la noticia. «El rey es tu padre.»

Por muchas vueltas que le diera a esta novedad, lo cierto es que me parecía imposible. Si bien notaba el sólido suelo de madera bajo los pies, percibía el olor asquerosamente dulce de las manzanas que preparaban en la cocina, al fondo del pasillo, contemplaba las frías paredes blancas y las puertas de madera pulida y oía el golpeteo de los zapatos de tacón bajo de Beatrice; pese a todo ello, seguía sin creer que estaba allí, en el King's Palace, tan lejos del colegio, de Califia y del caos; tan lejos de Arden, Pip y Caleb.

Beatrice me precedía, hablándome de la piscina cubierta, de lo tupidas que eran las sábanas, de las carnes y verduras frescas que llegaban todos los días al Palace, del cocinero personal del monarca y de algo que denominó «aire acondicionado». Pero yo no le prestaba atención; por todas partes, había puertas cerradas con cerrojo y, junto a ellas, un teclado.

—¿En cada puerta hay que marcar un código? —pregunté.

—Únicamente en algunas de ellas —respondió la asistenta—. Resulta evidente que su seguridad es importante, motivo por el cual el rey me ha pedido que no le mencione el código. Si necesita algo, avíseme por el interfono y la llevaré a donde quiera.

—Vale —masculló—. Es por mi seguridad…

—Me figuro que se alegra de estar aquí. Quiero que sepa que lamento mucho que haya pasado tantas adversidades. —La observé mientras marcaba el código de acceso a la alcoba, e intenté captar todos los números que pude. Abrió la puerta, y lo primero que vi fue una cama grande, una lámpara de araña y un carrito sobre el que había una fuente de plata con tapa. Un ligero olor a pollo asado impregnó la estancia—. Estoy al corriente de lo ocurrido en el caos…, me refiero a cómo la doblegó ese descarriado y asesinó a los soldados en su presencia.

—¿Ese descarriado? —repetí, y por poco se me cae la foto de mi madre.

—Sí, ese muchacho —puntualizó Beatrice, bajando la voz al tiempo que me conducía al cuarto de baño—, el chico que la secuestró. Supongo que todavía no lo han hecho público, pero el personal del Palace está enterado. Sin duda le habrá quedado muy agradecida al sargento Stark, el militar que la trajo y la acompañó hasta aquí. Todos hablan de su ascenso inminente.

El mundo se me vino encima. Recordé las palabras de Stark en el ascensor, la promesa de que no me permitiría olvidar lo sucedido aquel día. Seguramente, conocía mis sentimientos por Caleb: debía de haber reparado en lo preocupada que estaba durante el trayecto en el todoterreno, y detectado pánico en mi voz cuando le supliqué que le suturase la herida de la pierna. De repente todo quedó asquerosamente claro: en mi condición de hija del rey, jamás me ejecutarían en la ciudad, pero a Caleb podían eliminarlo.

—Lo ha entendido mal. Ese chico no mató a nadie; de no ser por él, yo no estaría aquí.

Beatrice se dio la vuelta y, deteniéndose frente al lavamanos, abrió el grifo y esperó a que el agua saliera caliente.

—Es lo que todos dicen —insistió—. Buscan al muchacho en el caos; han emitido una orden de detención.

—Usted no lo entiende. Son puras mentiras. Ni se imagina las cosas que el rey ha hecho fuera de aquí; es un ser malvado…

Atónita, la mujer abrió desmesuradamente los ojos.

Cuando recobró la palabra, habló en voz tan baja que apenas la oía, ya que el grifo continuaba abierto.

—No lo dice en serio, ¿verdad? No puede hacer semejante comentario sobre el rey.

Asomándome a la ventana, le señalé el terreno que se extendía cientos de kilómetros, y le dije:

—En este preciso momento, mis mejores amigas están encarceladas en los colegios del reino. Las utilizan como animales de granja, como si jamás hubiesen imaginado o soñado algo distinto.

Dejé caer la fotografía y me tapé la cara con las manos. Me percaté de que la asistenta trasegaba por el dormitorio abriendo y cerrando cajones. El grifo continuaba abierto. Por fin se detuvo a mi lado, me quitó la sucia camisa impregnada de sudor y me ayudó a bajarme los pantalones cubiertos de barro. Aplicó una toallita caliente y enjabonada en la parte posterior de mi cuello, me la pasó por los hombros y arrastró la suciedad de mi piel.

—Tal vez se confundió o lo oyó mal —comentó Beatrice, prosaica—. Es la elección que las chicas hacen en el colegio; siempre se trata de una elección. Las que participan en la iniciativa de traer hijos al mundo se han ofrecido voluntariamente.

—No es el caso de mis amigas —aclaré negando con la cabeza—. No se ofrecieron…, no nos ofrecimos.

Me mordí los labios. Me habría gustado odiar a esa mujer, a esa insensata que se atrevía a hablar de mi colegio, de mis amigas y de mi vida. Me habría gustado agarrarle el brazo y retorcérselo hasta que me hiciera caso. Tenía que prestarme atención; ¿por qué no me escuchaba? Después de apartar con gran delicadeza los estrechos tirantes de mi camiseta, me pasó la toallita por la espalda, me quitó la tierra de las piernas, así como la acumulada entre los dedos de los pies, y arrancó el barro adherido a mis corvas. Lo hizo con sumo cuidado. Después de tantos meses huyendo y de dormir en los fríos sótanos de casas abandonadas, su ternura se me antojó casi insoportable.

—Nos persiguieron —proseguí relajándome ligeramente—. Los soldados nos persiguieron y acuchillaron a Caleb. Y a mi amiga Arden la devolvieron al colegio, aunque se resistió con todas sus fuerzas.

69

Me callé, a la espera de que ella discutiese mis palabras, pero se había arrodillado a mi lado y me aplicaba otra toallita sobre la herida del brazo.

Me giró las manos y se fijó en la línea de color morado que tenía en las muñecas producida por la brida. Pasó la toallita sobre las marcas y limpió la zona despellejada donde la sangre se había convertido en una costra oscura y delgada.

—No deberíamos hablar de los soldados en ese tono —comentó lentamente con cierta inseguridad—. Yo no puedo.

Su expresión era suplicante, como si quisiera pedirme que me callara. Por último, se alejó y fue a buscar el camisón que había dejado sobre la cama.

Cogí la prenda con volantes que me tendía y me la metí por la cabeza. Tenía ganas de permitir que los sollozos estremecieran mi cuerpo de pies a cabeza, pero estaba demasiado cansada. En mi interior ya no quedaba nada.

—No puede ser mi padre —mascullé, y me dio igual que ella me oyera—. No es posible.

Me tumbé en la cama y cerré los ojos.

La mujer se sentó a mi lado y, al hacerlo, los muelles del colchón crujieron. Me puso una nueva toallita limpia en la cara, me la pasó por la línea del nacimiento del pelo y por las mejillas, la dobló y la depositó delicadamente sobre mis ojos. El mundo entero se volvió de color negro.

La jornada había sido excesiva para mí. El deseo de ver a Caleb, el ataque de los soldados, Arden, Ruby, el rey y sus revelaciones..., todo ese peso cayó sobre mí y me inmovilizó. Beatrice seguía a mi lado y sus suaves dedos me masajeaban las sienes, pero parecía ausente.

—No se encuentra usted bien —comentó—. Exacto —musitó a medida que me quedaba dormida—. Debe de ser por eso.

Trece

*E*l rey salió a la plataforma de observación y me hizo señas de que fuera hacia él. Tuve vértigo cuando contemplé el minúsculo mundo que se extendía cien plantas más abajo: la muralla rodeaba la ciudad como un lazo gigante, prolongándose hasta varios kilómetros de distancia del núcleo central de edificios; al este había extensos campos de cultivo y, al oeste, viejos almacenes; en cambio, en el terreno contiguo a la muralla, se acumulaban edificios derrumbados, montones de basura y coches oxidados y desteñidos por el sol.

—Seguro que nunca habías estado a tanta altura —me dijo el monarca, fijándose en mis manos, firmemente sujetas a la barandilla metálica—. Antes de la epidemia, en todas las ciudades importantes había edificios como este, ocupados por despachos, restaurantes y apartamentos.

—¿Para qué me has traído aquí? —pregunté contemplando la corta barandilla que tenía delante y que era lo único que evitaba una caída—. ¿Qué sentido tiene?

Había pasado el día en las plantas superiores del Palace, donde me habían suturado y vendado el brazo. Al darme un baño, el sumidero se atascó por la acumulación de tierra y restos de hojas secas. El monarca había insistido en que lo acompañase a la enorme torre, sin cesar de divagar sobre su ciudad…, que ahora era la mía.

Caminó sin dificultades por la estrecha plataforma, y me explicó:

—Quiero que veas personalmente los progresos. Esta es la mejor panorámica de la ciudad. El Stratosphere era la plataforma de observación más alta de todo Estados Unidos, pero ahora lo empleamos como el principal observatorio militar. Desde esta altura, los soldados abarcan varios kilómetros a la redonda, y detectan tormentas de arena o a las pandillas. En caso de que otro país o cualquiera de las colonias organicen un ataque sorpresa, lo sabremos con suficiente antelación.

La torre de cristal estaba llena de soldados que observaban atentamente a través de tubos metálicos para vigilar las calles; algunos de ellos, provistos de auriculares, se hallaban sentados ante unos escritorios, pendientes de los mensajes radiofónicos. Me vi reflejada en el cristal: estaba muy ojerosa. En plena noche me había despertado e intentado decidir cómo actuar con respecto a Caleb. No me cabía duda de que él correría todavía más peligro si mencionaba su nombre, pero también era consciente de que Stark no cesaría de buscarlo. Yo procuraría impedir, tanto como me fuera posible, que lo castigasen por mis actos.

—Hay una cosa que deberías saber —afirmé al cabo de un buen rato—: Stark te mintió. El chico que estuvo en el caos conmigo no fue…, no fue quien abatió a los soldados.

El rey se quedó petrificado junto a la barandilla metálica. Poco después, entornando los ojos a causa del sol, me preguntó:

—¿De qué estás hablando?

—No sé qué te habrá contado Stark, pero, en el caos, ese chico me ayudó; mejor dicho, me salvó. Fui yo la que disparó a los soldados cuando lo atacaron… —Me costaba respirar porque, en ese momento, lo único que veía era el cuerpo del soldado al caer sobre la calzada y el charco de sangre que se formó debajo de su cuerpo—. No deberías castigarlo. Tienes que suspender la búsqueda… Actuó en defensa propia; ellos, en cambio, estuvieron a punto de matarlo.

—¿Y qué habría pasado si lo hubieran matado? —inquirió—. ¿Qué representa ese chico para ti? ¿Quién es Caleb, el muchacho al que aquella noche enviaste un mensaje?

Reculé al oír su nombre, pues me percaté de que había hablado de más.

—No lo conozco demasiado bien. —Mi voz sonó titubeante—. Me guio en el trayecto por la montaña.

—Genevieve, me da igual qué te haya dicho —afirmó,

suspicaz—. Los descarriados suelen ser manipuladores, y se sabe que se aprovechan de la gente cuando se hallan en el caos. —Señaló el horizonte, hacia el punto en que las montañas rozaban el cielo—. Hay una pandilla de descarriados que trafican con mujeres como tú, o con cualquier chica que encuentran.

Me sequé el sudor de la frente al tiempo que me acordaba de Fletcher, del camión y de los barrotes metálicos que me quemaron la piel. Había, pues, algo de verdad en las palabras del rey, pero, de no ser por él, nadie se habría visto obligado a huir, ni habríamos tenido que escapar.

—¿Acaso son mejores tus acciones? ¿Había alguna alternativa? Has llenado nuestras mentes de mentiras, y nos has enviado a un edificio para alumbrar hijos que jamás veremos crecer, y a los que no podremos abrazar, amamantar ni amar.

—Tuve que elegir —recalcó y, de repente, se ruborizó. Observó a los soldados apostados junto a los tubos metálicos, y a continuación tomó otra vez la palabra, hablando en esta ocasión mucho más bajo—: Únicamente has visto un fragmento de este mundo y te atreves a juzgar. Fui yo quien asumió las decisiones difíciles. —Y se señaló a sí mismo con un dedo—. Genevieve, no lo entiendes. Debes saber que tanto los descarriados que viven en el caos, e incluso algunas personas ubicadas dentro de las murallas, opinan acerca de mis determinaciones: sobre lo que he hecho o he dejado de hacer, o por qué decidí esto o aquello para el pueblo de la Nueva América. El mundo ya no es el mismo: por todas partes se desencadenaron disturbios, las inundaciones amenazaron el noroeste, cientos de hectáreas del sur ardieron y quienes superaron la epidemia murieron cuando comenzaron los incendios. Dijeron que querían opciones, pero no las había. Hice cuanto debía para que la gente siguiese adelante. —Me condujo hasta el borde de la plataforma de observación, donde el viento nos despeinó—. Nos dimos cuenta de que para llevar a cabo la restauración podíamos aprovechar la presa de Hoover y el lago Mead, aunque tuvimos que protegernos de otros países en vías de recuperación, para que no nos consideraran vulnerables. Así pues, tomamos la decisión de reconstruir en esta zona y aprovechar la energía del em-

73

balse. —Señaló a lejos del bulevar principal—. Durante los dos primeros años rehabilitamos un hospital, una escuela, tres edificios de oficinas y alojamientos suficientes para cien mil personas; convertimos los hoteles en apartamentos; los campos de golf pasaron a ser huertos y, un año después, montamos tres explotaciones ganaderas. A la gente ya no le preocupan los ataques de animales ni de pandillas, porque si alguien pretende asaltar la ciudad, tendrá que caminar muchos días por el desierto y, a renglón seguido, atravesar la muralla. Todo mejora diariamente. Charles Harris, jefe de nuestro departamento de Desarrollo Urbano, se ha dedicado a rehabilitar restaurantes, tiendas y museos y a devolver la vida a este país.

Me alejé de él. Me daba igual el bien que hubiera hecho, o la cantidad de edificios erigidos de la nada, ya que sus hombres eran los mismos que me habían perseguido.

—Logramos poner en funcionamiento un pozo de petróleo y una refinería. ¿Tienes idea de lo que esto significa?

—¿Quién trabaja en las refinerías? —pregunté, beligerante, pensando en Caleb y en los chicos del refugio—. ¿Quiénes reconstruyeron esos hoteles? Te has servido de esclavos.

—No, no. Han recibido alojamiento y comida a cambio de su trabajo. ¿Crees que alguien habría acogido a esos niños en su casa si apenas podían alimentar a sus propios hijos? Les hemos proporcionado un objetivo y un lugar en la historia. El progreso no existe sin sacrificios.

—¿Por qué eres tú el que decide quién se sacrifica? Nadie ofreció opciones a mis amigas.

Se acercó tanto que detecté las manchitas azules en los grisáceos iris.

—La lucha está en pleno apogeo —contestó—. Casi todos los países quedaron afectados por la epidemia, e intentan reconstruir cuanto pueden y recuperarse lo antes posible. El mundo entero se pregunta cuál será la próxima superpotencia. Tomo decisiones porque el futuro de este país…, porque nuestras vidas dependen de ellas.

—Tendría que haber existido otra salida —insistí—. Obligaste a todos a…

—Después de la epidemia nadie quería tener hijos —me

interrumpió emitiendo una risa ronca—. Podría haberme referido al descenso de la población y a las estadísticas, apelado a la razón u ofrecido incentivos. Pero nadie estaba dispuesto a criar hijos en este mundo; solo intentaban seguir viviendo y ocuparse de los suyos. Pues sí, paulatinamente, la situación ha comenzado a cambiar: las parejas vuelven a tener descendencia. Claro que este país no podía darse el lujo de esperar. Necesitábamos nuevas viviendas, una capital y una población en expansión. Y por si eso fuera poco, las necesitábamos con suma urgencia.

Di un vistazo a los edificios desteñidos por el sol, cuyas descoloridas fachadas exhibían tonos pastel en azul, verde y rosa. Resultaba fácil detectar las edificaciones restauradas del bulevar, pues los colores eran más intensos y los cristales resplandecían a la luz del mediodía. Además, en las calles pavimentadas no había escombros, hierbajos ni arena. Por el contrario, la lengua de tierra contigua a la muralla era completamente distinta a todo lo demás: los edificios deshabitados, de techos hundidos, estaban semicubiertos de arena, los letreros se habían caído y las palmeras podridas ocupaban la calle. En las explotaciones ganaderas, las vacas, que apenas podían desplazarse por los establos llenos a rebosar, convertían el terreno en una masa negra y ondulante, y en un aparcamiento vacío se apilaban las oxidadas carcasas de diversos vehículos. Desde las alturas, los cambios resultaban evidentes: habían rehabilitado los edificios, o los habían cubierto de arena y olvidado. El rey los había salvado, o abandonado.

—No puedo perdonarte lo que has hecho. Mis amigas siguen estando presas. Tus soldados mataron a buenas personas mientras me perseguían, y cuando les dispararon, no se les alteró el pulso.

Recordé a Marjorie y a Otis, que nos habían proporcionado refugio a lo largo de la ruta, y escondido en el sótano de su casa antes de que los matasen.

El rey regresó hacia la torre mientras me decía:

—En el caos, la prioridad de los soldados consiste en protegerse a sí mismos. Y no me estoy justificando…, ni se me ocurriría. Sin embargo, saben por experiencia que los encuentros con los descarriados pueden ser letales. —Dejó escapar un pro-

75

fundo suspiro y se acomodó el cuello de la camisa—. Genevieve, supongo que no lo entiendes, pero te he buscado porque eres mi familia. Quiero conocerte. Quiero que esta ciudad te reconozca como hija mía.

«Familia…» Repetí mentalmente la palabra varias veces. ¿Acaso ese concepto no representaba lo que yo siempre había deseado? Por la noche, Pip y yo permanecíamos despiertas, hablando de la dicha que supondría ser hermanas, crecer en el mundo anterior a la epidemia y vivir en una casa y en una calle normales. Pip se acordaba de su hermano, dos años mayor que ella, que la había llevado a la espalda entre los árboles. Algo así había deseado, ansiado y querido yo durante los últimos días en que estuve a solas con mi madre en aquella casa. Había soñado con tener a alguien a mi lado, alguien que se sentara conmigo a la entrada de la habitación de mamá, mientras escuchaba el suave frufrú de las sábanas, alguien que me ayudase a soportar el sonido de aquellas toses horribles y desgarradoras. Y ahora que tenía familia ya no la quería…, mejor dicho, no quería esa familia. No quería estar emparentada con el rey.

—No sé si podré asimilarlo —admití.

Me puso la mano en el hombro. Estaba tan cerca que detecté la delgada capa de arena que le cubría el traje.

—Hemos organizado un desfile para mañana —explicó al fin—. Ha llegado el momento de que la gente sepa que estás aquí y de que ocupes tu sitio como princesa de la Nueva América. ¿Querrás asistir?

—Me parece que no tengo elección —respondí. Él guardó silencio. Me entristecí sobremanera al pensar que Arden ocupaba una habitación helada, mientras que yo me hallaba allí, en lo más alto de la ciudad, como hija de un rey que proyectaba un desfile—. Tienes que dejar en libertad a mis amigas —exigí—. Arden, Pip y Ruby siguen estando en el colegio. Tienes que suspender la búsqueda de Caleb. Fui yo la que…

—No volveremos a hablar de ese tema —me interrumpió en voz baja y, regresando hacia el edificio donde un soldado, mediante uno de los tubos metálicos, observaba algo que había un poco más lejos de allí, añadió—: Han muerto dos soldados, así que alguien tiene que hacerse cargo de lo ocurrido. —Y achicó los ojos como si quisiera decirme: «Pero no serás tú».

—Dime al menos que liberarás a mis amigas. Prométemelo.

Paulatinamente, su expresión se dulcificó y me abrazó. Nos quedamos un rato allí arriba, contemplando la ciudad que se extendía a nuestros pies. Pero no me aparté. Preferí que creyera que me compenetraba con él y que estábamos unidos.

—Comprendo perfectamente de dónde vienes. Disfrutemos del desfile de mañana y concedámonos un poco de tiempo. Te prometo que lo pensaré.

77

Catorce

*E*l descapotable negro circulaba lentamente por la calle principal, acelerando y frenando como una cucaracha asustada. Yo viajaba en el asiento trasero con Beatrice; el rey ocupaba el coche que nos precedía. En la ciudad vivían cerca de medio millón de personas, y tuve la sensación de que todas ellas habían acudido al desfile. De pie, con los brazos extendidos sobre las vallas protectoras que bordeaban la calle, aplaudían y nos aclamaban. En el lateral de un edificio, habían colgado un letrero en el que, en mayúsculas de color rojo, se leía: BIENVENIDA, PRINCESA GENEVIEVE.

Avanzamos. Por fin, a unos cien metros de distancia, apareció ante nuestros ojos el Palace: un grupo de gigantescos edificios blancos. Delante de las fuentes habían colocado un pedestal de mármol y un estrado de madera encarado hacia el grueso de la multitud, congregada en la calle. Me era imposible dejar de pensar en Caleb y en los soldados que lo buscaban, y como no había podido dormir, me dolía la cabeza notando una molestia sorda y constante.

—¡Princesa! ¡Princesa! ¡Acérquese! —gritó una muchacha, más o menos de mi edad y cuyo cabello era un lío de rizos negros que daban brinquitos. Prescindí de la chica y me fijé en un hombre, de pelo grasiento pegoteado en la frente y barba de varios días, que se hallaba muy cerca de ella.

El descapotable se mantenía al ralentí, a la espera de que el monarca abandonase su vehículo ante la escalinata del palacio. El hombre se abrió paso en medio del gentío. Me sujeté al asiento e, inmediatamente, intenté localizar a los soldados que, pistola en mano, se desplegaban a lo largo del recorrido del desfile. El más próximo estaba a metro y medio detrás de mí y no perdía de vista el coche del soberano. El hombre siguió avanzando.

En un momento dado, levantó la mano y arrojó una piedra gris, de dimensiones considerables. El tiempo se ralentizó: detecté que el pedrusco se aproximaba a mí trazando un arco, pero antes de alcanzarme, el descapotable arrancó; la piedra siseó a mi espalda, rebotó en la valla protectora y la multitud fue presa del pánico.

—¡La ha tirado contra la princesa! —le gritó a un soldado una mujer fornida, que se cubría la cabeza con un pañuelo azul, cuando la piedra cayó al suelo junto al bordillo—. ¡Ese hombre ha lanzado una piedra a la princesa!

La mujer señaló al individuo situado en la acera de enfrente que ya se había escabullido entre los congregados, alejándose de allí y dirigiéndose hacia las extensiones de terreno distantes del centro de la ciudad.

—¿Se encuentra bien? —me preguntó un soldado que, acercándose a todo correr al coche, había apoyado la mano en la portezuela.

Entretanto dos guardias persiguieron al desconocido.

—Sí, sí —respondí casi sin aliento. Otros tres soldados rodearon el descapotable cuando nos acercamos al Palace—. ¿Quién debe de ser ese hombre? —pregunté a Beatrice, escudriñando entre la muchedumbre en busca de más caras coléricas.

—El soberano ha convertido la ciudad en un gran lugar —contestó ella, mirando de refilón a los soldados que ahora nos escoltaban caminando junto al coche—. Sin embargo, todavía quedan algunos inconformistas. —Y susurrando, añadió—: Hay personas muy descontentas.

Uno de los soldados abrió la portezuela, y nos apeamos ante la gigantesca escalinata de mármol. El gentío, volcándose sobre las vallas de contención y extendiendo los brazos para tocarme, chilló tanto que anuló mis pensamientos.

Beatrice se agachó para sujetar la cola de mi vestido de noche rojo, y yo, fingiendo que me ajustaba un zapato, me arrodillé a su lado.

—¿Qué ha querido decir? —le pregunté recordando que el

rey había hecho mención de las personas que ponían en duda sus decisiones. Mi asistenta miró de refilón al soldado que estaba relativamente cerca, aguardando para conducirme a mi asiento—. ¿Está usted descontenta? —murmuré.

Dejó escapar una risilla incómoda, volvió a mirar al soldado y replicó:

—Princesa, el pueblo la espera. Debemos irnos.

Se incorporó con rapidez y ahuecó la cola del vestido.

Subí la escalinata rodeada de soldados. El gentío guardó silencio. El sol de mediodía era abrasador. El monarca se puso de pie para saludarme y me besó en ambas mejillas. A su lado se encontraba el sargento Stark; había cambiado el uniforme por un traje de color verde oscuro y lucía en la pechera un montón de medallas e insignias. Junto a él se hallaba un hombre bajito, rollizo y de sonrosada y sudorosa calva a causa del sol de justicia que caía. Ocupé el asiento contiguo al de este personaje, mientras el monarca se dirigía hacia el estrado.

—Ciudadanos de la Nueva América: en este día glorioso nos reunimos para celebrar la llegada de mi hija, la princesa Genevieve. —Me señaló con un gesto, y los reunidos me aclamaron; sus aplausos resonaron entre los inmensos edificios de piedra. Yo me dediqué a escrutar a la gente que se agolpaba en las aceras y los callejones, aunque también había espectadores asomados a los áticos de los edificios de apartamentos, o bien, de pie, en un paso elevado, apoyando las manos en los laterales acristalados.

»Ha estado interna doce años en uno de nuestros prestigiosos colegios, hasta que descubrieron quién era y me la han devuelto. Durante su estancia en el centro educativo, Genevieve destacó en todas las asignaturas, aprendió a tocar el piano, a pintar y disfrutó de las medidas de seguridad del recinto protegido. Como tantas alumnas, ha recibido una educación inmejorable. Las profesoras han elogiado su compromiso con los estudios y su entusiasmo ilimitado, que han descrito como la esencia misma a partir de la cual nuestra nación se construyó hace muchos años y sobre la que ahora se ha reconstruido.

»Se trata de la prueba tangible del éxito del nuevo sistema educativo y de un homenaje a Horace Jackson, nuestro jefe de Educación.

El hombre bajito inclinó la cabeza y aceptó los aplausos. Me produjo asco y reparé en que tan solo nos separaban unos centímetros. El sudor le bajaba desde la coronilla, pero el estrecho cerco de cabello canoso lo detenía.

El soberano siguió hablando de mi regreso, de lo orgulloso que se sentía de haberme traído a la ciudad, creada el 1 de enero de hacía más de una década.

—La princesa puede considerarse afortunada. En su viaje hasta la Ciudad de Arena fue escoltada por los valerosos soldados de esta nación, entre ellos el aguerrido y leal sargento Stark. Fue él quien la encontró y arriesgó su vida para devolvérnosla.

Stark se puso de pie para recibir la medalla. El rey siguió hablando de sus servicios y sus cometidos, y pormenorizó sus logros antes de ascenderlo a teniente.

Cerré los ojos y me retraje: desaparecieron los vítores, los aplausos y la resonante voz que tantas veces había oído por la radio, y evoqué la noche que había pasado con Caleb en la montaña, aunque los gruesos jerséis, apestando a humedad, acabaron por convertirse en un desagradable muro entre nosotros; Caleb me había atraído hacia él y había pegado su cuerpo al mío para mantener el calor. Así pasamos toda la noche: yo reclinando mi cabeza en su pecho, atenta al apacible tamborileo de su corazón.

—Para terminar, quiero presentaros una vez más a la «generación dorada», los prometedores niños que son fruto directo de las iniciativas para parir —declaró el rey con gran alegría—. Todos los días las mujeres se ofrecen voluntariamente con el fin de apoyar a la Nueva América y de contribuir a que este país recupere su máximo esplendor. Cada día que pasa nuestra nación se fortalece y se vuelve menos vulnerable a la guerra y a las enfermedades. A medida que la población crece, estamos más próximos a retornar a nuestro rico pasado, a convertirnos en el pueblo que fuimos: la nación que inventó la electricidad, los viajes en avión y el teléfono…, la nación que llevó al hombre a la Luna.

Al escuchar esas palabras, el gentío aplaudió con enorme entusiasmo, y desde las filas traseras se elevó un cántico que ondeó cual un gran océano de sentimientos.

81

—¡Resurgiremos de nuevo! ¡Resurgiremos de nuevo! —repitieron, y sus voces se fundieron en una sola.

La muchedumbre que se hallaba ante el monarca parecía frágil y desvalida: hombres y mujeres encorvados y de rostro macilento; a algunos de ellos se les apreciaban numerosas cicatrices, y otros tenían la piel correosa y quemada por el sol, así como profundas arrugas en la frente. A un hombre que estaba de pie encima de la marquesina de un hotel le faltaba un brazo. Las profesoras se habían referido con frecuencia a la tremenda confusión desencadenada en los años posteriores a la epidemia: nadie acudía a los hospitales por temor a contraer la enfermedad, de modo que se entablillaban los brazos rotos con la pata de una silla o el mango de una escoba, se suturaban las heridas con hilo de coser y se amputaban con serruchos las extremidades infectadas; la gente asaltaba las tiendas, o atacaba a los supervivientes cuando regresaban de los supermercados; se robaba en los coches y en las casas, y hasta hubo muertos debido a las peleas por una botella de agua. «Lo peor fue lo que les hicieron a las mujeres —nos había dicho la profesora Agnes situada junto a la ventana, cuyo marco estaba roto y agujereado, ya que habían arrancado los barrotes—: Violaciones, secuestros y abusos. Sin ir más lejos, dispararon contra mi vecina porque se negó a entregar a su hija a una pandilla.»

El rey carraspeó e hizo una pausa antes de retomar el discurso:

—Convertirme en vuestro líder ha sido el mayor honor de mi vida. Hemos emprendido un largo camino y me ocuparé de llegar al final. —Se le quebró la voz—. No os fallaré.

Tomó asiento a mi lado. Me cogió la mano y me la estrechó. Bastaba con pasar revista a los congregados para que resultase fácil creer que tenía razón, y que había salvado a quienes habitaban en el interior de las murallas de la ciudad. En su presencia estaban tranquilos, incluso felices. ¿Acaso era yo la única persona que, en ese momento, pensaba en los muchachos de los campos de trabajo y en las chicas que seguían encerradas en los colegios?

Detrás de nosotros había niños sentados en las gradas: rondaban los cinco años, la misma edad que tenían Benny y Silas, aunque mucho más bajos de estatura; los varones vestían impecables camisas y pantalones blancos, y las niñas, los mismos uniformes que llevábamos en el colegio: grises, con el escudo de la Nueva América en la pechera. Una joven, con una larga cabellera de color castaño rojizo, cogió el micrófono y cantó *Sublime gracia:* «Cuán dulce el sonido que salvó a una desgraciada como yo. Antaño estaba perdida, pero me he encontrado…».

Luego intervino el coro, siguiendo el ritmo mientras cantaba; sus voces llegaron a los confines de la ciudad. Las madres de aquellos niños podían haber sido las chicas que se graduaron cinco años antes que yo. Pip y yo las habíamos observado desde nuestra ventana del primer piso. Nos encantaba su forma de caminar, cómo agitaban los cabellos, lo femeninas y hermosas que resultaban cuando se paseaban por el jardín. «Quiero ser como ellas —había dicho Pip, asomándose al alféizar de piedra—. Son tan…, son tan estupendas.»

La emoción embargó a la multitud. Algunos asistentes abrazaron a sus amigos, y otros cerraron los ojos. Una mujer bajó la cabeza, se echó a llorar y se limpió la cara con la manga de la camisa. Estuve en un tris de evadirme del entorno, pero tras esa mujer detecté a alguien que me llamó la atención: a menos de un metro de la valla metálica había un hombre. Todo el mundo se había dejado llevar por la música, y él se hallaba rodeado de gente. Estaba inmóvil, sin hacer caso de los niños situados a mi espalda, ni del teniente Stark ni del soberano; se limitaba a mirarme.

En estas, sonrió. Fue un gesto apenas perceptible: una ligera mueca, el destello de unos ojos de color verde claro. Llevaba un traje marrón oscuro y gorra. Había adelgazado. Mi cuerpo entero lo reconoció, y las lágrimas surgieron rápidamente cuando interioricé lo que estaba ocurriendo.

Caleb me había encontrado.

Estaba en la Ciudad de Arena.

83

Quince

*L*a canción había terminado, pero yo no cesaba de contemplar su cara, los prominentes pómulos y la boca que tantas veces había besado. Tuve que esforzarme por centrar mi atención en otra cosa. Caleb estaba vivo, en la ciudad, y volveríamos a encontrarnos. Esos pensamientos me asaltaron simultáneamente. Entonces noté cómo la mano del rey se posaba de nuevo sobre la mía. Además, la presencia de Stark, a dos asientos de distancia, me convulsionó, pues recordé que los soldados perseguían a mi amigo y querían verlo muerto.

El monarca se levantó y me cogió del brazo. Estremecida e insegura, se lo permití. Nos dirigimos al Palace. Tardé una fracción de segundo en percatarme de que regresábamos al interior del edificio, a las plantas más altas, a la parte más elevada de la ciudad. Me alejaba, pues, de Caleb.

Sin poder refrenarme, exclamé:

—¡Un momento…! Me gustaría saludar a los asistentes.

El rey se detuvo junto a la fuente y me observó como si mis facciones hubieran sufrido un cambio. Abrigué la esperanza de que no hubiese detectado mi desesperación, ni mi insistencia por dirigirme hacia la zona en que estaba Caleb, cuya cara permanecía oculta por la gorra.

—¡Qué buena idea!

Acercó mi mano a su boca y la besó, ademán que me puso los pelos de punta, antes de indicar al teniente y al jefe de Educación que entraran en el Palace.

Los soldados nos rodearon. Mientras descendíamos por la escalinata, observé a la gente: él estaba allí, a pocos metros, y se acercaba a la barrera protectora con el propósito de estrecharme la mano.

Las palmeras no nos protegían del calor. Me volví: el teniente había desaparecido en el edificio, absorbido por un mar de críos, cuyas maestras los conducían hacia el centro comercial con la promesa de un helado.

—¡Princesa Genevieve! —gritó una mujer, a la que se le habían torcido las gafas y que a punto estuvo de derribar la valla metálica—. ¡Bienvenida a la Ciudad de Arena!

La mujer, que sudaba considerablemente, rondaba la treintena y llevaba un vestido floreado.

Extendí la mano y estreché la suya.

—Me alegro de estar aquí —respondí y, de pronto, esas palabras me parecieron veraces. El rey estaba a mi lado y le palmeó la cabeza a un chico de doce años; todo el rato se mantuvo muy cerca de mí, se mostró amable conmigo y varias veces me sujetó por la cintura. Seguí observando a los congregados y me crispé al ver que Caleb aparecía entre ellos y cómo, tocado con la gorra, se me acercaba lentamente—. Encantada de conocerla.

Ya se hallaba a unos dos metros, y a cada segundo, la distancia entre nosotros se reducía. Un hombre me pidió que le firmara un trozo de papel, y otro me preguntó qué opinaba de la ciudad y si ya había subido a la torre Eiffel, cuya versión en miniatura se erigía en la acera de enfrente. Respondí con frases entrecortadas, cuestionándome en silencio si el monarca sabía cuál era el aspecto de Caleb. Aún no era demasiado tarde: tenía tiempo de marcharme antes de que se acercase.

Pero no me marché, sino que me dediqué a fijarme en el anguloso mentón que antaño había tenido entre las manos y que, en ese momento, no mostraba el menor atisbo de barba. Vi que le había desaparecido aquel tono marrón rojizo de la piel, adquirido cuando vivía en el caos; sin duda estaba más delgado pero sano, y continuaba exhibiendo una sonrisa sutil.

Un soldado se desplazó a lo largo de la valla, pasando la porra por los barrotes metálicos, que emitieron un sonido horrible. ¿Habría reparado en el joven de la gorra oscura? El militar optó por deleitarse con una mujer, cuyos pechos asomaban por el escote del ceñido vestido blanco.

Él se aproximaba poco a poco, mientras yo caminaba junto

85

a la valla y estrechaba una mano tras otra. Besé a un bebé en la cabeza, percibí el aroma a talco que desprendía su piel y disfruté de las cosquillas que su suave cabello me provocó en el cuello; extendí la mano hacia una mujer que se encontraba varias filas más atrás, pero noté que Caleb me traspasaba con la mirada. La rugosa mano de la mujer se relajó al entrar en contacto con la mía, y el intenso sol que lucía me permitió ver las pecas que salpicaban su clara piel. El rey continuaba a mi lado, y su voz se oyó con nitidez cuando agradeció a un hombre el apoyo prestado.

Di la mano a otra mujer mayor y me aparté de mi padre. Caleb estaba detrás de esa anciana, a menos de medio metro.

—Princesa, me alegro de conocerla —dijo él, y extendió el brazo para que le estrechase la mano.

—Por supuesto, gracias —respondí asintiendo ligeramente con la cabeza.

Permanecimos así un segundo. Me habría encantado entrelazar mis dedos con los suyos, acercármelo tanto que hubiera podido apoyar el mentón en mi hombro y hundir la cara en mi cuello. Anhelaba que me abrazase y que nuestros cuerpos estuvieran tan juntos que volviéramos a ser uno.

El soldado prestó atención de nuevo al gentío y, dejando de recrearse en la mujer del vestido blanco, se aproximó a mí y regañó al individuo que, para ver mejor, se había subido a un cubo de basura. El rey se alejó de la valla metálica y me hizo señas para regresar al Palace. Un muchacho rubio extendió a su vez la mano, empujando a Caleb, e insistió en saludarme.

Caleb me devolvió a la realidad.

Me quedé de piedra, mientras las voces de los desconocidos resonaban en mis oídos, y mi mano aún conservaba el calor del contacto con la suya. Tardé unos segundos en darme cuenta de que tenía un trocito de papel entre los dedos; lo habían doblado tanto que era más pequeño que una moneda. Me llevé la mano al pecho y lo dejé caer por el escote del vestido.

—Bienvenida, princesa —dijo el adolescente, y me estrechó la mano—. Nos alegramos mucho de que esté aquí.

Paralizada por la presencia de mi padre, no me moví mientras Caleb se alejaba. Con la misma inmediatez con la que se había presentado, se encasquetó bien la gorra y se esfumó.

Dieciséis

*U*na hora después el invernadero se llenó de gente. Las mujeres, vestidas de fiesta, se paseaban por el jardín interior, admirando las rosas de color melocotón y las hortensias en flor, mientras que enormes globos aerostáticos con forma de esculturas se desplazaban por encima de los presentes. Una vez terminado el desfile, muchos «afuerados», nombre que les había puesto el rey, habían retornado a los confines de la ciudad, un lugar solitario, a excepción de un puñado de casas y moteles; otros asistentes habían cogido los trenes elevados para regresar a sus apartamentos. Solamente un grupo reducido —los miembros de la élite— habían sido invitados a la recepción posterior al desfile; algunos de ellos hacían cola para montar en los globos gigantes. En cada trayecto, un grupo de dichos escogidos trepaba a las canastillas y se elevaban hasta el techo de cristal.

Me dediqué a observarlo todo con satisfacción: Caleb estaba vivo y dentro de las murallas urbanas. Me llevé las manos al escote del vestido y toqué el diminuto papel, simplemente para convencerme de que era real.

—¿No te parece increíble? —Un joven, de espeso cabello negro y rostro de rasgos pronunciados, se me acercó; varias mujeres lo repasaron de arriba abajo—. Este sitio se ha convertido en uno de mis lugares preferidos del centro comercial del Palace, porque por la mañana está tranquilo y casi vacío, y se oye piar a los pájaros en los árboles. —Señaló a los gorriones posados en una de las ramas que sobresalía por encima de una pequeña fuente.

—Es impresionante —repuse, aunque prestándole atención a medias.

Observé cómo el monarca saludaba al jefe de Finanzas y al de Agricultura, dos individuos con traje oscuro que siempre cuchicheaban, o lo parecía. En ese momento no me importó que lo hicieran, ni tampoco que la gente felicitara al teniente. Todo me pareció más seguro, y la ciudad, un sitio más soportable. Después del desfile, había ido al servicio y disfrutado de unos pocos segundos de soledad en ese refrigerado espacio. Caleb había dibujado un mapa en una de las caras del papel: la trayectoria trazaba eses hasta salir del Palace y cruzaba el paso elevado, donde el terreno estaba menos urbanizado; había una equis en un callejón sin salida. Yo había acariciado el mensaje y lo había releído varias veces: «Reúnete conmigo a la una de la madrugada. Ve únicamente por la ruta marcada», había escrito al pie.

El joven continuaba mirándome con una ligera mueca divertida. Por primera vez reparé en sus ojos de iris azules, en su impecable y cuidada tez y en cómo mantenía una mano en el bolsillo, totalmente seguro de sí mismo.

—Pues yo diría que tú sí eres impresionante —murmuró.

Me subieron los colores a la cara.

—¿Hablas en serio?

Por el tono juguetón y la forma de inclinarse al hablar, me di cuenta de sus intenciones: estaba coqueteando.

—Me enteré de tu aventura por el periódico, de los días que estuviste perdida en pleno caos, y de cómo escapaste después de que ese descarriado te secuestrara.

Negué con la cabeza y me cuidé muy mucho de no revelar demasiado.

—¿De modo que has leído un artículo y crees que me conoces?

Observé los jardines del invernadero hasta dar con Reginald, el jefe de Prensa del monarca, precisamente el hombre que había escrito ese artículo. Era alto, moreno y de cabello canoso y muy corto. El rey nos presentó un día después de mi llegada, pero ni se molestó en preguntar a qué se debían las marcas rosadas de mis muñecas, o los puntos de sutura en el brazo. En realidad no preguntó prácticamente nada, sino que se inventó de cabo a rabo una historia acerca de que yo me había escapado del colegio para ir en busca de mi padre, aunque no sabía que se trataba del rey; refirió cómo había vivido en el caos hasta que fui secuestrada por un descarriado violento. El artículo terminaba con una cita de Stark, en la que refería con todo lujo de detalles cómo me había «salvado».

—Nunca he entendido a los descarriados. ¿A quién se le ocurre elegir esa vida cuando se puede tener todo esto? —El joven señaló en derredor.

Pensé en Marjorie y en Otis, sentados a la mesa de la cocina, satisfechos de vivir por sus propios medios y libres de las normas del monarca.

—A muchas personas.

Se sorprendió, incrédulo, como si no estuviese seguro de haber oído bien. Cuando me disponía a disculparme, el rey se nos acercó.

—¡Genevieve! —exclamó. Estaba contento—. Veo que ya conoces a Charles Harris. Es el joven del que ya te hablé. —Abarcó con un ademán el techo abovedado, los jardines y el suelo de mármol—. Su familia ha supervisado prácticamente todos los edificios y los proyectos de rehabilitación que se han abordado intramuros. De no ser por él, la Ciudad de Arena no sería la que es.

De modo que ese joven era el jefe de Desarrollo Urbano. Ofrecía un aspecto asombrosamente normal —impecable camisa abotonada y ojazos azules—, y todo en él parecía evidenciar que era decente, agradable incluso…, alguien en quien confiar. ¿Tal vez era el que se ocupaba de que los chicos cumpliesen sus obligaciones en los campos de trabajo, o delegaba en otra persona?

—Acabo de comentarle a Genevieve que me parece increíble que llegara sana y salva a la ciudad; sin duda es una prueba de su fortaleza.

—Me alegro mucho de que ya esté aquí. —El rey tenía una copa en la mano—. Charles ha residido en la ciudad desde su fundación. Su familia fue de las afortunadas, pues sus padres sobrevivieron a la epidemia y donaron bienes que contribuyeron a financiar la nueva capital. Su padre fue el primer jefe de Desarrollo Urbano hasta que falleció el año pasado.

89

Observé a Charles: cara bien afeitada y cabellera negra y espesa; deduje que solo debía de ser cinco años mayor que yo. Poco lo diferenciaba de los muchachos del refugio subterráneo: los progenitores de estos habían muerto, pero los de él, no.

—Es todo un honor haber recibido el legado de mi padre —reconoció con naturalidad.

El monarca señaló de nuevo el techo abovedado que se cernía sobre nuestras cabezas, y me informó:

—Fue el primer proyecto de Charles. Dedicó seis meses a estudiar los planos del invernadero, que recuperamos, y examinó las fotos anteriores a la epidemia para que quedase como entonces. Como es obvio, incorporó unas cuantas mejoras.

El joven señaló el punto más alto de la cúpula, y comentó:

—Una avioneta se estrelló en aquel lado del invernadero, y provocó un enorme orificio en el techo.

A todo esto, el cuarteto de cuerda situado en un rincón comenzó a tocar una pieza, y algunas parejas se dirigieron al centro de la estancia para bailar. Los invitados entrechocaban las copas y brindaban. El rey alzó una mano e hizo señas a dos mujeres. La más joven, de cabello color pajizo y finos labios pintados con un lápiz labial brillante, tenía más o menos mi edad. La otra mujer se le parecía, pero era mayor; el rímel le había pegoteado las pestañas, y se había recogido el cabello en un moño que semejaba una masa informe.

—El momento no podía ser más adecuado —comentó el rey, poniéndole la mano en la espalda a la mujer mayor—. Genevieve, quiero que conozcas a mi cuñada Rose y a mi sobrina Clara. Rose era la esposa de mi difunto hermano.

El día anterior el soberano había mencionado a mi tía y a mi prima. Tendí la mano a la chica, que disimuló como si no se hubiera enterado. Rose me la estrechó rápidamente, diciendo poco a poco, como si le costara mucho pronunciar cada palabra:

—Princesa, nos alegramos de que estés aquí.

Clara nos miró simultáneamente a Charles y a mí y volvió a fijarse en el jefe de Desarrollo Urbano. Se le acercó y lo cogió del brazo.

—Charles, demos un paseo en globo —musitó y, volviéndose hacia mí, repasó el vestido de raso que Beatrice me había ayudado a ponerme, los zapatos de hebillas doradas a los lados y el moño bajo con que me había recogido el cabello. Aunque llevaba menos de cinco minutos en su presencia supe, con absoluta certidumbre, que me detestaba.

Charles dio un paso al frente y se excusó:

—Estaba a punto de proponérselo a Genevieve. Aún no ha subido, y se trata de una novedad que cada nuevo ciudadano debería experimentar. Te prometo que te llevaré más tarde. —Y me ofreció el brazo. Roja como un tomate, Clara parecía furibunda.

—A decir verdad, yo quería ver el invernáculo —admití, y señalé la estancia acristalada que se hallaba en el otro extremo del invernadero y que estaba repleta de flores exuberantes.

—Charles te acompañará —terció el monarca, empujándome hacia él.

—Prefiero ir sola —precisé, e hice un gesto a Charles a modo de disculpa.

Él todavía mantenía el brazo extendido, esperándome. Tardó un segundo en reaccionar y dejó escapar una risa ronca.

—Por supuesto —añadió mientras observaba al grupo—. Sin duda el desfile te ha agotado. En otra ocasión será. —Y me estudió como si yo fuera un animal exótico con el que nunca se hubiera topado.

El soberano tuvo la intención de decir algo, pero me di media vuelta y atravesé el invernadero en dirección al invernáculo. Sentí un gran alivio cuando por fin volví a quedarme sola. A través del techo de cristal, observé que el cielo se había vuelto de color naranja y que el sol se ocultaba tras las montañas. La recepción no tardaría en llegar a su fin. Dentro de poco, yo iría al encuentro de Caleb, y el Palace, el rey, Clara y Charles quedarían atrás.

«Caleb está vivo», me repetí. Era lo único que importaba. Me llevé la mano al escote del vestido: el diminuto cuadradito de papel seguía ahí dentro, junto a mi corazón.

Diecisiete

Cuando regresé a mi dormitorio, puse manos a la obra y busqué ropa discreta en el armario, pero allí no había más que vestidos de seda, chaquetas de piel y camisones de color rosa pálido colgados de las perchas. Registré entonces los cajones y escogí un jersey negro y el único pantalón tejano que me permitían tener, aunque Beatrice me había advertido de que no podía usarlo fuera de mi habitación. Me quité el vestido y por fin respiré tranquila.

Desplegué el diminuto mapa de papel, en una de cuyas caras había instrucciones y en la otra, la nota de Caleb. Me comunicaba que tenía un contacto en el Palace, alguien que me dejaría una bolsa en la escalera del séptimo piso. Si lograba salir, caminaría diez minutos junto a la calle principal hasta llegar al edificio que había señalado con una equis.

Si lograba salir…

Era consciente de que se trataba de una idea delirante. Me aboroné los tejanos, me puse los calcetines y los zapatos, y me recogí el pelo; luego arreglé las almohadas y el edredón para que pareciese que había alguien durmiendo. Era disparatado suponer que podría salir del edificio sin que nadie reparase en mi presencia y que sabría desplazarme por la ciudad. Debido al estricto toque de queda, las calles se vaciaban desde las diez de la noche hasta las seis de la mañana, norma que el rey había impuesto para mantener el orden. Por ese motivo, sería la única persona que caminaría por las aceras; si alguien me seguía, lo conduciría directamente al encuentro de Caleb.

Mientras me acercaba con sigilo a la puerta, prestando atención a los sonidos procedentes del pasillo, llegué a la conclusión de que sería incapaz de actuar de otra manera, puesto que él estaba en la ciudad y solo nos separaban unas pocas calles. Ya lo había dejado marchar una vez y no volvería a hacerlo.

Levanté la tapa metálica del teclado de la pared. Sabía que el código comenzaba por dos unos. Eran los números más fáciles de pillar. Según recordaba, había visto un tres y otro uno al final, pero era difícil saberlo con certeza, pues Beatrice siempre movía los dedos con gran rapidez. Pegué la oreja a la puerta y no oí nada. Probablemente, mi asistenta estaría ahora al fondo del pasillo, metiendo copas sucias en el fregadero, mientras hablaba con Tessa, la cocinera. Sentí un intenso temblor cuando pulsé el uno, otro uno, un dos, un ocho y, al final, el tres y el uno.

Emitió dos pitidos. Intenté abrir la puerta, pero no hubo manera. Apoyé la frente en la pared y me devané los sesos intentando recordar. Tal vez era un siete en lugar de un ocho, o un dos más que un tres. Todo podía ser distinto.

Por mi cabeza pasaron números, combinaciones y códigos. De repente me vino a la mente la imagen del rey en el estrado, antes de que concediera la medalla a Stark. Había dicho: «Hemos realizado enormes progresos desde el 1 de enero de 2031, el día en que los primeros ciudadanos llegaron a la ciudad».

Sin pensármelo dos veces, tecleé los seis números: uno, uno, dos, cero, tres, uno. No pasó nada: la cerradura no emitió ningún pitido y la tapa metálica se cerró. Entonces giré el picaporte y cedió; la puerta se abrió y salí al silencioso pasillo.

Fue agradable abandonar esa estancia de ventanas selladas, el destemplado cuarto de baño alicatado y el sofá que resultaba tan duro como sentarse en un trozo de cemento. Habían disminuido la potencia de las luces del pasillo. A todo esto, oí un sonido metálico procedente de la cocina, donde el personal estaba dejándolo todo a punto para el día siguiente. Inspeccioné a derecha e izquierda y caminé pegada a la pared; se me encogió el estómago cuando me acerqué a la escalera este.

Espié por la ventanilla rectangular de la puerta: la escalera estaba libre. En la pared había otro teclado. Pulsé muy despacio el mismo código para no emitir sonido alguno. El cerrojo se abrió, franqueé la puerta a la carrera e intenté ignorar lo que había tras la estrecha barandilla: un hueco que descendía cin-

93

cuenta plantas antes de llegar al suelo. Emprendí el largo descenso bajando los escalones de dos en dos.

Cuando ya había bajado cuatro pisos, se abrió una puerta más arriba.

—¿Adónde vas? —preguntó alguien. Me quedé inmóvil, me aplasté contra la pared e intenté que no me viesen. En la escalera todo retumbaba. Hasta la respiración me traicionó—. ¡Te he oído!

Esa voz, ese tono… Adiviné en el acto que se trataba de Clara. Luego oí su taconeo y cómo venía a por mí.

Salí disparada. Volé escaleras abajo sin detenerme hasta que hube descendido diez plantas. Las pisadas dejaron de oírse. Me aparté lentamente de la pared y miré hacia arriba: apenas distinguí las manos de mi prima, con uñas pintadas de color rojo sangre, aferradas a la barandilla.

—¡Sé que estás ahí! —chilló.

Seguí bajando y dejé que pronunciase mi nombre desde lo alto de la torre.

Tal como había prometido Caleb, en la séptima planta había una bolsa para mí; contenía el uniforme de los criados del Palace. Me cambié deprisa, me calé la gorra sobre los ojos y continué descendiendo. La escalera daba a un amplio pasillo flanqueado por puertas metálicas. Desde una de las mirillas, divisé el centro comercial que había en el edificio, cuyos techos estaban pintados de azul y cubiertos de nubes blancas y esponjosas. Las tiendas estaban cerradas; el rótulo de una de ellas decía JOYERÍA TIME & AGAIN, y otro rezaba GUCCI REHABILITADO. Un soldado montaba guardia delante de las tiendas, de espaldas a mí, mientras que otros dos se hallaban junto a las puertas giratorias.

Recorrí el amplio pasillo en dirección al letrero que indicaba la salida. El contacto de Caleb había encajado una bolita de papel en la jamba de la puerta, impidiendo que se cerrase. El picaporte cedió sin dificultad. Una vez fuera, noté que hacía fresco y que el viento lo cubría todo de una capa de arena. El camino que Caleb había dibujado se extendía ante mí. Había soldados apostados tanto en la entrada principal como en la parte posterior; a través de los árboles poco frondosos conté cinco soldados apiñados que, ocasionalmente, se daban la vuelta y vigilaban detrás de ellos. Me puse en marcha, me agaché tras la fuente y quedé semioculta por el alto seto de arbustos.

De vez en cuando me giraba para comprobar que los soldados no me seguían. Me sentí angustiada: Clara me había visto. Era probable que en ese mismo instante estuviera despertando a todo el mundo, y alertando a los soldados desplegados en cada planta. Mantenía la cabeza baja y cada paso que daba me tranquilizaba. Estaba fuera, caminaba por la ciudad e iba al encuentro de Caleb. Lo hecho, hecho estaba.

Las calles se hallaban a oscuras y los altos edificios arrojaban un brillo espectral sobre la calzada. Oía a la perfección el motor de los todoterrenos que patrullaban en el otro lado del centro de la ciudad. A pesar de que había luz en las ventanas, crucé el paso elevado, como indicaba el mapa, y me mantuve pegada a los edificios del otro lado. Las secas palmeras bordeaban la estrecha calle, y había varias casas que aún no habían sido restauradas. Reparé en un restaurante abandonado, en el que las mesas y las sillas eran grises a causa del polvo acumulado.

Cada vez que oía un todoterreno en la calle más cercana a donde me hallaba, el mapa indicaba un giro, por lo que tomaba la dirección contraria y el ruido del motor se perdía a lo lejos. El edificio indicado por Caleb se encontraba casi a un kilómetro y medio al este del monorraíl, cuya entrada daba a un callejón, detrás de un teatro. Me acerqué con ligereza, como si flotara, pero muy nerviosa.

El callejón también estaba oscuro y el aire, impregnado de olor a basura podrida. Entré por la puerta que figuraba en el mapa, pero sin ver nada. Me abrí paso palpando la pared, bajé una escalera estrecha y me sumergí en las entrañas del edificio. Había mucho humo. Alguien cantaba. Los murmullos de voces lejanas se arremolinaron a mi alrededor. Continué mi camino, tropecé en los últimos peldaños y al final de la escalera encontré otra puerta.

En el escenario, había una mujer ataviada con un vestido de lentejuelas plateadas y, tras ella, un trío de intérpretes. Para cantar, usaba un micrófono parecido al que el monarca había utilizado durante el desfile. Hasta el fondo de la sala llegó una melodía lenta y triste. El saxofonista se inclinó y añadió varias notas graves. Las parejas giraban en la pista de baile llena a rebosar: una mujer hundía el rostro en el cuello de un hombre, mientras este se mecía al son de la música; otras parejas se abrazaban en cómodos reservados, reían y bebían. El humo de los cigarrillos, que dejaban encendidos en los ceniceros de plástico, ascendía en espiral hacia el techo.

Las paredes estaban cubiertas de lienzos pintados. En un cuadro se veían los edificios de la ciudad salpicados de luces de color rojo sangre, de modo que cada rascacielos resultaba siniestro. Detrás de la barra colgaba una pintura enorme. Representaba hileras de niños con camisas blancas y pantalones cortos azules, iguales a los que vestía la «generación dorada», pero las caras eran planas y sin facciones; idénticas unas a otras. Examiné a cada uno de los presentes, y busqué a Caleb en la barra y en el corro de hombres reunidos junto a la puerta. Al fondo, en uno de los reservados a la derecha del escenario, se hallaba una persona sola, cuyo rostro quedaba oculto por el borde de la gorra; con serenidad y concentración, retorcía algo entre los dedos.

La canción terminó. La mujer del vestido de lentejuelas presentó a los miembros de la banda e hizo una broma. Varias personas rieron detrás de mí, pero yo me mantuve inmóvil, viendo cómo la persona solitaria jugueteaba con una servilleta de papel mientras se mordía con energía los labios. De pronto, como si percibiera mi presencia, alzó la cabeza, y nos miramos. Me contempló unos instantes, y se le iluminó el rostro.

Se puso de pie y acortó la distancia que nos separaba. Cuando la mujer volvió a cantar, ya estaba junto a mí hundiendo la cara en mi cuello. Me abrazó con firmeza y me estrechó con tanto ahínco que mis pies dejaron de tocar el suelo. Permanecimos así mientras la música sonaba alrededor, y nuestros cuerpos encajaron perfectamente, como si estuviésemos destinados a no separarnos jamás.

Dieciocho

—*E*mpezaba a preocuparme —reconoció Caleb cuando por fin me depositó en el suelo, apartándome delicadamente los mechones de pelo adheridos a mis húmedos labios—. Pensé que había cometido una estupidez al darte esa nota y pedirte que vinieses. —Me cogió la cara entre las manos, y me alzó la barbilla—. Deberías saber que no hay que hacer esperar a los chicos. —Rio—. Ha sido una tortura.

—Pero ya estoy aquí. —Lo cogí de las muñecas y, al estrechárselas, le noté los huesos. Él se conmovió—. Estoy aquí; soy yo.

Sepultó la cara en mi cuello y me rozó la piel con los labios.

—Te he echado tanto de menos…

Me abrazó con fuerza. Le acaricié la nuca. Hubo algo en su forma de abrazarme, de aferrarse a mi cuerpo arrancándome el aliento, que me sobresaltó.

—Estoy bien —susurré intentando tranquilizarlo. Su respiración se tornó más pausada—. Estamos juntos. Estamos bien —insistí.

Me pasó un dedo por los pómulos y luego por el caballete de la nariz. Unió sus labios a los míos y, durante unos segundos, no los apartó. Saboreé el conocido olor de su piel, el picor de la barba incipiente en mis mejillas y la presión de sus manos entre mis cabellos. Lo abracé y ansié permanecer siempre así, luciendo la luna eternamente en el firmamento y la tierra detenida sobre su eje.

Al cabo de un rato nos dirigimos al reservado en el que me había esperado. La mujer del vestido de lentejuelas seguía cantando, y la melodía, que describía el viaje de un tren de media-noche rumbo a Georgia, era lenta y tierna. Varios individuos nos observaban desde la barra mientras bebían vasitos de un lí-quido negro. La luz de las velas jugueteaba en nuestros rostros. Caleb no me soltaba la mano.

—¿Dónde estamos? —pregunté, y me calé más la gorra para que me ocultara los ojos.

—En una taberna clandestina donde preparan sus propias bebidas alcohólicas —respondió él—. La gente viene aquí a be-ber y a fumar; salen después del toque de queda: todo lo que el rey ha proscrito en la ciudad.

Me tapé la cara con una mano, temerosa de que alguien me reconociera después de mi presencia en el desfile.

—¿Es un lugar seguro? ¿Saben quién eres?

—Todos los presentes son culpables de algo. —Bajó la voz, y señaló al hombre que jugaba a las cartas en un rincón. Sobre la mesa había un reloj de oro y varios anillos de plata—. Hay de todo: juegos de azar, consumo de alcohol y tabaco, inter-cambio «extraoficial» de mercancías, que es como lo llaman… Presuntamente, lo que no se adquiere con las tarjetas de cré-dito emitidas por el Gobierno debería intercambiarse a través del periódico. Puedes acabar en la cárcel por el mero hecho de estar aquí. —Cogió la servilleta con la que había jugueteado, y me percaté de que había formado una pequeña rosa blanca—. Bueno, «Genevieve», es posible que a ti no te detengan. —Me puso la rosa en la oreja.

Le toqué la pierna derecha, donde lo habían acuchillado, y noté la cicatriz a través del pantalón poco tupido, el costurón sesgado que se prolongaba hacia la parte interior del muslo, en dirección a la rodilla de la otra pierna.

—¿Qué ha sido de ti? —pregunté—. Me refiero al tiempo transcurrido antes de que vinieras a esta ciudad. He pensado en ti cada día. No tendría que haberte dejado marchar. Estaba tan asustada…

—Hiciste lo correcto…, ambos hicimos lo correcto. —Se acercó un poco más, me abrazó y me acarició el cuello—. Por extraño que parezca, siempre he estado convencido de que vol-veríamos a encontrarnos; el cómo y el cuándo no estaban cla-ros, pero nunca lo he dudado.

—Es lo que yo deseaba —reconocí sin apartar la mano de la pierna.

—¿Podría haber habido un día más perfecto que el de hoy? —Me besó una vez, dos veces y, finalmente, me posó los labios en una oreja—. Un día al despertar, en la ciudad no se hablaba más que de la nueva princesa, de la hija del rey, que acababa de regresar del colegio. Como un idiota redomado, corrí desde Afueras hasta el centro de la ciudad. Todos me tomaron por un admirador más. Pero yo solo pensaba en que volvías a mi lado.

Me acurruqué junto a él y le pedí:

—Cuéntame qué pasó cuando te fuiste de Califia. Quiero saberlo todo.

—Me quedé en San Francisco, en una casa que había nada más atravesar el puente, pues me costaba caminar a pesar de tener la herida suturada. Durante cierto tiempo me alimenté de higos y bayas de un parque de la ciudad, pero los días pasaban, y yo me encontraba demasiado débil para seguir andando. Era como si estuviera en una cárcel. En determinado momento, en que me sentía realmente desesperado, intenté caminar unos metros en busca de alimento, pero caí redondo en la acera. No sé cuánto tiempo estuve allí..., un día o tal vez más. Solo recuerdo que se me acercó un caballo. Traté de meterme en la entrada de una tienda para protegerme, pero ya no era posible: un hombre me subió a la montura y me desmayé. Desperté varias horas después. Me proporcionó agua y, por último, mencionó a Moss.

—¿Has dicho Moss? —repetí acordándome de ese nombre—. ¿Te refieres al que organizó la ruta?

—En efecto. Ahora opera desde el interior de la ciudad —dijo con una voz apenas audible. Escrutó la sala antes de seguir hablando. Solo había una pareja bailando; la mujer apoyaba la mano en el corazón del hombre—. Él trabajaba para la organización cuando llegó la noticia de los soldados asesinados en la base de la montaña. El soldado que dejaste libre dijo dónde me había visto por última vez, cómo me habían acuchillado y con quién estaba. Moss dedujo que era yo quien te acompañaba a Califia y vino a buscarme; falsificó mi documentación para que pareciese un descarriado más en busca de refugio en la ciudad. Ahora se dedica a organizar a los que viven murallas adentro, a los disidentes.

99

—¿Los disidentes? —repetí alegrándome de que la trompeta emitiera varias notas estentóreas, aunque cuantos se encontraban alrededor estaban sumidos en sus respectivas conversaciones y continuaban brindando.

—La oposición al régimen existe. Moss me ha traído a la ciudad para dirigir una construcción: abrimos túneles bajo la muralla con el objetivo de introducir más personas que colaboren en la lucha. Con el tiempo entraremos armas desde el exterior. En total hay tres túneles. Moss habla de revolución pero, sin armas, nada podemos hacer contra los soldados.

Mantuvo los labios pegados a mi oreja mientras hablaba de Afueras, extensas manzanas yermas que había lejos de la calle principal de la ciudad, cuyos viejos moteles se utilizaban como alojamiento para las clases bajas. Algunas personas vivían en almacenes, y otras, en edificios destartalados que carecían de agua caliente e incluso de instalaciones sanitarias. El régimen había repartido los alojamientos basándose en los bienes con que la gente había colaborado después de la epidemia, y el Gobierno había asignado los puestos de trabajo. La mayoría de los afuerados se dedicaban a limpiar los apartamentos de lujo y los edificios de oficinas del centro urbano, a atender las tiendas del centro comercial del Palace y a dirigir las nuevas atracciones que se extendían a lo largo y ancho de la ciudad. El rey había establecido un sinfín de normas: prohibido beber, prohibido fumar, prohibido portar armas y prohibido realizar trueques sin su autorización; a partir de las diez de la noche, nadie podía estar fuera de casa; a la ciudad únicamente se podía acceder, pero nadie tenía derecho a marcharse de ella…

—Los trabajadores de la ciudad están sojuzgados: el régimen establece la asignación semanal que les corresponde y el trabajo que realizan, e insiste en que las condiciones mejorarán y en que Afueras se rehabilitará como el resto de la ciudad, pero ya llevamos varios años sin que eso suceda. Ahora habla de expansión, de conquistar las colonias del este, de restaurarlas y reconstruirlas.

—¿Las colonias?

—Me refiero a los tres grandes asentamientos situados al este, que el rey ha visitado. Albergan cientos de miles de supervivientes. Él ya los considera parte de la Nueva América pero, hasta que amurallen esas colonias y estacionen tropas en su interior, técnicamente están separados.

—Te están buscando. Stark, el chi... el chico asustado —se me trabó la palabra—. Stark ha dicho que fuiste tú quien mató a los soldados. ¿Qué pasará si te encuentran?

—Sin camisa solo soy un trabajador más. —Caleb se llevó la mano al hombro, donde tenía el tatuaje. Se lo había visto el día en que lo conocí: el círculo con el emblema de la Nueva América. Cada muchacho de los campos de trabajo llevaba un tatuaje, como un sello, que lo caracterizaba como propiedad del rey—. Me buscan en el caos más que trabajando en Afueras, como el resto de los esclavos.

—¿Y Moss? ¿Dónde está?

—Te conviene no saberlo. —Se bajó la gorra para taparse los ojos—. Pocos meses antes de mi llegada, hicieron prisionero a un disidente. Suponemos que lo torturaron. Dio nombres y, de repente, varias personas desaparecieron y terminaron en la cárcel.

—¿Lo mataron?

—Uno de nuestros contactos trabaja de portero en la prisión, pero no logró comunicarse con él a tiempo. Fue un golpe atroz. Los disidentes consideran que son una familia y, si alguien sufre dificultades, los demás también. Habrían hecho cuanto hiciese falta para ayudarlo.

Le estreché la mano mientras le contaba lo ocurrido en los tres últimos meses: el tiempo pasado en Califia, la llegada de Arden, nuestra escapada y captura, mis días junto al hombre que se consideraba mi padre. Cuando terminé el relato, en la taberna quedaba poca gente. La mitad de los reservados estaban desocupados, aunque llenos de vasos y ceniceros humeantes.

Caleb me recolocó un mechón de pelo dentro de la gorra, y fue tan delicado que casi me hizo llorar. A renglón seguido sacó un papel doblado del bolsillo, lo extendió sobre la mesa y me mostró un mapa de la ciudad, cuyos caminos estaban marcados con diversos colores. Me explicó que los soldados seguían una rutina: patrullaban calles concretas en períodos de noventa minutos. Los disidentes habían aprendido esas costumbres y las aprovechaban para evitar que los detuvieran. Copió uno de los caminos en una servilleta y señaló el modo de regresar al cen-

101

tro urbano, de entrar en la residencia del rey y de qué escalera era la más adecuada. Luego copió otro camino y me dijo que debía usarlo al cabo de dos noches.

—Quedemos aquí —propuso señalando un punto del segundo mapa—. Por la noche, en ese edificio trabaja otro disidente que te dará las indicaciones adecuadas. ¡Ah, tengo una sorpresa para ti!

—¿De qué se trata?

—Si te lo contara, no sería una sorpresa, ¿verdad?

Examiné el lugar que había marcado: estaba justo en la calle principal, en diagonal a las fuentes del Palace.

—Podrían atraparte.

—No me atraparán —aseguró mientras alisaba con la palma de la mano las esquinas del papel—. Te lo prometo. Pero tienes que ir.

—¿Cuánto falta para concluir los túneles? ¿Podríamos escondernos hasta entonces?

Caleb me había comentado que a los demás disidentes les preocupaba nuestro encuentro, ya que podía ponerlos en peligro, pero él les había garantizado que yo era de confianza.

Apesadumbrado, negó con la cabeza y respondió:

—No lo sabemos. Las obras del más lejano se han interrumpido. Necesitamos los planos para continuar. Y si, de repente, desapareces…, sabrán que estás dentro de las murallas y te buscarán. —Me acarició la mejilla—. De todas maneras, es positivo que hoy hayas acudido. Tendremos que encontrarnos de esta forma hasta que la situación se estabilice.

Recostando la cabeza en su pecho, nos quedamos un rato en el reservado, hasta que la cantante entonó la última canción. El grupo recogió los instrumentos, se brindó por última vez y salimos lentamente.

Mientras subíamos la escalera a tientas y en plena oscuridad, Caleb me cogió por la cintura. Afueras estaba tranquilo. Las siluetas se desplazaban tras la cortina de la ventana de un viejo motel. Y nosotros atravesamos un aparcamiento repleto de coches oxidados, una piscina sin agua y una larga hilera de casas vacías.

—Te acompañaré hasta la esquina. —Me apretó la mano al tiempo que, con la cabeza, señalaba la calle siguiente.

Toqué el mapa que llevaba en el bolsillo y me percaté de que cada paso nos acercaba a la despedida. Pero pronto volvería a verlo. De cualquier modo, me estremeció pensar que estaría sola en aquella cama, entre las limpias y almidonadas pero frías sábanas.

—Solo son dos días —musité sin saber a ciencia cierta a quién intentaba consolar.

—Ni más ni menos —confirmó él, escudriñando la calle—. En realidad no falta tanto —comentó, pero no parecía muy convencido.

Prácticamente habíamos llegado a la esquina. Él giraría a la derecha para adentrarse en Afueras, y yo torcería a la izquierda. Cuando ya faltaban pocos metros para llegar, me introdujo en un portal de la estrecha calle, en un umbral de poco más de medio metro, donde apenas cabíamos. Me sostuvo la cara entre las manos, pero su rostro quedó difuminado por la oscuridad.

—Es la hora del adiós —susurró.

—Eso me temo —admití quedamente.

Me besó sujetándome con firmeza la barbilla. Le abracé la espalda al tiempo que me acercaba, y él me hundió las manos entre los cabellos. Se me disparó el corazón cuando me introdujo un dedo por el cuello del jersey y me acarició las clavículas. Se inclinó, y le besé los párpados y la diminuta cicatriz de la mejilla.

A lo lejos petardeó un todoterreno, y la detonación me arrancó de mis ensoñaciones.

—Tengo que irme…, tenemos que irnos —musité.

Fui la primera en apartarme, porque si no lo hacía, jamás sería capaz de alejarme. Me volví para irme y le di un último apretón de manos.

Diecinueve

Clara dejó caer su plato junto al mío, y el mantel blanco se manchó con gotas de salsa de tomate.

—Pareces cansada —dijo con frialdad sin dejar de observarme—. ¿Has trasnochado?

El corto vestido azul le quedaba demasiado ceñido y la seda se le abría por las costuras.

—Para nada.

Me erguí. En el peor de los casos, me había visto la espalda cuando atravesé la puerta del hueco de la escalera. Era imposible que tuviera la certeza de que se trataba de mí.

Charles y el rey acababan de cortar la cinta roja y azul del nuevo centro comercial, un gigantesco restaurante al aire libre erigido alrededor de los amplios estanques del Palace. Los asistentes al acto comían en las mesas montadas en el patio de piedra, o se paseaban por las diversas casetas. De unas altísimas columnas pendían un conjunto de árboles y arbustos de imaginativas formas y flores de color morado; más arriba había estatuas de leones alados y caballos corcoveantes. Los tenderetes de tela, llamados «cabañas», se habían convertido en escaparates donde se vendían olivas marroquíes, salchichas polacas y crepes recién hechas, rellenas de fresas y nata montada.

Daba la sensación de que Rose, que se había sentado a la mesa enfrente de nosotras, estaba a punto de derretirse, pues cierto rubor le había teñido las arrugas y se le apreciaban unas ligeras ojeras. No quitaba la vista del plato de pasta que Clara apenas había probado.

—Hay que tener mesura —murmuró tocando el tenedor de su hija—. Eres demasiado guapa para echarte a perder.

La chica se puso de todos los colores.

—Estamos muy satisfechos del producto final —declaró el rey de viva voz mientras se acercaba poco a poco hacia nosotras, acompañado de Charles. Entonces, dirigiéndose a Reginald, el jefe de Prensa, que tenía una libreta en la mano, le dijo—: Cuando rehabilitamos París, Nueva York y Venecia, lo hicimos como homenaje a las grandes ciudades del mundo de antaño. Este centro es, pues, una ampliación de lo antedicho, un lugar donde la gente probará las exquisiteces de las que disfrutamos en el pasado. Ya no es posible coger un avión e ir a Europa, a América del Sur o a la India. —Señaló una esquina del amplio centro comercial, donde los puestos estaban llenos de humeantes carritos de buñuelos, diversas carnes o minúsculos rollos de arroz y pescado—. Mi preferido es el de Asia. ¿Alguna vez imaginasteis que volveríais a comer sashimi?

Lo observé y reparé en la facilidad con que se ponía la máscara pública: se erguía mucho y su voz sonaba más potente. Daba la impresión de que había ensayado cada palabra de antemano, y de que sus gestos y ademanes estaban destinados a inspirar confianza.

105

—Nuestro jefe de Agricultura investiga las maneras de producir algas marinas. Las truchas proceden del lago Mead; no son las sustitutas ideales, pero tendremos que apañarnos hasta que las flotas pesqueras vuelvan a surcar los mares.

Se sentaron a mi lado; Reginald siguió tomando apuntes y Charles hizo todo lo posible para que le prestara atención.

—No me digas hola ni nada que se le parezca —comentó, y enarcó una ceja en actitud juguetona—. Por si no lo sabes, me lo estoy tomando muy a pecho.

—Me figuro que tu ego podrá soportarlo —respondí mientras cortaba los amarillentos buñuelos del tenderete polaco.

El rey me cogió la mano y me la estrechó con tanta fuerza que me hizo daño.

—Genevieve bromea —afirmó, risueño. Hizo un ligero ademán en dirección a Reginald, como si le dijera: «No tomes nota». Carraspeó y prosiguió—: Esto no es más que el principio. La ciudad se ha convertido en un modelo aplicable a otras urbes de la Nueva América. En el este existen tres colonias, cuyos habitantes se angustian todos los días porque ignoran cómo obtendrán la comida, o si serán atacados por sus vecinos. Además, carecen de electricidad y de agua caliente; simplemente, sobreviven. Por el contrario, en la Ciudad de Arena, prosperamos. En esto consiste vivir. —Señaló el cegador mármol, de tan blanco que era, y los estanques de transparente agua azul—. Tenemos mucha tierra a nuestro alcance, y tanto el padre de Charles, hasta que murió, como él mismo han demostrado que podemos urbanizarla rápida y eficazmente. Dentro de seis meses empezaremos a amurallar la primera colonia…, el asentamiento que, en el pasado, fue Texas.

—Estoy deseosa de ver qué harás —terció Clara, acercando su silla a la de Charles—. Durante los últimos meses me he enterado de los comentarios de la gente sobre este centro comercial, pero jamás imaginé que sería tan maravilloso.

—En gran parte se lo debemos a McCallister —replicó el chico, y señaló ligeramente con la cabeza al jefe de Agricultura, un hombre que usaba gafas y que se hallaba de pie junto a un mural enorme del viejo mundo, en el que cada país estaba pintado de un color—. De no ser por las fábricas que construyó en Afueras y por los nuevos métodos de producción que desarrolló, no tendríamos nada de cuanto poseemos.

—No te pases de modesto: se debe a tu clarividencia —lo arrulló Clara y, señalando a Reginald, añadió—: Espero que lo haya apuntado. Charles lo ideó todo incluso desde antes de que el Palace se terminara y se rehabilitasen la mayoría de los edificios. Te has referido a este tema desde que era pequeña, y has insistido en que querías introducir la diversidad del mundo en la ciudad.

En mi cabeza resonó la voz de la profesora Agnes, advirtiéndonos acerca de los hombres y de la naturaleza engañosa del coqueteo. «Seducir es una estrategia, una práctica que los hombres llevan a cabo para controlarte», había afirmado. Cómo me habría gustado que en ese momento viera lo que sucedía: Clara se había aproximado mucho a Charles, casi hasta tocarlo, y después de sujeta la rubia cabellera detrás de las orejas, le había cogido del brazo. Era la primera vez que veía coquetear tan descaradamente a una mujer. Me tapé la boca para disimular la risa, pero no lo conseguí. De mis labios se escapó un ligero sonido; para disimularlo, volví la cabeza y tosí.

—Genevieve, ¿qué te parece tan divertido? —preguntó el rey.

Todos habían guardado silencio y estaban pendientes de mí. Entonces Clara, ladeando la cabeza como si fuese la pregunta más inocente del mundo, me dijo:

—Cuéntame, ¿qué hacías anoche?

—¿Abandonaste tu dormitorio? —inquirió el rey.

Escondí las manos bajo la mesa y me estrujé la falda para serenarme. Por la mañana, durante el desayuno, había observado la cara del monarca, cuestionándome si la noche anterior se habría presentado en mi habitación y habría detectado el montón de almohadas colocado bajo las mantas. Pero me había parecido que estaba muy sereno y que su tono de voz era ecuánime, como si estuviera refiriéndose a los acontecimientos de la jornada.

—No. —Moví la cabeza de izquierda a derecha—. No salí.

Me concentré en la comida y clavé el tenedor en los buñuelos, pero Clara insistió:

—Estabas en la escalera este. —Hincó los codos en la mesa y se inclinó sobre ella—. Bajaste. Llevabas un jersey negro y te detuviste cuando pronuncié tu nombre.

—¿Es eso cierto? —dijo el rey.

—No, no —negué de nuevo, e intenté imprimir firmeza a mi voz. De repente se me secó la boca, el calor se volvió excesivo y el cabello se me pegó a la cara y al cuello—. No era yo. No sé de qué habla.

—Vaya, vaya… —ironizó Clara con un tonillo cantarín—. Me parece que sí sabes de qué hablo…

Los presentes continuaban pendientes de mí. El sol me machacó; era como si todo hubiera quedado en suspenso y resultaba asfixiante. El rey me observó con expresión sombría. La escapada había valido la pena, aunque solo fuese por estar unas pocas horas con Caleb, pero, de pronto, me arrepentí de haberme detenido en la escalera y de hacer caso a los gritos de Clara. Me encogí ligeramente de hombros y me concentré en el plato, con la sensación de que las palabras se me habían empotrado en lo más profundo de la garganta.

107

El rey me cogió con firmeza del brazo, y musitó:

—No puedes salir. Es por tu propia seguridad. Creía que lo tenías claro.

—Totalmente —logré replicar—. No salí.

Se impuso el silencio. Clara intentó tomar la palabra, pero Charles la interrumpió y me preguntó:

—¿Conoces la fuente que hay a las puertas del invernadero? Me gustaría acompañarte a verla. Si nos marchamos ahora mismo, llegaremos a tiempo para el próximo espectáculo. —Y dirigiéndose al rey, sentado a mi lado, inquirió—: ¿Me permite que le robe un rato a su hija?

Ante la propuesta, las facciones del soberano se relajaron.

—Por supuesto. Idos y pasadlo bien.

Mientras nos alejábamos, Reginald, libreta en mano, le preguntó a Clara:

—¿Es posible que viera usted a una de las trabajadoras del edificio?

—Sé perfectamente a quién vi —replicó ella, y Rose negó ligeramente con la cabeza, indicándole que lo dejase correr.

Seguí a Charles por el centro comercial; rodeamos los amplios y centelleantes estanques y me alegré de alejarme de la mesa. Me guio por el vestíbulo de mármol del Palace, donde aún se encontraban las viejas máquinas tragaperras, tapadas con telas grises. Una pareja de soldados, que llevaban los rifles colgados a la espalda, nos escoltaba, acompasando sus pasos a los nuestros.

—Lo lamento —dijo Charles cuando salimos al aire libre.

Cruzamos un puente estrecho y llegamos a una gran fuente que llegaba hasta la acera.

—¿Qué lamentas?

—Sospecho que he tenido algo que ver con lo sucedido.

Un tupido mechón de cabello negro le cayó sobre la frente; se lo echó hacia atrás con los dedos.

—No todo tiene que ver contigo.

Un grupo de personas nos observó, pero los soldados impidieron que se acercasen.

—En realidad te gustaría decirme: «Gracias, Charles, por rescatarme de tanta inquisición». —Levantó las manos a modo de defensa—. No es más que una sugerencia. Me parece que…, es posible que..., en fin sospecho que Clara bebe los vientos por mí. Es lo que creo desde..., desde siempre.

Su expresión era totalmente sincera y se había ruborizado, y yo no pude contener la risa.

—Es posible que tengas razón —reconocí.

Por mucho que me hubiera visto salir la noche anterior, yo dudaba que a Clara le importase a qué dedicaba yo mi tiempo libre. Daba la impresión de que le molestaba que Charles se sentase a mi lado en las comidas o que, al hablar conmigo, se me acercara y no hubiesen más que unos pocos centímetros de separación.

—Nos criamos juntos en la ciudad —explicó él—. Durante los últimos diez años hemos sido los habitantes más jóvenes del Palace. Clara es listísima. Ha insinuado que le gustaría estudiar Medicina en el hospital universitario. Sin embargo, su madre quiere conducirla por otros derroteros. —Enarcó las cejas como si dijera: «Hacia mí».

—Comprendo. —Asentí, y rememoré la mirada fría y calculadora que ella me había dirigido cuando nos conocimos.

La gente se congregó alrededor de la gran fuente. Contemplé nuestro reflejo en el agua: dos sombras ondulantes a causa del viento. Charles estaba pendiente de mí.

—¿Qué te ha parecido la ciudad? No te noto fascinada como el resto de los mortales.

Recordé los abrazos de Caleb mientras la música y el humo inundaban la taberna, y evoqué nuestros cuerpos entrelazados en el umbral. Las mejillas me ardían.

—Tiene sus ventajas.

Charles acortó distancias, y su hombro rozó el mío.

—¿Eres capaz de guardar un secreto? —Me observó con atención y dijo—: Mi padre habría escogido cualquier otra ciudad antes que esta. A pesar de lo que le dijo al rey, tuvieron que pasar varios años desde el inicio de la restauración de Las Vegas para que se convenciera de que funcionaría. Fue mi madre quien estuvo segura de que se trataba del lugar adecuado. En la época de la epidemia, casi todos los hoteles estaban vacíos, y enseguida quitaron los anuncios de los edificios. Está tan separada de todo... Pero mi madre siempre afirmó que se trataba de una especie de refugio.

—¿Intuición femenina? —pregunté al acordarme de una frase que había oído en el colegio.

—Debió de serlo —confirmó, y contempló la fuente. Un chiquillo, tocado con una gorra de cuadros, se había arrodillado en el reborde de piedra, y miraba el agua—. Lo pasa mal sin mi padre y se ha encerrado mucho en sí misma. Aunque suene muy mal, en parte quisiera saber qué significa amar tanto a alguien.

Me fijé en los guijarros apilados en el fondo de la fuente. Con anterioridad había pensado en dedicarle esas palabras a Caleb, justo aquellas que las profesoras habían criticado. Rodeada del silencio de la casa de Maeve y de la serenidad nocturna, me convencí de que ese comentario iba destinado a él. No había ningún otro sentimiento tan persistente ni tan implacable; nada se colaba tanto en mi interior, ni dominaba de tal manera mis pensamientos.

Volviendo a la realidad, me percaté de que Charles no había dejado de contemplarme.

—A veces la idea de estar tan cerca de alguien resulta aterradora. —Estudió mi expresión—. ¿Entiendes lo que quiero decir? ¿Mis palabras tienen sentido para ti?

La pregunta quedó ahí, flotando en el aire, al tiempo que recordaba mis primeros días en Califia, el modo en que, desde el puente, había observado la umbría ciudad e imaginado qué hacía Caleb en ella, en el supuesto de que hubiese establecido contacto con la ruta. Las pesadillas comenzaron poco después: él estaba junto al agua mientras la sangre manaba de su pierna y teñía la bahía entera de un sucio tono púrpura.

—Sí, lo entiendo —repliqué—. Demasiadas cosas pueden salir mal.

—¿Los ves? —inquirió él, y señaló los guijarros—. Los han convertido en una especie de monumento conmemorativo. La gente traía piedras y las arrojaba a la fuente…, una por cada ser querido que perdieron a causa de la epidemia. —Fue hasta los arbustos que bordeaban la pared del invernadero, retiró varias piedras pequeñas y les quitó la tierra con los dedos—. ¿Quieres un puñado? —preguntó ofreciéndomelas.

—Solo una.

Cogí un liso guijarro marrón de forma almendrada, ya que

un extremo era ligeramente más ancho que el otro; lo acaricié y me pregunté qué habría pensado mi madre de haber sabido que yo estaba allí, entre los muros de la nueva capital, encarcelada por el hombre del que se había enamorado hacía muchos años. Casi se me representó su rostro y casi percibí el olor del ungüento mentolado que siempre se ponía en los labios, por lo que, cada vez que me besaba, me manchaba las mejillas. Dejé que el guijarro se deslizase entre mis dedos y cayera al agua; se posó en el fondo y se mezcló con los demás, mientras todavía se formaban pequeñas ondulaciones en la superficie.

Nos quedamos un minuto en silencio. Mientras tanto el viento arreció y supuso un alivio fugaz del calor. A todo esto, dos mujeres mayores se acercaron al reborde de la fuente con sendas fotografías ajadas en la mano; otras personas también se congregaron en torno al reborde de piedra.

—¿Qué están esperando? —quise saber.

—Ya lo verás… —respondió Charles, y consultó la hora—. Dentro de tres…, de dos…, de un…

La música sonó en la vía principal, y todos retrocedieron. El agua salió disparada de la fuente hacia el cielo, y ascendió casi seis metros. El chiquillo de la gorra se puso de pie en el reborde, y aplaudió. Charles estaba tan entusiasmado como él, de tal modo que chilló ruidosamente y levantó un puño, ademán que incluso hizo reír a los soldados.

Al cambiar el viento de dirección, nos roció de agua y me empapó el vestido por delante. El agua fría le sentó bien a mi piel. Cerré los ojos: los aplausos y los gritos de júbilo iban en aumento, y yo disfruté de los últimos momentos que me quedaban antes de marcharme de allí.

111

Veinte

Clara y yo ascendimos en la larga escalera de caracol mecánica hacia la galería de arte instalada en un altillo de la primera planta. Aún no me había habituado a ese tipo de escaleras, y no sabía si subir los escalones o quedarme quieta, cogida al pasamanos, y dejarme llevar. La luz se colaba desde arriba. Contemplé los murales del techo, las estatuas gigantes de mujeres ataviadas con túnica, las altísimas columnas de mármol, y debajo de ellas, la estatua de un caballo en pleno salto, y los chorros que brotaban de estanques de agua mansa de color turquesa. De una forma espantosa, el Palace era exactamente como Pip lo había imaginado: un fulgurante modelo de perfección.

Continué observando la decoración e intenté fingir que estaba sola. Por la mañana, el rey había propuesto que Clara me llevase a esa galería, comentando que estaría bien que nos relacionáramos porque así conocería a mi prima. Evidentemente, era una mentira tan grande como una casa, pero accedí para que diese la sensación de que mi posición en el palacio me hacía feliz, o para que pareciera una chica sin nada que ocultar.

—¿Qué tal tu cita con Charles? —preguntó Clara después de un buen rato.

El soldado que siempre nos acompañaba se apeó de la escalera mecánica.

—No se trataba de una cita —aclaré, un poco cortante.

Recordé que, en el colegio, las profesoras habían mencionado esa palabra, aludiendo a que formaba parte del período del cortejo. Nos habían explicado que, a veces, los hombres se comportaban como caballeros antes de mostrar sus verdaderas intenciones.

Caminamos junto a una barandilla baja. A nuestros pies, los compradores deambulaban por el patio y, de vez en cuando, controlaban dónde estábamos. En la parte superior de la entrada de la galería había una pantalla gigante que cambiaba los anuncios cada pocos segundos. En primer lugar apareció una propaganda del nuevo centro comercial globalizado: ¡INAUGURAMOS ESTA SEMANA! Luego mostró una foto del periódico del día anterior, en la que yo estaba en el asiento trasero de un coche, con el siguiente subtítulo:

EL BMW DESCAPOTABLE DE LA PRINCESA GENEVIEVE
RESTAURADO POR GERRARD'S MOTORS:
REPARACIONES PERSONALIZADAS Y EXPOSICIONES
DE AUTOMÓVILES DESDE EL AÑO 2035.

—Pese a ser la princesa de la Nueva América, vas enfadada por el mundo —comentó Clara—. Cualquiera mataría con tal de ocupar tu lugar.

Su forma de expresarse y el acento en la palabra «mataría» me crisparon.

—¿Cuándo estuviste por última vez fuera de las murallas? —pregunté—. ¿Hace diez años, quizá?

Clara se había peinado la pajiza melena en una trenza, que le rodeaba la cabeza, y se la había recogido en la nuca.

—¿Dónde pretendes llegar?

—No eres quién para decir si tengo o no derecho a estar enfadada o contrariada, porque desconoces cómo es el mundo fuera de la burbuja en la que vives. —Pronunciadas esas palabras, me di media vuelta y franqueé la entrada principal de la galería.

La sala estaba fresca y vacía si se exceptuaba a unos cuantos escolares apiñados en un rincón; el uniforme gris que llevaban era muy parecido al que yo había usado en el colegio. Durante unos segundos, el soldado y Clara quedaron rezagados, y experimenté la incomparable sensación de estar sola. La estancia me reconfortó: notaba bajo mis pies la solidez de los suelos de madera, y de las paredes colgaban amigos queridos. Me aproximé hasta el cuadro de Van Gogh que tantas veces había visto en mis libros de arte: el lienzo repleto de flores azules que dirigían la cara hacia el sol. En la placa colocada al lado se leía:

113

IRIS, VINCENT VAN GOGH. RECUPERADO
DEL GETTY MUSEUM DE LOS ÁNGELES.

Había muchos otros cuadros colgados en hilera de Manet,
Tiziano y Cézanne. Fui observándolos uno por uno y recordé
todas las veces que había estado en el jardín del colegio, delante
del lago, intentando reproducir con el pincel su espejada superficie. Mientras examinaba la cuchillada que habían asestado en
la parte inferior de un Renoir (habían sujetado con celo ambas
partes del lienzo), Clara se detuvo a mi lado.

—Sé algunas cosas —precisó con furia. Me di cuenta de
que había dedicado varios minutos a preparar su discurso.
Cada una de sus palabras sonó con regodeo—. Sé que para una
mujer es muy desagradable convertirse en la amante de un
hombre.

Observó con atención las dos figuras del cuadro, en el que
un hombre ayudaba a una mujer a incorporarse de una ladera
cubierta de hierba.

—¿A qué te refieres?

—A que no eres la primogénita. Fuiste la última en nacer.
Tuve tres primos antes que tú y también una tía, que cayeron
víctimas de la epidemia. No sé qué clase de mujer es capaz de…,
es capaz de tener relaciones sexuales con un hombre casado.

—Estás equivocada —aseguré procurando ignorar la opresión que sentía.

Se encogió de hombros y se alejó de mí para contemplar el
bodegón que colgaba de la pared más distante.

Tuve la sensación de que los pies se me habían adherido al
suelo. Observé con detenimiento al hombre del cuadro, el
sombrero que le arrojaba sombras sobre el rostro, la nariz
como un bulbo rosado y los ojos formados por dos líneas negras. Me pareció que se burlaba de mí.

«Fue su amante», me dije, y la congoja me abrumó. Mi madre, la que me había cantado en la bañera mientras me quitaba
el jabón de los ojos, había sido su amante. Retrocedí en el
tiempo: volvía a tener cinco años y estaba arrodillada. Mamá se
sentía mal. Veía la línea irregular de luz bajo la puerta de su
dormitorio, así como su silueta en movimiento mientras golpeaba la puerta con los nudillos a modo de besos, porque no

quería arriesgarse a posar sus labios en mi piel. Yo había presionado la palma de la mano contra el lado exterior de la puerta, y la había mantenido allí incluso después de que ella hubiera vuelto a meterse en la cama, al tiempo que sus toses rompían el silencio nocturno.

Me dirigí hacia la puerta, y el llanto estuvo a punto de dominarme. Seguí andando y pasé junto a los iris y la corrida de toros de Manet, en la que el astado clavaba en el caballo sus enormes y afilados cuernos.

—Alteza real, ¿desea que la acompañe arriba? —preguntó el soldado, que caminaba varios pasos detrás de mí.

Mantuve la distancia y apenas le hice caso mientras conducía a Clara al ascensor. Me daba igual lo que ella hubiera dicho, pues estaba segura de que mi madre no tenía la culpa; era imposible que la tuviese la mujer que me había querido con tanta ternura, que me había dado tironcitos en los dedos de los pies mientras los contaba y me cantaba una canción absurda al oído…, la misma mujer que soplaba la sopa para enfriarla incluso antes de darme la primera cucharada. Era él quien había tenido otra familia.

Entré en el ascensor. Clara hizo lo propio, por lo que el espacio resultó pequeño y claustrofóbico, y el ambiente se volvió enrarecido e irrespirable.

—Princesa, ¿va todo bien? —preguntó el soldado, pulsando el botón. Entrelacé las manos para intentar dominar mi nerviosismo. Mis pensamientos estaban centrados en el monarca, en la historia que me había contado, en la foto que me había enseñado. En ningún momento había dicho nada sobre su familia, pero había tardado muchísimo en ir a buscarme y me había dejado sola en casa. Yo pasé demasiados días pendiente de las toses y los ahogos de mi madre, y me aterroricé cuando el silencio en su habitación se tornó eterno. Nunca me había sentido tan lejos de mamá como en el momento presente, ya que la única conexión que tenía con ella se había interrumpido—. Princesa… —repitió el soldado. Me puso la mano en el hombro, y me sobresalté—. ¿Le pasa algo?

—No, no, nada —respondí, y también pulsé el botón de bajada—. Necesito hablar con el rey.

115

Veintiuno

*E*l soberano estaba visitando una obra en construcción en la periferia de la ciudad. Como fue imposible ponerse en contacto con él, exigí que me condujeran a su presencia.

El coche descendió como una exhalación por la desierta calle, dejando atrás los imponentes edificios de la urbe. Los surtidores de las fuentes contiguas al Palace arrojaban una fina llovizna sobre los paseantes, pero el espectáculo ya no me asombraba. Lo único que tenía presente era la presuntuosa sonrisa de Clara al referirme la aventura amorosa de mi madre. Durante los años pasados en el colegio, incluso los más solitarios —los inmediatamente posteriores a mi llegada—, había contado con los recuerdos que guardaba de ella; me habían acompañado en la carretera, en el refugio subterráneo, en la parte trasera del camión de Fletcher y también después del desbarajuste del sótano. Pero todo se había corrompido gracias a las palabras de mi prima.

Torcimos a la derecha por una larga calzada de acceso y nos dirigimos hacia un gigantesco edificio de color verde, en cuya fachada había un león dorado. Los soldados me ayudaron a bajar del coche. En la parte superior de la entrada vi otra valla publicitaria enorme, como la del centro comercial, en la que aparecían diversos anuncios, como, por ejemplo, la fotografía de dos leones, debajo de la cual figuraba el siguiente letrero:

El Gran Zoo se inaugura
el mes que viene.

—Por aquí —dijo uno de los soldados, y me guio hacia el interior del edificio.

Divisé tres militares en la entrada del vestíbulo principal. Hacía un calor sofocante, y se olía a sudor y a humo. Los focos iluminaban diversas zonas del pasillo a oscuras. Pocos metros más adelante, un muchacho estaba arrodillado junto a un cubo; era uno o dos años menor que yo y, por su espalda desnuda, le chorreaba el sudor mientras ponía yeso sobre la pared. Al alzar la cabeza, aprecié su delgado y triste rostro.

—Tiene que estar por aquí —intervino el soldado y, apretando el paso, me cogió del brazo y me condujo a toda velocidad hacia otro pasillo.

Entonces me volví y reparé en otros dos chicos de mi edad que sujetaban una moqueta con grapas, y en un trabajador un poco mayor, de unos veinte años, que recorría con lentitud el pasillo acarreando una inmensa caja de madera. Cuando uno de los focos lo iluminó, vislumbré su rostro: descarnado, enfermizo y de ojos hundidos; en un hombro llevaba el mismo tatuaje que Caleb… El sonido ensordecedor de un taladro hendió el aire desde algún punto del piso superior.

117

—¿Dónde está? —pregunté tajantemente y, decidida, aceleré el paso pensando en los muchachos que estaban en el refugio.

Los soldados caminaron delante de mí en dirección a una brillante luz azul. Pero se notaba que dudaban de si tendrían que haberme conducido hasta allí o no.

—¡Genevieve! —exclamó alguien y, perfiladas por la luz, dos figuras hicieron acto de presencia al final del pasillo—. ¿Qué haces aquí?

—Debo hablar contigo —respondí.

El rey estaba con Charles, que al principio mostró su alegría, aunque esta se esfumó en cuanto se percató de mi expresión. Pasé de largo y entré en una amplia estancia; en ella lucía una extraña luz, y las paredes de cristal formaban diversos recintos que contenían enormes plantas y piedras de imitación.

—Concédenos unos minutos, por favor —solicitó el monarca.

Al fin las pisadas de los hombres se alejaron pasillo abajo, y el rey se detuvo a mi lado, frente a un depósito lleno de hierba amarilla; en lo alto, un puma, al que se le marcaban claramente las costillas en los flancos, reposaba sobre una piedra plana.

—Me lo ha contado —le espeté sin mirarlo a la cara—. Clara me ha hablado de tu esposa y me ha dicho que mi madre había sido tu amante. —El cuerpo me ardió de pies a cabeza—. ¿Es verdad?

El rey se volvió hacia el pasillo por el que Charles y los soldados se habían marchado y respondió:

—No es el mejor momento para hablar del tema. No deberías haber venido.

—Jamás existirá el momento oportuno para hablar de este tema. —Ahora sí lo traspasé con la mirada—. Y no quieres que venga aquí porque te desagrada que yo, o cualquier otra persona, veamos cómo se materializan tus proyectos.

Se ruborizó, se le ensombreció el semblante y se frotó la frente como si intentara recobrar la calma.

—Comprendo que estés enfadada. Clara no tendría que haberte dicho nada; no le correspondía. —Me volvió la espalda y caminó de punta a punta de la sala, cruzado de brazos—. La palabra «amante» no me gusta. Sé cómo suena y no hace justicia a la realidad. Cuando conocí a tu madre, ya me había separado de mi esposa.

Se detuvo ante una caja de cristal en la que se leía LOBOS GRISES: dos cánidos enormes mordisqueaban pedazos de carne roja, y un tercero roía un hueso partido.

—De modo que era tu amante —insistí sin conseguir controlar mi tono de voz—. Me has traído aquí, me has dicho que llevas mucho tiempo buscándome y que te ha destrozado vivir sin tu hija, pero se te ha olvidado comentar que tienes otra familia.

Él carraspeó y dijo:

—Lamento no haberte hablado de mis otros hijos —reconoció, aunque le costó decirlo—. Se trata de un tema que no me gusta tratar. Me preocupa más el futuro, como al resto de los habitantes de esta ciudad. Todos intentamos seguir adelante.

La dulzura con la que hablaba me desconcertó. Por ello, traté de abandonar mis propios puntos de vista y entender los suyos. Me hubiera gustado saber cómo habían muerto sus hijos: si les había sangrado la nariz como a mi madre, si habían soportado juntos la epidemia, como una auténtica familia, o si los habían ingresado en distintos hospitales. También me hubiera gustado saber si él los había abrazado a pesar de la prohibición de hacerlo, y si había sido la persona que les preparaba la comida triturada y se la depositaba sobre la reseca lengua.

—¿Cómo se llamaban? —pregunté por fin. Necesitaba saberlo; quería imaginarlos, aunque solo fuese un instante. Tenía hermanos…, los había tenido, aunque ahora ya no existieran. Esa realidad me produjo un extraño pesar—. ¿Qué edades tenían?

Se sacó un pañuelo del bolsillo, y las manos se le enrojecieron al estrujarlo.

—Samantha era la mayor. Cuando murió, tenía once años; Paul fue el primero en fallecer…, a los ocho, y Jackson, mi pequeño… —Se dejó llevar momentáneamente por el recuerdo, pero enseguida se rehízo—. No llegó a cumplir cinco años.

Me acordé del plato que había preparado en la cocina. Me había sentado a comer apoyada en la puerta del dormitorio de mi madre y, reconfortada al escuchar su tos intermitente, había devorado las últimas judías pastosas. Antes de que ella se recluyera en su habitación, me había enseñado a abrir los botes, sujetándome una mano con la suya, mientras accionábamos el chisme metálico. Las latas estaban en fila; había una para cada día y conté más de veinte. «Abre únicamente una; solo una por día», me había dicho mientras recorría la casa y echaba el cerrojo a todas las puertas.

—Lo lamento —comenté con suavidad.

Contemplamos el reflejo de nuestra imagen, y en ese instante, en medio de la quietud de la sala, él dejó de ser el monarca, y yo, la princesa a la que habían llevado a la ciudad contra su voluntad, para convertirnos en dos personas que intentaban olvidar.

Frotándose de nuevo la frente, añadió:

—Me enamoré profundamente de tu madre y tenía intención de divorciarme; ese era mi plan. Pero las cosas se complicaron: llevábamos un estilo de vida muy diferente, residíamos en ciudades distintas y no me enteré de que estaba embarazada. Más adelante se declaró la epidemia y todo cambió. Por

119

mucho que hubiese querido, no habría podido salir de Sacramento; no tuve forma humana de ayudarla. Todos nos limitamos a resistir.

—¿Tu esposa lo sabía? —pregunté, y me sentí mal a medida que formulaba la frase—. ¿Se lo contaste, o la existencia de mi madre fue un secreto?

—Tenía intención de divorciarme —repitió—. Simplemente, esperaba el momento oportuno.

Me di la vuelta, pasé por su lado y descendí por un túnel, en uno de cuyos lados había un recinto acristalado. A unos diez metros avisté a un oso de color castaño como aquel con el que me había topado cuando vivía en el caos; estaba tumbado, parecía medio muerto y reposaba la cabeza en una roca de plástico.

—Las únicas personas que comprenden una relación son las que la mantienen —afirmó el monarca a mis espaldas. Sus pisadas resonaron en el suelo de grava—. No te puedes imaginar cómo fue aquella época.

—Sé que mentiste, les has mentido a todos.

Observé otra vez el reflejo de nuestra imagen en el cristal: la nariz se nos ladeaba un poco hacia la izquierda, ambos teníamos la piel clara, espesas pestañas negras… Nos quedamos un rato así, uno al lado del otro, contemplándonos reflejados en el pequeño recinto.

—Mientras estuve con tu madre fui feliz —acotó (ignoraba si hablaba conmigo o para sí mismo). Echó una ojeada al imponente oso, y prosiguió sin un ápice de cólera—. Me cuesta evocar esa imagen, verme a mí mismo en aquellos tiempos en que fui más feliz que nunca. Siempre tuve la impresión de que tu madre vibraba en otra frecuencia. Ella tenía casi treinta años cuando la conocí; sucedió en cuanto se tomó un descanso en sus actividades pictóricas.

—No sabía que pintara —reconocí. Nuestra casa se había desdibujado poco a poco en mi memoria; tan solo conservaba algunos detalles: el viejo reloj de péndulo de la entrada, cuyas pesas de oro batido accionaban las manecillas; las estrellas fosforescentes que por la noche brillaban en el techo de mi dormitorio y la mancha de té en el sofá. Pero no evoqué ningún pincel, ni un lienzo ni ninguna representación artística colgada en las paredes—. Yo aprendí en el colegio.

—Lo sé —confirmó, pero no se explayó—. Verás, celebré mis cuarenta años con tu madre. Lo planificó todo: fuimos de excursión a la playa, pero ella cargó todo el rato —más de seis kilómetros— con el minúsculo pastel de chocolate que había preparado para mí, porque quería que nos lo comiéramos contemplando el océano. Y me cantó una absurda canción, esa que dice...

—«Hoy, hoy es un día muy especial, hoy alguien cumple años» —canté.

Recordé que mi madre solía cogerme las manos mientras cantábamos y bailábamos en la sala, esquivando la mesilla baja y los sillones.

Me habría gustado odiar a aquel hombre y traté de rememorar las barbaridades que había cometido e imaginarme a Arden, a Ruby y a Pip en el edificio de ladrillo. Ese hombre era el causante de que Caleb estuviera en Afueras y de que no pudiéramos estar juntos. Sin embargo, en ese momento, compartimos algo único: a mi madre, sus rarezas, sus canciones disparatadas y el olor a champú de lavanda que desprendía su cabello. Aparte de mí, era el único que conocía esas peculiaridades.

Recorrimos el pasillo en silencio. Poco después, frente a frente, me dijo:

—Amé a tu madre. Por muy complicada que fuera nuestra situación y por muy errónea que sin duda parece, la amé. Te tengo a ti gracias a nuestra relación. —Se presionó las sienes—. Me emocioné la mañana que fui a tu colegio, y experimenté la misma sensación que tuve el día que nacieron mis restantes hijos. Cuando llegamos, y la directora nos explicó lo ocurrido y nos dijo que te habías marchado, inmediatamente ordené que te buscasen. Piensa lo que quieras, pero eres mi hija y, por lo tanto, la única familia que me queda. No soportaba la idea de que estuvieses sola en el caos.

Contemplé su rostro, demudado por la preocupación. A todo esto, se me acercó y me abrazó. Aunque no debía servir de precedente, lo cierto es que no me aparté; fue ineludible e irresistible a pesar de todas sus tropelías. Me veía a mí misma cada vez que él se tocaba el mentón cuando reflexionaba, o cada vez que sonreía con la boca cerrada; discutíamos de la misma manera, empleando palabras breves y ecuánimes, y teníamos la misma piel clara, el cabello del mismo tono castaño rojizo oscuro, si bien el suyo estaba salpicado de canas. Ese hombre formaba parte de mí y, por mucho que me disgustase, la vinculación era incuestionable.

—Vámonos —dijo él al cabo de un rato—. Has de regresar al Palace.

A las puertas de la entrada principal, había un corro de soldados con las armas al lado del cuerpo. Todos leían el mensaje que aparecía en la pantalla electrónica instalada en la parte superior del acceso al vestíbulo. Con letras mayúsculas habían escrito: SE HA DETECTADO LA PRESENCIA DE UN ENEMIGO DEL ESTADO. ¿ALGUIEN HA VISTO A ESTE HOMBRE EN LA CIUDAD? EN CASO AFIRMATIVO, AVISE RÁPIDAMENTE A LAS AUTORIDADES.

Debajo había el esbozo de una cara tan conocida que fue como contemplar la mía. También se indicaba su estatura, su peso y su constitución, así como la descripción de las cicatrices de la pierna y de la mejilla.

Tuve la sensación de que me desangraba. El rey me había cogido del brazo y me conducía con premura hacia el coche.

—Genevieve —dijo en voz baja, evitando a los soldados de la entrada del edificio—, no es el momento. Hablaremos cuando lleguemos a palacio.

Apenas lo oí mientras leía una y otra vez la última línea de la pantalla: SE LE BUSCA POR EL ASESINATO DE DOS SOLDADOS NEOAMERICANOS.

Veintidós

—No me encuentro bien —dije, y me tapé con las mantas. El sol se había puesto ya, y las plantas superiores del Palace estaban a oscuras y en silencio. Beatrice se había sentado al pie de la cama, apoyando una mano en mis piernas—. ¿Me traerá algo de comer? Quiero dormir, pero puede dejarlo junto a la puerta. Le ruego que, pase lo que pase, no permita que me molesten esta noche.

Deslizando una mano desde la frente, Beatrice me peinó el cabello con los dedos, y contestó:

—Por supuesto, ha tenido una jornada agotadora.

Aunque cerré los ojos con energía, continué viendo el rostro de Caleb en la pantalla y oyendo los comentarios de los soldados sobre el traidor que había matado a dos de los suyos, y sobre lo que darían con tal de ser testigos de su ejecución. Se habían enterado, pues, de que estaba intramuros. Tenía que pedirle que no viniera, porque era demasiado peligroso, pero no había forma de contactar con él. Ya debía de haber recorrido Afueras y, sorteando las vacías calles, se dirigía a mi encuentro.

—¿Qué le perturba? —murmuró Beatrice, dándome un apretón de manos—. Puede contármelo.

Contemplé su redonda y afable cara, pero era evidente que no debía contarle nada, pues yo ya sabía que Caleb corría mucho peligro. Probablemente, lo buscaban en Afueras.

—Me encuentro mal, eso es todo —añadí disimulando.

Beatrice me besó la coronilla.

—En ese caso, será mejor que me ponga en marcha —agregó poniéndose en pie, dispuesta a irse. Pero entonces se inclinó y, poniendo la cálida palma de su mano en mi mejilla, aseguró—: Me cercioraré de que nadie la moleste. Le doy mi palabra.

Aguardó todavía unos segundos. Estaba seria y alerta; nunca la había visto así. Me pareció que quería decirme: «Sé lo que se propone y haré cuanto esté en mi mano para ayudarla».

Salió al pasillo. La puerta no se cerró, y Beatrice no se preocupó de ajustarla ni de comprobar la cerradura, como solía hacer. La hoja rozaba el marco y, por lo tanto, apenas quedaba entreabierta.

Me levanté a toda velocidad y fui al cuarto de baño; había escondido el uniforme en la cisterna del váter, metiéndolo en una bolsa de plástico que flotaba en el agua. Cerré la puerta del lavabo y me vestí con rapidez: la camisa blanca arrugada, el chaleco rojo y el pantalón negro; recorrí el pasillo, me dirigí a la escalera este y me quité los zapatos para no hacer ruido.

Como todavía no había sonado el toque de queda, la gente aún paseaba por la calle. Me mezclé entre los grupos de trabajadores que cambiaban de turno, pero sentía terror cada vez que comprobaba si me seguían.

Los ciudadanos recorrían el paso elevado y regresaban a sus apartamentos. Asomados a la parte trasera, al descubierto, de un todoterreno que circulaba calle abajo, dos soldados vigilaban las aceras. Agaché la cabeza, giré a la derecha para cruzar la calle principal y me acerqué al edificio que Caleb había indicado en el mapa. Se trataba del Venetian, un viejo hotel reconvertido en edificio de oficinas, donde también habían abierto varios restaurantes, repoblado los jardines y llenado nuevamente de agua los amplios canales. Al cruzar el puente abovedado, vi una embarcación que transportaba a los últimos pasajeros de la jornada.

Cuando ya me hallaba a poca distancia de la entrada principal del viejo hotel, me di la vuelta y reparé en una mujer que se había quedado en el embarcadero. Era mucho más baja que yo, pero llevaba el mismo uniforme y se le veía bien la cara, pues se había recogido el rizado cabello castaño.

—Señorita, ¿quiere una góndola? —preguntó con suavidad, y se situó bajo un saledizo, fundiéndose con las sombras mientras esperaba mi respuesta.

Consulté el mapa, comprobé la equis que Caleb había trazado junto al embarcadero y asentí. La seguí hasta el borde del canal.

—Eve, deberías quitarte el chaleco —murmuró. Cuando la luz se reflejó en el agua, distinguí sus delicadas manos y el antiguo camafeo que colgaba de su cuello—. Llamaría la atención que un trabajador navegase por el canal. Y tápate los ojos con la gorra.

Me quité la prenda y se la entregué en el preciso momento en que una estrecha embarcación se deslizaba a nuestro lado. Vistiendo una camisa negra, Caleb iba en la popa; el sombrero blanco le tapaba el rostro. Con el propósito de detectar la presencia de soldados, escruté a los que abandonaban los jardines del Venetian.

—Último paseo de hoy —anunció él.

Pilotó la embarcación con un largo remo de madera, y se detuvo en el embarcadero para que yo la abordase. De inmediato remó para alejarse de allí, al tiempo que los últimos transeúntes se marchaban.

Me senté frente a él, mirándonos con intensidad, mientras remaba hacia el centro del canal, donde nadie nos oiría. Surcamos las límpidas aguas y, a lo lejos, iluminaron la torre del Venetian. Tardamos bastante en conversar.

—Saben que estás aquí —afirmé—. No deberíamos hacer esto; es demasiado peligroso. ¿Y si alguien me ha seguido?

—No, sé que no te han seguido —aseguró él, escrutando el puente.

Intentando recobrar la calma, me recosté en el asiento y le confesé:

—Es posible que el rey sospeche algo. La otra noche Clara me vio salir, y ayer, cuando fuimos al centro comercial, hizo un comentario en su presencia. Caleb, no debo volver a verte —le supliqué—. A mí no me harán nada..., ya que soy su hija, pero si te detienen, te matarán. Están difundiendo tu imagen por toda la ciudad.

Al hundir el remo en el agua, se le tensaron los músculos por el esfuerzo. Y mientras derivábamos hacia el puente, las luces bailotearon sobre la superficie del canal.

—¿Y qué si me matan mañana? —preguntó haciendo una mueca—. ¿Qué importa? Aquí y ahora estoy vivo. He ido a las

125

obras e intercambiado opiniones con los de Afueras. Poco a poco se dan cuenta de que existe otro camino; se habla de rebelión. Moss me necesita. —Me dedicó esa sonrisa que yo tanto amo, y en la mejilla derecha se le formó un hoyuelo—. Me gusta pensar que tú también me necesitas.

—Te quiero a mi lado. Por supuesto que te necesito.

—En ese caso, es aquí donde deseo estar. —Hundió de nuevo el remo en el agua, y giró la embarcación—. No puedo permanecer de brazos cruzados. Ya renuncié a ti una vez…, y no volveré a hacerlo. —Guardó silencio unos minutos—. ¿Conoces Italia? —Asentí al recordar el país que describían los libros de historia del arte, la tierra en la que habían nacido maestros como Miguel Ángel, Leonardo da Vinci y Caravaggio—. En cierta ocasión leí que Venecia era la ciudad más romántica del mundo y que, en vez de calles, tenía canales. También leí que la gente tocaba el violín y bailaba en su plaza principal, y que se trasladaban de un lugar a otro en embarcaciones. Sé que jamás podré llevarte, pero tenemos esto.

Contemplé la torre dorada que se cernía sobre nosotros, el canal brillante como el cristal y los arcos ornamentados de debajo del puente. Hacía una noche tranquila. Escuché el rumor de las palmeras mecidas por el viento y cómo se deslizaba la barca por las apacibles aguas.

Entonces Caleb salió de la popa y se aproximó a mí, desplazándose con cuidado para que no nos desequilibráramos.

—Ahora estamos juntos. Aprovechemos el instante.

Pasamos bajo el puente, confundiéndonos con la oscuridad. Luego metió el remo en el agua para ralentizar el movimiento y se situó frente a mí. Apenas distinguí su cara cuando me rozó la mejilla con la nariz, pero noté su cálido aliento sobre la piel, y apoyé mi frente en la suya.

—Estoy asustada. No quiero perderte otra vez.

—No me perderás —aseguró quitándome la gorra.

Me acarició la nuca y hundió los dedos en mi cabello. Se lo permití y recliné mi cabeza en la palma de su mano. Me pasó las yemas de los dedos por la columna vertebral y me acarició la espalda a través de la camisa; yo le besé en el cuello y recorrí con mis labios sus suaves músculos hasta llegar a su boca.

Me puso la mano en la cintura y tiró delicadamente del faldón de la camisa del uniforme, como si me consultara. Nunca me había tocado, jamás me había tocado así: las manos sobre mi piel. Era exactamente la actitud sobre la que nos habían advertido las profesoras en sus clases; nos habían dicho que los hombres constantemente ponen a prueba tus defensas, y una vez que han derribado una de ellas, pasan a la siguiente; todos quieren lo mismo: usarte hasta consumirte.

Había dedicado muchos años a prepararme para ese instante, a estar en guardia, pero no me pareció malo. En ese momento y tratándose de Caleb, no lo consideré negativo. Me estaba pidiendo permiso y su expresión reflejaba el mismo nerviosismo que yo sentía. Me dio la impresión de que me decía: «Quiero estar más cerca de ti. ¿Me lo permites?».

Subí al banco, me senté a su lado y lo abracé; nuestros cuerpos fusionados quedaron ocultos bajo el puente. Él echó la cabeza hacia atrás cuando lo besé, y el ardor de su lengua me aguijoneó. Asentí y guié sus manos hasta mi cintura para que me quitara la camisa. Y cuando me tocó el vientre con las manos heladas, me dejó sin aliento.

La barca flotaba por el frío y oscuro túnel, y el agua lamía los cimientos del puente de piedra. Las manos de Caleb me recorrieron la espalda cuando me estrechó y aplastó su pecho contra el mío. Apoyé mi barbilla en su hombro. Dijo algo, pero su voz sonaba velada. No le entendí hasta que acercó su boca a mi oreja, y sus labios me hicieron cosquillas.

—Eve, me da igual lo que ocurra —repitió—. Esto es algo que no puedo dejar pasar. Esta vez no lo permitiré.

Estábamos tan cerca que, prácticamente, nuestras narices se rozaron. Cogí su cara entre las manos y deseé que la ciudad estuviera vacía, que no hubiese soldados patrullando por el centro, que nadie paseara por el puente, encima de nosotros, que pudiéramos navegar abrazados por el canal...

—Lo sé —musité, y lo besé con ternura mientras nos acercábamos al final del túnel—. Esto es lo único que importa.

Poco después volví a mi asiento, y él ocupó su sitio en la popa; el metro y medio que nos separaba se volvió infinito. Me encasqueté la gorra en cuanto la luz me alumbró. Paulatinamente, la góndola salió de las sombras y el remo se sumergió en las aguas del canal.

127

—¿Podemos ir a los túneles? —pregunté cuando nos alejamos del puente y ya nadie podía oírnos—. Me gustaría ver dónde pasas el tiempo y quiénes son las personas con las que tratas.

Pasaron dos soldados con los fusiles colgados a la espalda. Caleb se tapó los ojos con el sombrero. Cogió el remo y nos adentramos en el canal. Esperamos a que los militares siguiesen su camino.

—Iremos esta noche —contestó en voz baja—. Reúnete conmigo en los jardines que hay una vez pasado el embarcadero. Pero antes de que te vayas tengo algo que decirte. Hincó una rodilla en el estrecho banco que tenía delante y me observó detenidamente. Sus ojos relucían tanto que tuve la sensación de que estaban iluminados por dentro.

La barca se detuvo junto a los escalones de piedra. Caleb espió al corro de personas que se hallaban junto al puente disfrutando de los treinta minutos que faltaban para el toque de queda.

—Estoy enamorado de ti —musitó, y se agachó para besarme las manos.

Se mantuvo un segundo en esa posición; luego me ayudó a descender de la embarcación.

Subí los peldaños de piedra, y cada centímetro de mi persona vibró con renovada energía. Me habría gustado gritar «te quiero, te quiero, te quiero», cogerlo de la mano y huir del Palace, de la gente y del puente.

—Buenas noches, señorita —se despidió de viva voz, como si yo fuese una desconocida más—. Espero que haya disfrutado del paseo.

La mujer que me había recibido en el embarcadero continuaba estando bajo el saledizo. Eché a andar hacia ella, pero enseguida me di la vuelta, muy emocionada, y susurré:

—Yo también te quiero.

No me sonó ridículo, absurdo ni erróneo, sino que acababa de exteriorizar algo que siempre había sabido, y ese reconocimiento me lanzó a la más dichosa e irreversible de las caídas libres.

La expresión de alegría de Caleb fue inmensa. Me observó sin apartar sus ojos de los míos mientras se alejaba internándose en el canal.

Veintitrés

*T*ardamos casi media hora en llegar al hangar. Caleb atajó por Afueras, atravesando viejos barrios a la espera de ser restaurados, en los que las casas tenían las ventanas rotas y la arena se apilaba en las entradas. Caminaba cabizbaja a unos diez metros detrás de él, confundiéndome entre los grupos de personas que regresaban deprisa a casa para llegar antes del toque de queda.

Mientras tanto revivía aquel momento: sus ojos fijos en los míos y las palabras susurradas que solo yo escuché. Lo llevaba dentro de mí, instalado en un recoveco de mi corazón, algo pequeño y silencioso que únicamente nosotros compartíamos.

Por fin nos encontramos a campo raso. Sobre el pavimento había aviones oxidados y abandonados, y por todas partes se amontonaban carritos metálicos, algunos de ellos vacíos y deformados, y otros repletos de maletas y de ropa arrugada y calcinada por el sol. El letrero metálico situado encima del edificio decía: MCCARRAN AIRPORT.

Caleb torció a la derecha. Fui tras él por el arenoso aparcamiento y, cada dos por tres, me volvía para comprobar si los soldados nos perseguían. El aeropuerto estaba vacío. Empujado por el viento, un descolorido puñado de naipes revoloteó haciendo piruetas. Caleb se internó en un largo edificio de piedra y yo también, aunque esperé unos minutos antes de entrar.

Una vez dentro, se cernieron sobre mí los aparatos en sombras, en cuyos lados figuraba el nombre de AMERICAN AIRLINES escrito en rojo y azul. Hasta entonces, tan solo había visto aviones en los libros infantiles y oído que las profesoras aludían a los vuelos de costa a costa.

—Ven —susurró Caleb desde la oscuridad.

Estaba oculto detrás de una escalerilla metálica con ruedas. Me acerqué. Nos pegamos a la pared y, rodeándome los hombros con un brazo, echamos a andar hacia la parte trasera del hangar.

—De modo que aquí vienes todos los días… —comenté examinando los aviones que medían más de cuarenta y cinco metros de largo, y cuyas alas metálicas estaban bordeadas de óxido; en algunos puntos la pintura blanca formaba protuberancias.

—Solo vengo algunos días. Actualmente, se ha suspendido la construcción, pero, hace una semana, cada mañana había alrededor de cincuenta personas. —Nos dirigimos hacia una puerta que había al fondo del recinto—. Vienen ciudadanos de todo Afueras y se turnan… tras realizar su jornada de trabajo en el centro de la ciudad. El régimen lleva a cabo derribos a ochocientos metros al este de aquí, y de día hay tanto bullicio que cuesta incluso pensar, aunque, por otro lado, oculta completamente el ruido de las perforaciones y de los martillazos.

Llamó cinco veces a la puerta. Un hombre barbudo asomó la cabeza, alrededor de la cual se había atado un pañuelo rojo; el sudor empapaba por delante su camiseta.

—Dime, chico, ¿no tenías una cita «interesante» esta noche? —preguntó y, al verme detrás de él, exclamó—. ¡Vaya, vaya…, seguramente eres la bella Eve! —Me dedicó una ampulosa reverencia, llegando a tocar el suelo con la mano.

—¡Menuda recepción! —respondí, y también hice una reverencia.

El hombre me cayó bien en el acto porque no me llamó Genevieve.

—Te presento a Harper —dijo Caleb—. Se ha ocupado de las excavaciones mientras yo recorría otras obras.

El hombre entreabrió la puerta lo justo para que entráramos. Varias lámparas iluminaban la pequeña estancia. Dos personas más, un hombre y una mujer de unos treinta años, estaban de pie ante una mesa examinando un papel de grandes dimensiones. Cuando entré, alzaron la cabeza y me repasaron de arriba abajo con frialdad.

—No he salido desde la una —comentó Harper. El individuo era bastante bajo de estatura, con los ojos de color gris claro, la barriga le sobresalía por encima del cinturón y llevaba una camiseta gris muy estrecha—. Decidme, ¿hoy se ven las estrellas y la luna?

—No he mirado el cielo —respondí yo, como disculpándome, ya que me había concentrado en ocultar los ojos, calándome la gorra.

Harper se enjugó el sudor de la cara, y repitió, burlón:

—¡Eve no ha mirado el cielo! La única pega de la ciudad son las luces, que dificultan la contemplación de las constelaciones. Desde Afueras se ven perfectamente.

—Harper sabe guiarse por las estrellas. Fue así como llegó a la ciudad —terció Caleb, poniéndome la mano en la espalda; con el pulgar me acarició la columna vertebral—. A ver viejo, ¿qué es eso que siempre dices?

Harper echó la cabeza hacia atrás y rio.

—Viejo será tu padre —masculló, y le dio un puñetazo en el brazo. Señalando el techo, como si quisiera resaltar sus palabras, me dijo—: Existen millones de estrellas, pero cada una de ellas brilla y se consume a la vez; mueren como todo…, de modo que hay que apreciarlas antes de que se esfumen.

—No lo olvidaré —afirmé.

El despacho estaba vacío si se exceptuaba la mesa y una pila de cajas; en el suelo había un agujero de casi noventa centímetros de diámetro. Me quedé donde estaba, a la espera de que los otros dos personajes levantasen la cabeza, pero todavía examinaban el papel a la luz de las lámparas que les iluminaba a medias la cara.

—¿No ha habido novedades sobre el desplome? —preguntó Caleb.

El hombre era alto y delgado y se le habían roto las gafas; llevaba la misma camisa de uniforme que yo, pero le había arrancado las mangas.

—Ya te dije —replicó negando con la cabeza— que no pienso hablar de ese tema en presencia de ella.

Caleb estuvo a punto de responder, pero me adelanté:

—Tengo nombre —afirmé, y me sorprendí al escuchar mi propia voz.

El hombre continuó estudiando los croquis de diversos edificios urbanos y las notas garabateadas al lado con tinta azul.

—Lo sabemos perfectamente —terció la mujer con furia. Se había enrollado la rubia cabellera en delgadas rastas, y llevaba el pantalón manchado de barro—. Eres la princesa Genevieve.

—¡No es justo! —protestó Caleb—. Ya os dije que podemos confiar en ella. Es tan pariente del rey como yo.

Me dominó la angustia al recordar lo sucedido por la tarde: no me había apartado cuando el soberano me abrazó y lo había notado muy próximo al hablar de mi madre. En lo más recóndito de mí, me planteaba si acaso yo era culpable de algo.

La pareja volvió a ocuparse de los croquis.

—Dales tiempo —susurró Harper, y palmeó la espalda a Caleb. Entonces sentenció—: Si el chico dice que puedo confiar en ti, yo confío en ti. No necesito más pruebas.

—Te lo agradezco —añadió Caleb y, cogiéndolo del brazo, me explicó—: Harper fue quien comenzó la construcción de los túneles para salir de la ciudad, pues se percató de que podíamos utilizar como punto de partida los canales de desagüe de las inundaciones. Sin embargo, algunas zonas se han desplomado o convertido en demasiado inestables, sobre todo debido a los derribos que ordena el rey. Constantemente, cavamos entre los escombros o nos encontramos con que parte de los canales están bloqueados. Casi habíamos llegado a estar debajo de la muralla…, hasta que topamos con una zona derrumbada.

Harper se reajustó los pantalones, subiéndose el cinturón, y explicó:

—Es demasiado compacta para excavarla. Hemos de encontrar una ruta alternativa a través de los canales de desagüe, pero como no tenemos mapas del sistema de drenaje, es como dar palos de ciego.

—Esta es la entrada del primer túnel —declaró Caleb, y señaló el agujero. A nuestra espalda, la pareja continuó con su trabajo—. Intentamos mantener el hangar tal como lo encontramos, en previsión de que aparezcan soldados. Antes de que se haga de día, y poco a poco, retiramos los escombros, y las obras se reanudan a la tarde siguiente…, mejor dicho, así lo hacíamos hasta ahora.

—¿Dónde se construyen los otros dos túneles? —pregunté—. ¿Quién trabaja en ellos?

El hombre y la mujer alzaron la cabeza al oír mi pregunta.

—Por favor, no contestes —pidió secamente el hombre, y alisó el papel con ambas manos.

—Como bien sabéis, era huérfana —dije, muy tensa—.

Hasta hace unos días estaba convencida de que tanto mi padre como mi madre habían muerto. No soy una espía. Tengo amigas que siguen encerradas en el colegio…

—Pero participaste en el desfile, ¿no? —preguntó el hombre de las gafas rotas, en cuyos cristales me reflejaba: una figura negra perfilada por la luz anaranjada de las lámparas—. ¿No eras tú la que estaba en ese estrado, ante los residentes de la ciudad, con una estúpida sonrisa en los labios? Dime que no eras tú.

Caleb dio un paso al frente y levantó el brazo para hacerlo callar y protegerme de las acusaciones del individuo.

—Curtis, ya está bien. No volveremos a hablar del tema, al menos por ahora.

Pero yo, incapaz de no defenderme, pasé por debajo del brazo de Caleb y espeté al tal Curtis:

—No me conoces —aseguré intentando mantener la calma. Le puse un dedo delante de las narices, y añadí—: ¿Has estado en alguno de esos colegios? Por favor, puesto que da la sensación de que sabes muchas cosas, dime cómo son.

El hombre retrocedió.

Podríamos haber permanecido horas así, contemplándonos con rabia, pero Caleb me cogió del brazo y me apartó de allí.

—Salgamos —propuso. Se despidió a medias de Harper, y nos dispusimos a regresar al hangar. Cuando se hubo cerrado la puerta, me dijo—: No debería haberte traído. Curtis y Jo se han portado bien conmigo desde mi llegada…, y fueron quienes me consiguieron un lugar donde instalarme y votaron por mí cuando los demás no sabían a ciencia cierta si me permitirían dirigir las excavaciones. Habitualmente no actúan así, pero acaban de comprobar qué les sucede a los disidentes cuando los descubren.

—Detesto la forma en que me miraron —masculló.

Recorrimos el hangar en silencio, bajo las oxidadas panzas de los aparatos.

Al llegar a la puerta, Caleb se detuvo y me puso las manos en las mejillas.

—Lo sé —confirmó, y pegó su frente a la mía—. Lo lamento. Es posible que nunca lleguen a confiar totalmente en ti, pero yo te creo…, y eso es lo único que importa.

133

Permanecimos así unos segundos; su respiración me entibió la piel y me acarició los pómulos con los pulgares.

—Lo sé —logré repetir.

Las lágrimas afloraron a mis ojos. Estábamos a kilómetros del refugio y de Califia, y continuábamos sin tener un lugar propio. Saltábamos de un mundo a otro: él al mío y yo al suyo, pero jamás lograríamos estar realmente en el mismo ámbito.

Consultó la hora, y yo observé que la esfera del reloj estaba partida por la mitad.

—Coge la segunda calle paralela al centro comercial principal. Para regresar, gira y atraviesa el viejo mercado hawaiano; a esta hora de la noche está vacío. Y no te preocupes, Eve. Te ruego que no te preocupes por ellos. Nos veremos mañana por la noche.

Acerqué mis labios a los suyos, y noté las yemas de sus dedos en la piel. Me pegué a su boca con la esperanza de que esa sensación desagradable e inquietante desapareciera, deseando volver a estar en el embarcadero, donde aquellas palabras habían flotado entre nosotros.

—Mañana por la noche —repetí, mientras él me metía en el bolsillo otro mapa doblado.

A modo de despedida me besó los dedos, las manos, las mejillas y la frente. Me quedé unos segundos más, y el resto del mundo se volvió distante.

Cuando emprendí la caminata por la ciudad, en solitario a excepción del sonido de mis pasos, rememoré las palabras de Curtis y Jo. Era como si me estuviera defendiendo ante un jurado imaginario al que explicaba mi posición en el Palace, algo de lo que ni yo misma estaba segura. Únicamente, cuando pasé junto a la amplia fuente, de superficie lisa e inmóvil, pensé en Charles y reviví la expresión que había mostrado aquella tarde en el invernadero mientras señalaba la cúpula de cristal y describía los proyectos de rehabilitación.

Subí la escalera a la carrera, saltando los escalones de dos en dos, y no hice caso de la quemazón en las piernas. Salvé enseguida las cincuenta plantas porque mi cuerpo se cargó con la energía de un pensamiento súbito: por fin podía hacer algo.

Veinticuatro

—*E*n primer lugar, es tu padre quien decide qué edificios se han de restaurar —explicó Charles mientras desparramaba las fotos sobre la mesa—. Recorremos el lugar, realizamos mediciones y comprobamos en qué estado se encuentran. A continuación analizo la información que he recabado sobre cómo eran antes de la epidemia, ya se trate de planos, dibujos o fotos, para conocer su estado original y determinar cuáles se rehabilitan y de cuáles nos deshacemos.

Asentí y me fijé en los largos cajones que había al otro lado de la estancia. La suite del piso treinta se había convertido en el despacho de Charles: amplios armarios habían sustituido la cama y las cómodas, el escritorio se encontraba ante un ventanal que daba al centro comercial principal, y en una larga mesa de madera había maquetas, versiones en miniatura de algunos de los edificios que había visto en el centro de la ciudad: la cúpula del invernadero, los jardines del Venetian y el zoo del Grand. En la habitación contigua, más pequeña, se apilaban un montón de maquetas. Por la mañana había pedido a Charles que me llevase a hacer un recorrido por su despacho, y había demostrado su alegría. El rey había insistido en que nos fuéramos a pesar de que nuestros platos ya estaban preparados en la mesa con el desayuno caliente.

Cogí otra foto de la montaña rusa y de un salón recreativo de la vieja ciudad de Nueva York.

—Es fascinante —comenté.

En la descolorida instantánea se veía a algunas personas en un vagón de la atracción, atadas con un cinturón de seguridad;

todas ellas chillaban mientras el viento les daba de lleno en la cara. Era sorprendente descubrir el mundo tal como había sido hacía tantos años. Claro que resultaba imposible contemplarlo sin pensar en cómo habíamos llegado donde estábamos…, sin pensar en los muchachos del refugio o en las cicatrices que recorrían la espalda de Leif.

—Me alegro de que lo digas —reconoció Charles—. Podría hablar varias horas seguidas de este tema. A veces me da miedo aburrirte.

Dejé escapar una risilla ronca al recordar uno de los comentarios de la profesora Fran.

—Solo los aburridos se aburren —musité casi para mí misma. Revisé la foto del derecho y del revés e intenté desentrañar el borrón del reverso. Charles me observaba—. Es lo que solían decir nuestras profesoras, aunque reconozco que se trata de una tontería.

—Las profesoras… —repitió Charles—. Tienes toda la razón. Acabo de darme cuenta de que no hemos hablado de tu colegio.

—Si no tienes algo agradable que contar, no digas absolutamente nada —apostillé, y le mostré la foto—. Es otro de los comentarios que solían hacer.

La estancia a la que se accedía por la puerta que había detrás de Charles albergaba incontables documentos: los papeles se apilaban en los rincones y había planos de, prácticamente, todos los edificios del centro de la ciudad. Ahí tenía que haber más información, algo que a Caleb le resultase útil…, siempre y cuando yo fuese capaz de encontrarlo.

—Pero si te encargaron el discurso de despedida. —Charles me cogió la foto que sostenía y la dejó sobre la mesa. De repente me sentí incómoda, incluso desprotegida, porque ya no tenía nada que hacer con las manos—. De alguna manera tuviste que pasarlo bien.

—Sí, disfruté mientras estuve allí —afirmé, pero me di cuenta de que, en ese momento, no podía decirle la verdad sobre la forma en que nuestras profesoras habían tergiversado la información, ni debía mencionar a mis amigas, que continuaban encerradas.

Me acerqué a su escritorio y simulé que jugueteaba con la pelota de baloncesto colocada sobre una pila de hojas sueltas de libreta. Hasta el último centímetro de la mesa estaba cubierto de mapas y, en la cristalera, había un montón de notas autoadhesivas.

—¿Te gusta mi pisapapeles? —Señaló el balón—. Si lo estudias con atención verás las manchas de hierba. Es una de las pocas cosas que conservo de cuando era niño.

Cogí la pelota y observé las puntadas rojas y descoloridas que en algunos sitios comenzaban a romperse.

—¿Dónde te criaste?

Abrió las manos e hizo señas para que le arrojase el balón al mismo tiempo que decía:

—En una ciudad del norte de California. Durante el éxodo, el Gobierno organizó desplazamientos a base de camiones que, semanalmente, realizaban el viaje a la ciudad. Hicimos tantas paradas que tardamos casi dos días. Un médico examinaba a los pasajeros y les daba el visto bueno antes de emprender el traslado.

Describiendo una curva, le lancé con lentitud el balón al otro lado del despacho. Entretanto recordé el ala de cuarentena del colegio y lo solitarias que me resultaron las primeras semanas. Las profesoras solo nos hablaban a través de la mirilla de la puerta. Aunque era muy pequeña, aún recordaba que todas las mañanas me escudriñaba la piel en busca de magulladuras indicativas de la epidemia.

—Repartían máscaras para que nos tapásemos la boca —añadió Charles—. Yo tenía quince años; no veía alrededor más que a esas personas sin rostro, la mayoría de las cuales se desplazaban solas a la ciudad. Era algo surrealista.

Me devolvió el balón.

—¿Cómo era la ciudad en aquellos años? —Giré la pelota entre las manos y froté la mancha de hierba con el pulgar.

—Deprimente. No había más que ruinas. Había llegado gente de todas partes. Algunas personas habían caminado varias semanas, arriesgando la vida, para venir hasta aquí. No se trataba de la esperanzadora urbe que habían imaginado, al menos entonces no era así. —Se encaminó hacia los armarios situados al otro lado del despacho. Fui tras él y me alegré cuando abrió uno de los anchos y poco profundos cajones y dejó al descubierto los papeles que contenía—. Los primeros años que vivimos aquí solo atisbé la posibilidad de hacer algo, aunque es-

137

taba seguro de que quería dedicarme a lo mismo que mi padre y trabajar con él. El centro de la ciudad —edificio tras edificio— cambió, y se notó que la tristeza desaparecía a medida que la gente se asentaba y que la urbe se asemejaba cada vez más a la del mundo de antaño. Evidentemente, el trabajo continúa. Seguimos devolviéndole la vida montando restaurantes y atracciones. Por otra parte, se me han ocurrido varias ideas…

Los cajones estaban etiquetados. En algunos ponía AFUERAS y, al lado, figuraban los sectores: noreste, sureste, noroeste, suroeste. Los demás ostentaban los nombres de los antiguos hoteles: dos cajones dedicados al Venetian, y otros tantos para el Mirage, el Cosmopolitan y el Grand, respectivamente.

—Cuando iniciaron las construcciones, convirtieron cada espacio verde y cada campo de golf de la ciudad en jardines aprovechables. Era lo que necesitábamos, ya lo creo. —Hojeó una pila de papeles del cajón—. Pero el público no tiene acceso a esos jardines. Ahora disponemos de agua potable y de capacidad para conseguir que las plantas crezcan. Me gustaría crear espacios al aire libre para todo el mundo. —Dejó un plano sobre la mesa.

Contemplé la inmensa extensión verde, interrumpida aquí y allá por caminitos serpenteantes. Los árboles estaban dibujados con todo lujo de detalles, y las ramas se extendían por encima de los estanques y de los jardines de rocalla. Tres edificios de piedra rodeaban el gigantesco lago que había en el centro. Pasé los dedos por los delicados trazos hechos a lápiz; el dibujo era tan bueno como cualquiera de los que yo había hecho en el colegio.

—¿Lo has diseñado tú?

—¡No te sorprendas tanto! —Se echó a reír—. Si alguna vez se construye, tendrá un kilómetro y medio cuadrado; será el parque más grande intramuros.

Los árboles y las flores plasmados en el plano eran primorosos; en un estanque había embarcaciones y, junto a la orilla, se apiñaban capullos rojos y amarillos. En uno de los edificios se leía ÁREA RECREATIVA y, en otro, MUSEO DE HISTORIA NATURAL; el tercero disponía de escritorios, muebles con estanterías y sillas.

—No me digas que se trata de una biblioteca —aventuré—. ¿Es que no hay ninguna en la ciudad?

—Reconstruimos la que hay cerca de la calle principal, pero

es pequeña y siempre está llena. Esta tendrá cuatro plantas y dará al lago. Es cuestión de seleccionar los libros recuperados, pues hay un edificio repleto de volúmenes a unas tres manzanas al este. —Charles señaló la estancia situada a su espalda—. La maqueta está por ahí… ¿Quieres verla? —Y puso cara de sorpresa.

Los rasgos de Charles —mandíbula angulosa, facciones firmes y la repeinada mata de cabello negro— me recordaban a una de las muñecas que había en la cama de Lilac en Califia. Yo ya sabía que era guapo de verdad, cosa que quedaba de manifiesto por la forma en que Clara se desvivía por él y porque las mujeres cuchicheaban a su paso. Pero por lo que a mí respecta, me recordaba a mi padre y las murallas de la ciudad que nos rodeaban y nos encerraban.

—Me encantaría —respondí.

En cuanto él entró en la atiborrada habitación, me acerqué a los armarios y recorrí con un dedo las etiquetas de cada cajón. En el primero había papeles de los viejos hoteles; en el siguiente, planos de un hospital, y el tercero contenía información sobre los dos colegios restaurados dentro de la ciudad. También había cajones con un letrero que decía: Planet Hollywood. Entonces me arrodillé y estudié los de abajo. Charles iba de un lado para otro en el cuarto contiguo rebuscando entre las maquetas apiladas; sus pasos me aceleraron el pulso.

—¿Dónde estará? —me pregunté con voz queda al tiempo que leía las etiquetas. Los tres cajones inferiores estaban clasificados como PLANES DE PREVENCIÓN. Abrí el primero y hojeé el contenido: bocetos de las puertas de las murallas, así como inventarios de los suministros médicos, el agua embotellada y los alimentos enlatados que guardaban en los almacenes de Afueras. Pero en ninguno de ellos figuraban los canales de desagüe.

Los pasos de Charles cesaron unos segundos, se reanudaron y se intensificaron cuando se aproximó a la puerta. Abrí el último cajón. No tuve tiempo de pensar nada, sino que me limité a enrollar el fajo de papeles tanto como pude y me lo metí en la bota. Cerré el cajón y me incorporé en el preciso momento en que él regresaba al despacho.

—Aquí está —dijo dejando la maqueta sobre la mesa—. Así tendrás una idea más concreta de las cosas que te explico.

Me pasé la mano por la frente con la esperanza de que no

reparase en el sudor que la cubría. La versión en miniatura del parque ocupaba media mesa: los edificios estaban representados con piezas de madera, los estanques se simbolizaban con pintura azul, una vez que se había secado y endurecido, y el suelo estaba cubierto de una pelusa verde parecida al musgo. Charles, un tanto impaciente, aguardaba mi aprobación.

—Es genial, de verdad lo es —aseguré intentando mantener un tono sereno pero, con los planos metidos en la bota, lo único que me apetecía era volver a estar sola.

—Y esto no es todo —acotó y, girando la cabeza hacia atrás, señaló el cuarto contiguo—. Solía construir las maquetas con mi padre. Te mostraré las demás para que...

—No te molestes —me apresuré a decir retrocediendo—. Debo regresar.

Le cambió la expresión; fue como si le hubiesen asestado un puñetazo.

—Bien, de acuerdo. Lo dejaremos para mejor ocasión —accedió, y respiró hondo. Pero necesitaba desesperadamente algo más.

—Las veremos otro día —propuse, cediendo ante la persistente culpa, y traté de recordar que ese hombre trabajaba para mi padre, que habíamos compartido un puñado de horas, como máximo, y que, probablemente, tenía sus propios motivos para buscar mi compañía—. Te lo prometo.

Me encaminé hacia la puerta y lo dejé en el despacho; la luz del sol que se colaba por las persianas le iluminaba a medias la cara. En el pasillo me esperaba un soldado, que me acompañó hasta el ascensor y me condujo hasta los últimos pisos del Palace.

En cuanto me quedé a solas en mi dormitorio, me senté en el suelo y me quité las botas. A medida que seleccionaba los papeles, desapareció todo sentimiento de culpa por haber engañado a Charles. Después de revisar diez hojas, aparecieron los croquis de los canales de desagüe. En la parte superior, escrito con una tipografía hermosa y perfecta, se leía: SISTEMA DE DRENAJE DE LAS VEGAS.

Veinticinco

—No tenías por qué hacerlo —dijo Caleb cuando llegamos arriba del todo de la escalera del motel. Me cogió de la mano, me atrajo hacia él y me abrazó—. De todas maneras, me alegro de que te los quedaras.

Desde una habitación situada al final del pasillo, llegaron tenues sonidos musicales. Habíamos recorrido Afueras hasta el apartamento de Harper, en busca de Jo y Curtis. Por fin habíamos llegado al último rellano del destartalado motel. Por todas partes había fichas de plástico descoloridas, el patio estaba atiborrado de sillas rotas... Un hombre aseaba a su pequeño en una bañera a medio llenar, utilizando un viejo cartón de zumo para aclararle el pelo.

Caleb me condujo por el pasillo, y caminamos junto a la pared, ocultándonos bajo la marquesina. En las demás habitaciones había luces encendidas, visibles a través de las ventanas tapadas con lonas o con trozos de sábana. Llamó cinco veces a la puerta del fondo del pasillo, tal como había hecho en el hangar. Harper estaba dentro, y su risa llena de vitalidad rompía el silencio.

—Vosotros otra vez... —dijo, jocoso, al abrir la puerta. Llevaba una larga bata azul, y debajo, una ceñida camiseta sin mangas de color gris—. ¿Qué hacéis aquí?

Nos hizo pasar y comprobó que nadie nos había visto. La habitación estaba abarrotada de colchones usados y montones de periódicos de la ciudad. Curtis y Jo estaban sentados en cajas de madera combada, bebiendo el ambarino líquido de una jarra. Al verme, el hombre dejó la jarra en el suelo; tras las gafas de culo de botella, sus ojos semejaban diminutos puntos negros.

—Curtis, te he traído un regalo —anuncié, irónica.

Me agaché, me bajé la cremallera de la bota y le pasé el fajo de papeles.

Jo lo ayudó a extenderlos en el suelo, y preguntó:

—¿Son lo que creo?

—¿De dónde los has sacado? —Curtis cogió un papel de debajo de la pila, recorrió los croquis con los dedos e hizo una mueca, aunque se tapó la boca como si intentase disimularla—. ¡No lo puedo creer!

—Me parece que deberías decir «gracias» —puntualicé.

A Harper se le escapó una risilla y me guiñó un ojo para darme a entender que estaba de acuerdo.

—El derrumbamiento está aquí —murmuró Jo, y señaló un punto del mapa. Desplazando el dedo hacia el otro extremo, añadió—: Tenemos que acceder a este túnel situado al este. Y pensar que, en todo momento, supusimos que debíamos seguir cavando en dirección norte.

Como cocinaban algo en la placa eléctrica situada junto a la nevera, el vapor impregnaba el ambiente de un intenso aroma a especias. Harper fue a buscar otra jarra a la improvisada cocina, y sirvió sendos vasos para Caleb y para mí.

—¡Bien hecho! —susurró al entregarme la bebida.

—Eve los robó del despacho de Charles Harris —especificó Caleb, como si ese comentario permitiese comprender con más claridad mis acciones.

Hasta Jo se desternilló de risa.

—¿El único e incomparable Charles Harris? ¿El jefe de Desarrollo Urbano del reino?

Asentí y bebí un sorbo. El sabor era muy parecido al de la cerveza que destilaban en Califia.

—Los he traído tan pronto como he podido.

Aguardé la reacción de Curtis…, que me diera las gracias, que se disculpase, lo que fuera, pero continuó ocupándose de los papeles y estudió el nuevo camino. Tardó largo rato en alzar la cabeza.

Estábamos pendientes de él. Al fin, ajustándose las gafas sobre la nariz, dijo:

—Eres la hija del soberano. ¿Qué esperabas?

Jo, que se había pintado los ojos con una gruesa raya de delineador negro, dirigiéndose a mí, reconoció:

—Cometimos un error. A veces no sabes en quién confiar. Precisamente, perdimos a algunos de los nuestros debido a las fugas de información, ¿sabes?

Harper se sentó y me rodeó los hombros con el brazo.

—Es la forma que tienen de pedir disculpas —explicó en voz muy baja, y bebió otro sorbo.

—Tardaremos menos de una semana gracias a los nuevos planos —aseveró Caleb, se arrodilló junto a Curtis y calculó la distancia hasta el muro—. Ya he avisado a Moss para que sepa que mañana reanudaremos la construcción y para que se ponga en contacto con la ruta.

—Por la tarde traeré treinta trabajadores —intervino Jo, y consultó la hora. Se había recogido los rubios bucles con un trozo de tela roja—. Estableceré los contactos cuando terminen el turno de noche.

—Curtis, supongo que mañana dirigirás la construcción mientras yo voy al otro emplazamiento —añadió Caleb.

El aludido enrolló los croquis y se los guardó en la mochila. Movió afirmativamente la cabeza y nos observó a Caleb y a mí.

143

—Eso significa que, en lugar de compadecernos, deberíamos celebrarlo —terció Harper, y se incorporó de un salto del colchón en el que se había sentado.

Se acercó al equipo de música que tenía sobre la cómoda e introdujo un disco como los que yo había visto en el colegio. La música invadió el cuarto, aunque era una canción absurda en la que un hombre tarareaba la siguiente letra: «Hizo la fiesta. Hizo una fiesta monstruosa. Fue una fiesta monstruosa. ¡Tuvo mucho éxito en el cementerio!».

Caleb rio con ganas y preguntó:

—Harper, ¿qué has puesto?

El hombre apartó a puntapiés varias camisas arrugadas e hizo espacio para bailar.

—De todos los que tengo, es el único cedé que funciona. Me da lo mismo que sean canciones de Halloween, porque sigue siendo música.

Se marcó unos pasos, y la cerveza se balanceó en su vaso cuando agarró a Jo. La mujer esquivó varios periódicos arrugados sin cesar de reír. Seguí sentada en el colchón observando a Caleb que, para deleite de Harper, se sumó al baile y meneó las caderas sin demasiado entusiasmo.

—¡Uooooo, uooooo! —tarareó Harper—. ¡Chico, así me gusta!

Tardé un segundo en percatarme de que Curtis se había sentado a mi lado.

—Dudé de ti —admitió, pero hablaba tan bajo que me costó entenderle—. Hace tres meses que trabajamos en ese túnel, y es posible que lo terminemos, precisamente, gracias a ti. —Me ofreció la mano—. Ahora eres de los nuestros.

Se la estreché.

—Siempre lo fui —precisé—. Por mucho que el rey sea mi padre, he vivido en el caos y en el colegio. Sé lo que ha hecho.

La música resonaba en la pequeña estancia. Curtis guardó silencio unos segundos y evaluó mis afirmaciones.

—Necesito tiempo para confiar en alguien. La mayoría de las personas de Afueras ni siquiera conocen mi verdadero nombre.

—Ya está bien de parloteo —nos interrumpió Harper. Me cogió del brazo y me obligó a levantarme. Trazamos un giro a toda velocidad, y me di cuenta de que trastabillaba a causa de la cerveza que había bebido—. Disfrutemos de la noche. ¡Venga ya, Curtis...! ¡Ya está bien, hombre, ponte de pie! De lo contrario, tendré que levantarte..., y te levantaré —amenazó y, tirando del cinturón de la bata, se dispuso a quitársela.

Curtis levantó los brazos en señal de rendición. Se sumó a la fiesta y bailó torpemente por el atiborrado cuarto. Caleb me cogió de la mano, me hizo girar y me obligó a agacharme tan rápido que mi estómago pegó un brinco; nuestros rostros solo quedaron separados unos centímetros mientras escuchábamos el absurdo estribillo. Entonces me acarició la oreja con los labios y me preguntó:

—¿Quieres que nos vayamos?

Me percaté de que amaba cada partícula suya: el olor de la piel, la cicatriz de la mejilla, el roce de sus dedos en mi espalda, su forma de conocer mis pensamientos...

—Sí —respondí finalmente, y sentí un intenso ardor cuando me tocó con la mano—. Creía que nunca lo dirías.

Veintiséis

Caleb me había tapado los ojos con las manos y sus sudorosas palmas me rozaban la piel. Lo cogí de las muñecas y me encantó sentir sus brazos a mi alrededor, sus pies al lado de los míos y dejarme guiar por él. Había percibido que estábamos bajo techo, pero no sabía dónde.

—¿Ya está? —pregunté intentando hablar bajito.

—Todavía no —me susurró al oído.

Caminé poco a poco en la oscuridad.

No tardó en detenerse y me guio cuando giramos a la derecha. Por fin, apartó las manos de mis ojos.

—Listo —musitó, y apoyó el mentón en mi hombro—. Abre los ojos.

Así lo hice. Estábamos en otro hangar, mucho más grande que aquel donde se ocultaba la entrada del túnel. Divisé varias hileras de aviones, unos grandes y otros pequeños, iluminados por la luz de la luna que se colaba a través de las ventanas.

—¿Es aquí donde vives? —pregunté observando el aparato que se cernía sobre nosotros.

Él cogió una escalerilla metálica, cuyas oxidadas ruedas chirriaron y crujieron sin parar, y la arrastró hasta allí.

—En efecto. Me lo proporcionó Harper…, supone que aquí estaré más seguro. Se halla en el otro extremo del aeropuerto con relación al sitio donde estuvimos ayer. —Señaló la escalerilla y me dijo—: Después de ti.

Subí los escalones; me sentía empequeñecida debido a la magnitud del avión. A medida que te acercabas al aparato era muchísimo más grande; en las alas cabían al menos diez personas tumbadas. Recordé el día en que leímos el pasaje del accidente aéreo de *El señor de las moscas*. La profesora Agnes nos había hablado de los aparatos que volaban sobre océanos y continentes, y también había explicado que los accidentes eran poco corrientes, pero mortales. Nosotras le pedimos que nos lo contase todo acerca de los «auxiliares de vuelo», que empujaban los carritos por los pasillos de los aviones, sobre las bebidas y las frugales comidas que servían y acerca de la pantalla que había en el respaldo de cada asiento. Aquella tarde Pip y yo nos habíamos tendido en la hierba, de cara al cielo, y preguntado qué se sentiría al tocar las nubes.

Caleb abrió una puerta ovalada que rezaba: SALIDA DE EMERGENCIA; la empujó hacia fuera y hacia arriba con ambas manos. Distinguí filas y más filas de asientos que se prolongaban hasta la cola del avión; las persianas de plástico estaban bajadas, y había unas lamparitas sujetas a las bandejas de los respaldos de los asientos, que difundían una acogedora luz.

—Nunca había visto un aparato de estos por dentro —reconocí.

Seguí a Caleb hasta las primeras filas, donde los asientos eran más amplios. Dos de ellos estaban reclinados, semejantes a camas, encima de los cuales se apilaban unas mantas mohosas. En una silla situada junto a ellos había una mochila llena de ropa y varios periódicos viejos; en el de arriba del todo aparecía una foto mía durante el desfile y el siguiente comentario: LA PRINCESA GENEVIEVE SALUDA A LOS CIUDADANOS.

—¡Vaya habitación! —me volví con los brazos extendidos, pero no me di con nada.

Caleb me dio un empujoncito al pasar por mi lado de camino hacia la parte delantera del avión y, aprovechando para darme un beso en la frente, me preguntó:

—¿Adónde quieres ir? ¿A Francia? ¿A España?

Me cogió de la mano y me condujo hasta la cabina del piloto, repleta de paneles metálicos y de un millar de pequeños botones.

—A Italia —respondí, y puse mi mano sobre la suya mientras movía un mando situado en el asiento—. A Venecia.

—Ahora lo comprendo…, quieres pasear en una góndola de verdad. —Se echó a reír, accionó una palanca situada sobre nuestras cabezas, luego otra y simuló que se preparaba para el despegue.

Cogí unos auriculares y me los coloqué en las orejas. Pulsé un interruptor situado a nuestra derecha y enseguida otro, al tiempo que ocupaba uno de los asientos.

—Abróchate el cinturón —me advirtió él y, poniéndome una mano en la cadera, tiró de la hebilla. Entonces sujetó los mandos y fingió que pilotaba. A través del parabrisas contemplamos el hangar a oscuras como si se tratase de un panorama espectacular—. Tendremos que hacer escala en Londres. —Su voz resonó en el reducido habitáculo de metal—. Iremos a ver el Big Ben. Luego visitaremos España…, y después, Venecia.

—Desde aquí todo parece muy pequeño —comenté señalando el suelo. Me aproximé a él para ver mejor el mundo imaginario que se extendía a nuestros pies—. ¡Fíjate, la torre del Stratosphere parece medir tres centímetros…!

—¡Ahí, ahí! —me interrumpió, y señaló por la ventanilla—. Se ven las montañas. ¡Por fin nos ponemos en marcha!

El avión despegó, me repantigué en el suave y mullido asiento, la ciudad empequeñeció y los edificios disminuyeron de tamaño hasta desaparecer a lo lejos. Ascendimos por encima de las nubes, y el sol nos dio la bienvenida.

Al cabo de un buen rato, Caleb se acercó, me apartó los cabellos de las sienes y me besó en la frente. Desabrochó mi cinturón de seguridad, se incorporó, me ayudó a levantarme del asiento y mantuvo las manos sobre mis caderas. Sonrió socarrón, con la mirada encendida, como si supiera algo que yo desconocía.

Me quité los auriculares.

—¿Qué pasa?

—Moss me ha autorizado a abandonar la ciudad —respondió—. Ha dicho que puedo irme en cuanto acabemos el primer túnel. En su opinión, que me quede para dirigir las excavaciones es demasiado peligroso, porque las autoridades me buscan. Únicamente regresaré en el supuesto de que él me necesite.

Me acometió un estremecimiento y pregunté con nerviosismo:

—¿Te irás?

147

—Nos iremos. —Me acarició la mejilla—. Nos iremos…, si es que quieres venir conmigo. Me gustaría dirigirme al este, lejos de la ciudad. Es peligroso, aunque en todas partes existen riesgos. Volveremos a huir, algo que ninguno de los dos desea, pero te ruego que, como mínimo, te lo pienses.

No tuve la menor vacilación.

—Por supuesto que sí. —Le cogí la cara entre las manos, contemplándola a la luz de las lamparitas—. No tengo la más mínima duda.

Me estrechó contra él, y nuestros cuerpos se fundieron en uno solo; sus manos me recorrieron la espalda, los hombros y la cintura, y me estrechó cada vez más fuerte.

—Te prometo que lo resolveremos…, encontraremos una forma de vivir. —Noté su aliento en el cuello—. Eso es lo único que me parece bien; lo demás es un desastre.

—De modo que todo empieza ahora —afirmé—. Estoy aquí. Estoy contigo. Dentro de una semana nos iremos. Así de sencillo.

148

Me levantó en volandas y apoyó mi espalda en la pared metálica. Rodeé su cintura con las piernas. Apretó la boca contra la mía y me acarició el cabello cuando mis labios rozaron los suyos y descendieron hasta la suave piel del cuello. Deslizó las manos por mis costados, las pasó por encima del chaleco y se posaron en mi vientre.

Me condujo a su habitáculo. Cada centímetro de mi ser estaba en tensión, me ardían las mejillas y me latían los dedos de las manos y de los pies. Me fue imposible dejar de acariciarlo: recorrí con los dedos las vértebras de su columna, me demoré en cada una de ellas, en cada minúsculo bultito bajo la piel. Había un silencio absoluto en el avión… Me paseó las manos por el cuello mientras nos tumbábamos en la cama improvisada, en la que apenas cabíamos. Se quitó la camisa y la tiró al suelo. Le pasé las yemas de los dedos por el pecho, y noté que se le ponía la carne de gallina. Emitió una risilla. Tracé círculos sobre sus costillas y descendí hasta los fornidos músculos del vientre, viendo cómo hacía una mueca a consecuencia de mis caricias.

—Ahora me toca a mí —susurró, y me desabrochó los botones del chaleco uno tras otro.

Actuó deprisa: me lo quitó y se concentró en la rígida camisa blanca del uniforme. No paró hasta desabrochármela y quitármela, por lo que quedó al descubierto el sujetador negro que había encontrado en el armario el día de mi llegada a la ciudad. El mapa doblado seguía en su interior.

Me besaba sin cesar. Manteniendo una mejilla contra la suya, apoyé la cabeza en su brazo y noté cómo me pasaba las manos por todo el cuerpo; el ardor que sentía se incrementó cuando me recorrieron el vientre y trazaron círculos alrededor del ombligo. Me dibujó una recta ascendente desde el centro de las costillas hasta el espacio plano y duro que había entre mis pechos; después los acarició y, flexionando los dedos, deslizó los nudillos por las suaves carnes que me sobresalían del sujetador.

No hizo falta nada más. Con las bocas juntas y la respiración ardiente, me susurró palabras apenas audibles: «Te quiero, te quiero, te quiero». Volvió a besarme con intensidad y me aferré a él. Me acarició de pies a cabeza y, por fin, me cubrió con su cuerpo. Me quedé sin aliento, y el mundo dejó de existir.

Primero desaparecieron las paredes y, a continuación, los asientos. El suelo se deshizo bajo nuestros pies y la luz de las lamparitas se esfumó. Ya no oía las advertencias de las profesoras, ni percibía el olor a moho de los cojines. Permanecimos suspendidos en el tiempo, notando sus manos en los costados y enredando mis piernas entre las suyas, para introducirlo en mi seno mientras nos besábamos.

149

Veintisiete

$\mathcal{N}$os despertaron unos golpes. El avión estaba tan a oscuras que no distinguí a Caleb a mi lado, pero lo percibí y noté que tanteaba por encima de mis pies en busca de su arrugada camisa. Habíamos dormido unos minutos: una simple cabezadita.

—¿Quién es? —pregunté, y el pánico hizo mella en mí.

—No lo sé —musitó él—. Vamos, deprisa…, podemos utilizar la salida trasera.

Palpó hasta encontrar mi mano, cuyo calor me reconfortó.

Buscamos nuestras ropas, que estaban esparcidas por el suelo. Las llamadas a la puerta continuaron, y a cada golpe me estremecía intensamente.

—¡Vamos, tío! —chilló Harper, al tiempo que tironeaba de la puerta de emergencia con intención de abrirla—. Soy yo. ¡No queda mucho tiempo!

Caleb me soltó la mano. La almohada cedió a mi lado, y él se levantó y caminó descalzo por el pasillo. Finalmente, la puerta se abrió y en la cabina se proyectó un largo rectángulo de luz.

—Lo sabía —espetó Harper. Me tapé con la manta para protegerme del resplandor y continué buscando la ropa a tientas—. Tendría que haber venido antes. Sospeché que algo iba mal porque no te presentaste en el hangar. Son casi las ocho y media. Tenemos que sacarla de aquí.

Únicamente aprecié que Harper señalaba las entrañas del aparato. Me puse las bragas y los calcetines y me abroché el sujetador; me calcé las botas negras y, yendo hacia la puerta, me abotoné la camisa.

¡Las ocho y media…! Sin duda, Beatrice ya había entrado en mi habitación para despertarme y, probablemente, ganaba tiempo mientras las criadas preparaban el desayuno. En menos de media hora, el rey haría acto de presencia en el comedor y tomaría asiento en la silla de madera maciza situada en la cabecera de la mesa de banquetes. El desayuno comenzaba a las nueve en punto, ni un minuto antes ni un minuto después. Era siempre igual.

—Me voy. —Notaba la garganta reseca. Le di un apretón en el brazo a Caleb a modo de despedida, y crucé la puerta—. Regresaré por donde vine.

Harper se retorció las manos. Bajé corriendo por la escalerilla metálica palpándome los bolsillos en busca del mapa.

—¡Espera! —gritó Caleb. Se puso un zapato a la carrera, así que fue saltando a la pata coja—. No puedes utilizar las mismas calles porque, seguramente, han montado puestos de control. Te acompañaré. —Extendió la mano para que se la cogiese.

—No deberías venir conmigo —le dije mientras nos acercábamos a la puerta del hangar. Corrimos entre las panzas de los aviones y nuestras pisadas resonaron en el suelo de cemento—. Corres más peligro que yo; no quiero involucrarte.

Fue tras de mí cuando franqueé la puerta y me enfrenté a la cegadora luz. Me sujetó del brazo y me obligó a retroceder.

—No quiero que vayas sola —precisó. Cogió mi mapa y lo partió por la mitad—. Te ruego que me sigas. Mantente ligeramente rezagada.

Se largó y se lanzó a recorrer Afueras, de cuyos decrépitos edificios salió el primer turno de trabajadores urbanos. La mañana era más fresca de lo habitual, y el viento arremolinaba polvo y basura; una bolsa metalizada, en la que figuraba impresa la palabra DORITOS, pasó volando. Mantuve la cabeza baja para confundirme con los demás: todos nos dirigíamos al centro de la ciudad, vestíamos el mismo chaleco rojo y caminábamos con paso rápido. Pasamos junto a otro hotel viejo, un edificio de despachos con las ventanas quemadas y una hilera de casas tapiadas con tablas, de paredes rajadas y alféizares en los que se había acumulado la arena. En menos de diez minutos llegamos a los límites de la ciudad, y Caleb torció

151

por una calle bordeada de árboles escuálidos. Lo seguí; el camino estaba asfaltado.

El número de viandantes se redujo a medida que nos aproximábamos al Palace. Por ello, pasar desapercibida resultó más difícil. Me crucé con una mujer que llevaba dos críos. La niña me señaló y, sin cesar de girar la cabeza, exclamó:

—¡Mamá, mamá, es la princesa!

Continué andando, y el viento me apartó el pelo de la cara. Me alegré cuando, contrariada, la madre la hizo callar.

—Lizzie, ya está bien —la regañó—. Deja de decir tonterías.

Transcurrieron diez minutos, que luego fueron veinte. En ese momento el monarca ya se habría sentado a la mesa; la silla que había a su lado —la mía— estaría vacía, y él, nervioso, tintinearía el tenedor en el borde del plato. Quizás había ordenado que registrasen mi alcoba. Beatrice les diría que la noche anterior yo estaba en mi cuarto…, y no faltaría a la verdad: me había quedado en la cama hasta que la oí recorrer el pasillo, entrar en su habitación y cerrar la puerta. Me inventaría una historia: que había necesitado un vaso de agua en plena noche o que me asfixiaba en la habitación; o tal vez que la cerradura estaba rota, lo que me había permitido salir. Pasara lo que pasase y fuera cual fuese la explicación que me inventara, de una cosa estaba segura: a partir de entonces me resultaría prácticamente imposible salir del recinto.

Estábamos cada vez más cerca. Caleb caminaba confiado, sin prisas y con las manos en los bolsillos. De vez en cuando se cercioraba de que lo seguía. Al pasar junto a un campo de béisbol, que recordaba de mi caminata de regreso desde el hangar, me convencí de que faltaba poco y apreté el paso.

Cruzamos un viejo aparcamiento y descendimos por una calle estrecha. El monorraíl aéreo que transportaba a ciudadanos bien vestidos, viajando cómodamente en los amplios vagones, pasó como una bala por encima de nosotros. El viento era intenso y el sol se ocultaba tras un uniforme manto de nubes grises. Una vez que dejamos atrás el viejo hotel Flamingo, apareció ante nosotros un cruce y atisbamos la calle principal. Me dije que no faltaba más que una manzana, y observé que Caleb se dirigía a la esquina, donde la calleja desembocaba ante la fuente principal del Palace. Pensé que, una vez allí, él giraría a la derecha, utilizaría el paso elevado para cruzar al otro lado y se mezclaría con los trabajadores que deambulaban por el centro comercial.

A pocos metros de la esquina, se agachó y, fingiendo que se ataba el cordón del zapato, me hizo un leve guiño. Lo habíamos logrado. No sabía cuándo volvería a verlo ni cómo, pero ya encontraríamos la manera. Me toqué el borde de la gorra a modo de un saludo apenas perceptible.

Se incorporó. Dio los últimos pasos y, a fin de dar un rodeo y regresar a Afueras, torció a la derecha por la calle principal. Manteniendo la cabeza gacha para evitar que me reconociesen, subí la escalera del paso elevado. Pero tardé un segundo en percibir los gritos de los soldados y en ver al gentío, formado por trabajadores y patronos, que se había congregado en las puertas del palacio e intentaba entrar. Las tropas habían acordonado el edificio y bloqueado la calle tanto al norte como al sur de este. Estábamos atrapados.

Me quedé inmóvil donde estaba y percibí el pánico que se reflejó en la cara de Caleb a medida que se acercaba al Palace. Se situó detrás de varios trabajadores, se volvió e intentó irse por donde habíamos llegado: por la calleja. No tuvo tiempo. El soldado apostado al final del puesto de control ya se había desmarcado de su lugar de observación, y miraba con atención al desconocido de pantalones arrugados y camisa mal remetida, la única persona que se encaminaba hacia el Palace y que, de repente, se había dado la vuelta.

No pensé en absoluto, sino que me limité a correr. Me abrí paso entre la gente que abarrotaba el paso elevado, bajé la escalera y avancé a saltos por la calle. Cabizbajo y en un intento de mezclarse con los transeúntes, Caleb caminaba deprisa en dirección contraria. Un soldado casi le había dado alcance: extendiendo los brazos, le cogió el cuello de la camisa y lo obligó a retroceder.

—¡Es él! —anunció a sus compañeros.

Impulsándome con los brazos, corrí tan rápido como pude y no paré hasta llegar a su lado; me abalancé sobre el soldado e intenté tumbarlo para que Caleb ganase unos segundos y tuviera una posibilidad de escapar, pero mi cuerpo era demasiado liviano para hacerle daño al militar.

153

Otro soldado me sujetó por detrás.

—Tengo a la princesa —afirmó.

Los soldados nos rodearon; uno de ellos aferró mis manos y otro me sujetó las piernas.

—¡Caleb! —grité esforzándome por ver algo por entre los efectivos que, frenéticamente, iban de un lado para otro—. ¿Dónde estás?

Retorcí las muñecas en un intento de liberarme, pero la sujeción era férrea. Me arrastraron hacia la entrada del Palace, dejando atrás la hilera de arbustos bajos, las fuentes y las aladas estatuas de mármol. Lo último que logré ver fue la porra de un soldado, un palo negro que sobresalió por encima de la enardecida multitud y que, con un golpe seco y terrible, cayó sobre la espalda de Caleb.

Veintiocho

—*D*e modo que Clara estaba en lo cierto: la otra noche te vio salir del Palace —afirmó el soberano. No respondí. Se paseó de un extremo a otro del despacho con las manos a la espalda—. ¿Cuánto hace que entras y sales a hurtadillas y que me mientes, mejor dicho, que nos mientes?

Cuando me arrastraron hasta el centro comercial del recinto, el rey ya había llegado y me aguardaba. Ordenó a los soldados que me soltaran para no asustar a los empleados de las tiendas. La mujer que se hallaba en una joyería rehabilitada echó un furtivo vistazo desde detrás de una caja de cristal que contenía collares, y observó cómo me dejaban libres las manos mientras mi padre me sujetaba con firmeza del brazo.

—Genevieve —insistió el rey, tajante—, te he hecho una pregunta.

—No lo sé —balbucí.

Me froté las muñecas, que continuaban enrojecidas por la presión a la que habían estado sometidas. No cesaba de ver a Caleb tumbado en el suelo y a los soldados que lo rodeaban. Uno de ellos había vuelto la espalda al grupo y escupido a la vera de la calle al tiempo que espetaba: «¡Ojalá pudiera cargármelo con mis propias manos!».

El rey lanzó un bufido.

—Dices que no lo sabes… Pues tendrás que averiguarlo. Te podrían haber secuestrado y exigido rescate. ¿Tienes idea de lo peligroso que ha sido? En la ciudad hay personas que quieren verme muerto y que están convencidas de que arruino el país. Puedes considerarte afortunada de que no te hayan liquidado.

Me aproximé a la ventana, pero no divisé la ciudad. Afuera, el mundo era cielo puro, una extensión grisácea que se prolongaba hasta el infinito.

—Dime, ¿dónde está? —pregunté—. ¿Adónde lo han llevado?

—Ese tema no es de tu incumbencia —respondió el rey—. Quiero saber cómo saliste, dónde estuviste anoche, qué hiciste y con quién te reuniste. Quiero los nombres de los que te ayudaron. Debes comprender que ese hombre te utilizó para llegar hasta mí.

—Estás equivocado —dije negando con la cabeza, y me dediqué a observar la moqueta y las rayas trazadas en ella por el aspirador, cubiertas de huellas de pisadas—. No lo conoces y no sabes de qué hablas.

Ante esta respuesta, el rey estalló y, enrojeciendo, chilló:

—¡No me digas lo que sé y lo que desconozco! Hace años que ese muchacho vive en el caos sin respetar las leyes. ¿Te has enterado de que no son los primeros soldados a los que ha atacado? Cuando escapó de los campamentos de trabajo, estuvo a punto de matar a uno de los guardias.

—No lo creo.

—Genevieve, tienes que entenderlo. Quienes viven al margen del régimen han perpetuado el desorden y la confusión. Nosotros intentamos construir, y ellos se esfuerzan por destruir.

—¿Construir a qué precio? —pregunté sin conseguir aguantarme. Retorcí la gorra y doblé la visera prácticamente por la mitad—. ¿No se trata siempre de la misma pregunta? ¿En qué momento te darás por satisfecho? ¿Acaso cuando tengas bajo control del primero al último de los habitantes de este país? Mis amigas han entregado su vida. Arden, Pip y Ruby siguen encerradas. —Me dio la espalda al escuchar los nombres. El silencio se ahondó. Aunque él continuaba de espaldas, tuve clara la respuesta incluso antes de plantear la pregunta—: No las soltarás, ¿verdad? Nunca tuviste intención de liberarlas.

Respiró acompasadamente, con gran lentitud, y tardó una eternidad en replicar:

—No puedo. No puedo hacer una excepción. Demasiadas jóvenes han prestado sus servicios; sería injusto.

—Conmigo la hiciste.

—Porque eres mi hija.

Sentí que me ahogaba. Recordé la cara de Pip cuando se hizo un ovillo a mi lado y descansó su cabeza en mi almohada. Las luces del colegio ya estaban apagadas. Ruby dormía. Permanecimos así, con las manos entrelazadas, mientras la luz de la luna se colaba por la ventana. «Prométeme que, en cuanto lleguemos a la ciudad, buscaremos una tienda de ropa. —Apretó el cuello del mismo tipo de camisón, blanco y almidonado, que todas usábamos—. Espero no volver a verlo nunca más.»

—Biológica —masculle—. Soy tu hija biológica, pero no pertenezco a este sitio. No tengo nada que ver contigo.

Al fin se me encaró, pero algo había cambiado en su expresión. Entrecerrando los ojos y con mirada astuta, como si me viera por primera vez, me preguntó:

—En ese caso, ¿cuál es tu sitio? ¿Tal vez a su lado?

Afirmé con la cabeza, y a punto estuve de romper a llorar.

Él se frotó las sienes y dejó escapar un suspiro compungido.

—Es imposible. Los ciudadanos esperan que te emparejes con alguien como Charles, más que con un evadido de los campamentos de trabajo. Él es la clase de hombre con quien quieren que te cases.

—¿Y quién eres tú para decir qué tendría que hacer y con quién debo emparejarme? —le espeté—. Me conoces desde hace menos de una semana. ¿Dónde estabas mientras yo vivía sola en casa con mi madre, o mientras la oía morir?

—Ya te lo expliqué —respondió con cierto nerviosismo—. De haber podido, habría estado allí.

—Exactamente. Y le habrías hablado a tu esposa de mi madre…, pero no era el momento adecuado. Además, te ocuparás de rehabilitar Afueras y de proporcionar viviendas dignas a los trabajadores en cuanto termines los zoológicos, los museos y los parques de atracciones, y restaures las tres colonias del este.

Alzó la mano para hacerme callar y dijo:

—Ya está bien. Genevieve, da igual cuanto te hayan dicho o te hayan comentado sobre mí…, ni siquiera te imaginas qué pretenden. Quieren enfrentarte a mí.

—No es así. —Sin embargo, me destrozó que la certeza que imprimía a sus afirmaciones me creara tantas dudas—. De no

157

haber escapado, Caleb habría muerto en el campamento de trabajo—. No lo conoces.

—Ni falta que hace. —Se acercó a mí con paso majestuoso—. Sé lo suficiente. Así que te lo preguntaré una vez más: necesito saber si cuenta con colaboradores, si has oído algo acerca del proyecto de atacar el Palace, o si alguien te ha amenazado.

Fijé las palabras de Caleb en mi mente, todo cuanto me había dicho la primera noche que pasamos bajo tierra cuando me habló de los disidentes torturados.

—No colabora con nadie —repuse quedamente—. Solo se presentó en la ciudad por mí.

—¿Cómo saliste de tu dormitorio? ¿Te ayudó Beatrice?

—No…, ella no sabía nada —contesté, y junté las palmas de las manos—. Averigüé el código. Encontré una puerta abierta en la escalera del este y robé el uniforme en un apartamento de Afueras.

Me vinieron a la memoria el avión que continuaba en el hangar, las mantas revueltas y las lamparitas apagadas. A partir de ese momento cambiarían el código y apostarían soldados a las puertas de mi habitación. Resultaría imposible abandonar el recinto, hecho que habría considerado insoportable en el caso de que Caleb aún siguiera en Afueras. ¿Acaso me quedaba todavía alguna razón para huir?

—Genevieve, me importa poco qué te haya contado o te haya dicho ese chico…; intenta utilizarte. En la ciudad hay centenares de disidentes, algunos de los cuales colaboran con los descarriados del exterior. Es posible que se enterase de que eras mi hija incluso antes de que tú lo supieras.

—No sabes nada de nosotros.

Retrocedí, y me sentó fatal la facilidad con que recordé las advertencias que nos habían hecho en el colegio; recomendaciones que, de nuevo, invadieron mi mente, manipulando tanto el pasado como el presente. Caleb tenía en su poder el anuncio en el que figuraba una fotografía mía cuando nos conocimos. Pese a que los soldados nos perseguían, se había quedado a mi lado en el río y me había ayudado a ocultarme… No era verdad, yo sabía que no podía serlo, pero las acusaciones se habían hecho patentes.

—Ya no tienes nada que ver con él —remachó el mo-

narca—. Ese «nosotros» no existe. Eres la princesa de la Nueva
América. Ya ha sido bastante perjudicial que los ciudadanos
viesen cómo te apresaban a las puertas de nuestro hogar al
mismo tiempo que a él. Ese joven ha cometido un delito contra
el Estado.

—Ya te he dicho que no fue él quien lo hizo. No puedes castigarlo por eso.

—En el puesto de control montado por el Gobierno, asesinaron a dos soldados, y alguien tiene que asumir la responsa-
bilidad —sentenció, impasible.

—Pues yo podría contar lo sucedido y explicar que fue en
defensa propia.

—Las leyes tienen una razón de ser…, y quien amenaza a
un neoamericano, nos desafía a todos. Genevieve, no lo defien-
das. No debes comentar con nadie este asunto.

—Nadie tiene por qué saberlo. Podrías liberarlo. ¿Qué te
importa a ti si él sale de la ciudad? Todos creerán que ha
muerto.

El monarca recorrió la estancia de punta a punta. Percibí su
momentáneo titubeo por el modo en que frunció el entrecejo y
se toqueteaba una mejilla. Yo aún llevaba el uniforme: la
misma camisa que Caleb había desabrochado y el chaleco que
me había quitado; todavía notaba cómo me deslizaba las manos
sobre la piel. En aquel instante nada había tenido la menor importancia, ya que el resto del mundo parecía muy distante, y
las advertencias de las profesoras carecían de significado.

Ante mí se presentó de pronto mi futuro: una sucesión interminable de días en aquel edificio y de noches solitarias en
mi cama. Lo único que me había sostenido en Califia era la posibilidad de dar con Caleb y de volver a estar juntos en un
tiempo y un lugar futuros.

—No puedes matarlo —sentencié. Notaba las manos frías
y húmedas.

El rey echó a andar hacia la puerta.

—No quiero seguir hablando del tema —precisó, y se dispuso a accionar el teclado situado junto a la puerta.

Eché a correr para interponerme entre él y la salida, y puse
las manos en el marco.

—No lo hagas. —Imaginé a Caleb en un cuarto espantoso,

159

donde un soldado lo golpeaba con una porra metálica, y no se detendría hasta que la cara del prisionero, esa cara que tanto amaba, quedara desfigurada y bañada en sangre…, hasta que su cuerpo estuviera espantosamente quieto—. Has dicho que somos familia; así lo has afirmado. Si algo te intereso, no cumplas tus propósitos.

Me apartó las manos del marco de la puerta y las entrelazó con las suyas.

—Mañana será juzgado. Gracias a la declaración del teniente, dentro de tres días todo habrá concluido. Te informaré cuando se acabe.

Su voz sonó suave y sus manos estrecharon las mías, como si ese modesto y patético ofrecimiento fuera una especie de consuelo.

Se abrió la puerta. El soberano salió al silencioso pasillo y cruzó unas palabras con el soldado allí apostado, que sonaron muy distantes, ajenas a mí. Estaba inmersa en mis propios recuerdos de la mañana, que se me agolparon en la mente: la oscuridad del interior del avión, la espalda de Caleb mientras caminábamos por la ciudad, el viento que levantaba polvo y arena y lo cubría todo con una fina capa de suciedad…

«Se acabó», pensé percibiendo todavía el olor de la piel masculina que impregnaba mi ropa. Al cabo de tres días él estaría muerto y…

Veintinueve

El silencio de la habitación me resultó insoportable. Por la noche, a última hora, sentada en el borde de la cama, los minutos transcurrían lentamente. La luz de la luna formaba figuras extrañas en el suelo, y mi única compañía eran unas sombras negras y amenazadoras que se arremolinaban a mi alrededor. Se habían terminado las simulaciones: un soldado montaba guardia tras la puerta de mi dormitorio, y Caleb estaba lejos del centro de la ciudad, encerrado en una celda. Cada hora que pasaba nos acercaba un poco más al final.

En el pasillo sonaron pisadas. La llamada a la puerta me puso la carne de gallina. Acto seguido, el monarca entró y encendió las luces, cuya intensidad me hirió los ojos.

—Genevieve, me han dicho que quieres hablar conmigo. —Se sentó en el sillón del rincón, entrelazó las manos y, sin dejar de observarme, apoyó el mentón en los nudillos—. ¿Has reflexionado sobre lo que te he dicho esta mañana? Se trata de una cuestión de seguridad…, de tu seguridad y de la mía.

—He reflexionado, sí —contesté. En el exterior, el firmamento estaba salpicado de estrellas; hacía varias horas que el sol había desaparecido tras las montañas. Me estiré los pellejitos de alrededor de las uñas, dudando de si, de verdad, sería capaz de decirlo en voz alta, de si tendría valor para concretarlo—. No permitiré que castigues a Caleb por algo que no ha hecho. Soy yo la responsable. Ya te lo dije: soy yo la que disparó a los soldados.

—No estoy dispuesto a volver a sostener esta conversación. No quiero que…

—Me dijiste que debería emparejarme con alguien como Charles, ya que existen expectativas sobre mí dada mi condición de princesa. Pero seré incapaz de pasar otro día aquí si sé que Caleb ha muerto, o que lo han castigado por algo que yo cometí —gemí. Para entonces había soldados por todas partes: algunos de ellos recorrían los pasillos y otros permanecían apostados junto a la puerta de mi dormitorio. No tenía escapatoria. Respiré hondo y pensé en qué le ocurriría a Caleb en cuanto el teniente prestase declaración: ¿Lo torturarían? ¿De qué forma lo ajusticiarían?—. Me casaré con Charles si lo deseas, o si consideras que es mi obligación, pero has de liberar a Caleb.

—No solo lo deseo yo…, sino la ciudad entera. Es lo único que tiene sentido. Serás feliz con él; sé que lo serás.

—En ese caso, ¿estás de acuerdo?

Soltando un resoplido, el rey replicó:

—Comprendo que, por ahora, te resulte imposible entenderlo, pero será lo mejor para todos. Charles es un buen hombre, ha sido profundamente leal y…

—Garantízame que no le harás daño.

Sentí que me ahogaba, y no quise oír nada más sobre Charles. Parecía como si, por el hecho de casarme con él, se revelara de repente en mi interior una vorágine de sentimientos que amenazara todo cuanto había conocido hasta entonces, como si el amor fuese una elección.

El soberano se puso en pie, se me aproximó y, poniéndome una mano en el hombro, dijo:

—Ordenaré que lo liberen extramuros, y a partir de ahora no volveremos a hablar de ese muchacho. Te concentrarás en tu futuro con Charles.

Asentí a pesar de estar segura de que al día siguiente me resultaría mucho más difícil de sobrellevar aquella situación. En ese momento, en mi alcoba, me pareció soportable: Caleb quedaría en libertad. Esa opción planteaba posibilidades…, incluso esperanzas. Mientras siguiese vivo, habría esperanzas.

—Quiero despedirme de él —añadí—. Lo veré por última vez. ¿Me llevarás a su lado?

El monarca se acercó a la ventana. Cerré los ojos y, mientras aguardaba su respuesta, llegó hasta mis oídos el sonido del aire que discurría por los conductos de ventilación. No veía más que el rostro de Caleb. La noche anterior habíamos yacido despiertos; él reposaba la cabeza sobre mi corazón. En el avión reinaba el silencio. «Casi lo he entendido —había dicho con los ojos entornados—. Una vez más...» Yo deslicé la mano bajo la manta, presioné un dedo en su espalda y se lo pasé lentamente por ella, pronunciando una letra tras otra, aunque más despacio que la vez anterior. Cuando terminé, él alzó la cabeza, casi rozándome la nariz con la suya, y hundiendo la cara en mi cuello, había musitado. «Lo sé. Yo también te quiero.» Cuando abrí los ojos, el rey se había apartado de la ventana y volvía a estar a mi lado. Sin pronunciar palabra, se dirigió a la puerta, la abrió e hizo un gesto con la mano para que lo siguiera.

La cárcel, un enorme edificio rodeado por un muro de ladrillo, se hallaba a diez minutos en coche desde el centro de la ciudad. Funcionaban dos de las siete torres de observación, y en lo alto había guardias apostados con los fusiles en ristre. Me condujeron a un cuarto en el que la mesa y las sillas estaban atornilladas al suelo de cemento. El rey se quedó fuera, en compañía de un guardia, y ambos me vigilaron. Me senté y, presa de los nervios, tamborileé con los dedos la mesa metálica.

Transcurrió un minuto, quizá dos. Los recuerdos de los momentos compartidos se me acumularon: el roce del caballo en nuestros cuerpos cuando salvamos la quebrada, el olor a humedad y a tierra del refugio subterráneo, aroma que nos impregnó la piel... La noche en que atravesamos el frío pasillo, Caleb me había cogido de la mano, y su calor me había provocado una ardiente descarga en el brazo, que se extendió por mi pecho, descendió por las piernas, despertó todos mis sentidos e incluso me electrizó los dedos de los pies. Hasta entonces solo había estado viva a medias, y el contacto con él era lo único que podía arrancarme de ese sueño.

Un guardia lo condujo al interior del cuarto. Le habían destrozado la cara: tenía una brecha ensangrentada desde la ceja derecha hasta el nacimiento del pelo, y una mejilla enrojecida e hinchada. Llevaba la misma camisa arrugada que se había puesto por la mañana, aunque mal abotonada y con

163

sangre reseca y ennegrecida alrededor del cuello. Permaneció encorvado.

—¿Quién te ha hecho eso? —pregunté, y me costó una enormidad pronunciar esas palabras.

Lo abracé y me molestó que no le hubiesen desatado las manos, que no pudiera tocarme la cara ni hundir los dedos en mi pelo.

—Todos —respondió lentamente. Apoyó el mentón en mi hombro, y yo pasé las manos por su espalda, pero di un respingo al notar los verdugones producidos por los porrazos. Los toqué y ansié retroceder a la noche anterior, deshacer cuanto había ocurrido desde que despertamos—. Dicen que me pondrán en libertad extramuros. No me permitirán volver a estar a menos de ochocientos kilómetros de la ciudad. ¿Qué les has dicho?

El rey estaba junto a la puerta, y divisé su perfil a través de la minúscula ventanilla.

—Lo siento mucho —musité—. Fue la única manera de lograr que te excarcelaran.

—Eve…, explícate. ¿Qué les has dicho? —repitió, crispado de preocupación.

Lo rodeé con los brazos y musité:

—Les dije que me casaría con Charles Harris. Añadí que, si te ponían en libertad, estaría dispuesta a… —Enmudecí; no podía articular las palabras.

Aquel día, junto a la fuente, Charles me había parecido inofensivo e incluso simpático. Ese rato había supuesto un respiro agradable de mi estancia en el Palace, pero ahora consideré que todo cuanto él había dicho entonces estaba cargado de motivos ocultos. Me hubiera gustado averiguar cuántas conversaciones había mantenido con el monarca, y si siempre había tenido la certeza de que nos dirigíamos inevitablemente hacia un futuro común.

—No, Eve, no puedes. No puedes hacerlo.

—No tenemos más opciones.

El guardia no me quitaba ojo de encima.

Caleb susurró:

—Tenemos que encontrar una salida. Si te casas con él, se acabó lo nuestro, ya no habrá «nosotros». No puedes casarte con ese hombre.

—Yo tampoco quiero hacerlo —admití, y mi voz estuvo a punto de quebrarse—, pero no tenemos más opciones.

—Necesito un poco de tiempo —suplicó Caleb, desesperado—. Tiene que existir una solución.

En ese momento el rey llamó dos veces a la puerta, y el guardia anunció:

—El tiempo se ha terminado. —Se acercó a la entrada y dio una ojeada a mi padre que se había quedado fuera.

Me aproximé a Caleb, tratando de estrecharlo entre mis brazos por última vez, y lo cogí de la nuca para que apoyara su mentón en mi hombro. Le besé la mejilla, le acaricié la dolorida piel que rodeaba la herida y le masajeé la sien.

—Debes permanecer lejos de aquí. Prométeme que lo harás —añadí, y se me anegaron los ojos. Estaba segura de que, si se le presentaba la más mínima oportunidad, aprovecharía los túneles para venir a buscarme—. No podemos volver a pasar por esto.

El guardia se acercó y lo tironeó del brazo, pero él se agachó de nuevo y casi pegó los labios a mi oreja. Habló en voz tan baja que apenas entendí lo que decía:

—Eve, no eres la única que aparece en la prensa.

Intenté descifrar el significado de sus palabras, pero el guardia ya se lo llevaba. Mientras este le tiraba del brazo, él trataba de retroceder, procurando mantener el equilibrio y mirándome, a la espera de que le diera a entender que lo había comprendido.

Treinta

Charles me puso una mano en la espalda y, a través de mi fino vestido de raso, la noté trémula.

—¿Te molesta? —preguntó, indeciso.

Hacía días que había adoptado esa actitud y, continuamente, me preguntaba si podía sentarse a mi lado, o si me apetecía recorrer los nuevos escaparates parisinos o pasear por los pisos superiores del centro comercial del Palace. Le cogí todavía más aversión, ya que no dejaba de pedirme permiso, como si tuviéramos una relación de verdad. La situación habría sido tolerable si, en lugar de fingir, nos hubiésemos dicho la verdad: si hubiera podido elegir, jamás me habría emparejado con él.

—Si no queda más remedio… —musité, y me volví hacia el grupito de gente que se había congregado cerca de nosotros. El restaurante se ubicaba en la torre Eiffel, una réplica de la original parisina de casi ciento cincuenta metros; estaba adornado con suntuosas alfombras rojas y una de las paredes consistía en una cristalera que daba a la carretera principal. Unos pocos elegidos ocupaban las mesas decoradas con mantelerías de hilo blanco, donde daban buena cuenta de unos tiernos y jugosos filetes. Varios hombres fumaban cigarros. El blanquecino humo se arremolinó a nuestro alrededor, y tuve la sensación de que lo veía todo a través de un tupido velo.

Charles me cogió de la mano; sostenía la sortija en la palma y el diamante reflejaba la luz. Yo no había probado bocado en todo el día, pues se me había cerrado el estómago al pensar en lo interminable de la situación: las semanas se harían eternas, como había sucedido con la anterior, y las conversaciones corteses entre nosotros se convertirían en una obligación. En parte, me decía que no era culpa suya, pero no soportaba que se comportase como si no pasase nada. Todas las noches había cenado conmigo, y me había contado anécdotas sobre cómo discurría su vida antes de la epidemia, o sobre los veranos pasados en la casa de la playa de sus progenitores cuando se dejaba arrastrar hasta la arena por las olas. Se había explayado sobre su último proyecto urbano, pero sin mencionar para nada a Caleb ni nuestro compromiso inminente…, como si ignorar esas cuestiones modificara la realidad. Dijéramos lo que dijésemos y por muchos esfuerzos que él hiciera, lo cierto es que Charles y yo éramos dos desconocidos sentados frente a frente abocados a un choque ineludible.

Habían transcurrido ocho días. El rey me acompañó otra vez a la cárcel para mostrarme la celda vacía que Caleb había ocupado, y me indicó en el mapa el sitio exacto donde lo habían puesto en libertad: Ashland, una ciudad abandonada y situada al norte de California. Examiné las fotografías que habían realizado de la excarcelación…, la única prueba que tenía de que lo habían liberado. En esas imágenes, Caleb casi se había internado ya en el bosque, con una mochila a la espalda, y aparecía de perfil, vistiendo la misma camisa azul que llevaba la última vez que nos encontramos; reconocí las manchas del cuello.

Sus palabras todavía me obsesionaban. Todos los días repasaba el periódico, dispuesta a enterarme de que extramuros había ocurrido algo: que había aparecido en algún lugar pese al «comunicado» público de su ejecución. Pero siempre leía las mismas tonterías vacuas. La prensa especulaba sobre mi relación cada vez más estrecha con Charles, como si la petición de mano estuviese al caer, y varios lectores escribieron para comentar que nos habían visto en la ciudad. Yo pasaba las noches a solas en mi alcoba, llorando. En poco más de una semana mi vida entera se había vaciado de realidad.

El monarca dio unos golpecitos en la copa con el tenedor y el tintineo resonó en la sala. Clara y Rose estaban de pie al otro lado de la estancia. La muchacha mostraba una palidez enfermiza, y me había eludido desde que se había dado a conocer que Charles y yo éramos novios. Solo estuvo presente en los

167

acontecimientos sociales de asistencia obligada, como cenas y cócteles en la ciudad. Tenía los ojos constantemente irritados, hablaba en voz baja y siempre se disculpaba de ser una de las primeras en retirarse. Oí decir que su madre la presionaba para que se relacionase con el jefe de Finanzas, un cuarentón que escupía sin cesar en el pañuelo. Pensaba en Clara cada vez que llegaba a la conclusión de que en el Palace no había nadie tan infeliz como yo.

Charles me cogió de la mano y aguardó a que nuestras palmas se tocasen. Carraspeó, y cuando los presentes guardaron silencio, expuso:

—Es posible que hayáis notado que, últimamente, me ha cambiado la vida: soy mucho más feliz desde la llegada de Genevieve, y desde que hemos empezado a pasar más tiempo juntos, ya no puedo imaginar la existencia sin ella. —Se arrodilló ante mí sin dejar de contemplarme—. Sé que juntos seremos felices…, estoy totalmente seguro.

Al pronunciar estas frases, solo se dirigió a mí, prescindiendo de los demás, e hizo alusión a todo aquello que no habíamos expresado con palabras: «Lamento que haya ocurrido de esta forma». Me apretó la mano y continuó haciendo referencia a cuando me vio por primera vez, y a aquella tarde junto a la fuente, a lo mucho que le había gustado el sonido de mi risa, a mi despreocupación por que el agua me empapase el vestido y por que no me aparté de allí a pesar de todo… «De cualquier modo, me alegro de que sucediera.»

—En realidad lo único que necesito es que Genevieve acepte. —Dejó escapar una risilla incómoda, y exhibió la sortija para que todo el mundo la contemplase. Divisé a Clara por el rabillo del ojo: había echado a correr hacia la salida, empujando a los allí reunidos, e intentaba taparse la cara con las manos—. ¿Quieres casarte conmigo?

Se impuso el silencio, y todos aguardaron mi respuesta.

—Sí —respondí quedamente, y apenas oí mi propia voz—. Sí, me casaré contigo.

El monarca aplaudió y los presentes, también. Todos nos rodearon, me dieron palmaditas de congratulación en la espalda y me cogían la mano, pidiéndome que les permitiera contemplar el anillo.

—Me siento muy orgulloso de ti —afirmó el soberano. Intenté no recular cuando sus labios me rozaron la frente—. Hoy es un día inolvidable —aseguró, como si el mero hecho de decirlo lo convirtiera en algo cierto.

—¿Podemos fotografiarlos? —preguntó Reginald, el jefe de Prensa, aproximándose; le pisaba los talones una mujer baja y de cabellos pelirrojos y tiesos, que era la fotógrafa.

—No creo que haya ningún inconveniente —aseguró Charles.

Me pasó un brazo por la espalda y, pese a que hice un esfuerzo por mostrarme amable, noté la rigidez de mis facciones, y me escocieron los ojos a causa de los incesantes destellos de la cámara.

Reginald abrió la libreta y garabateó en el margen hasta que el bolígrafo comenzó a funcionar. Entonces, medio afirmándolo, medio preguntándolo, dijo:

—Genevieve, ¿me equivoco si afirmo que está usted entusiasmada?

El rey se encontraba a mi lado. Giré el anillo alrededor del dedo y no cejé hasta que me quemó.

—Es emocionante —respondí.

Las facciones de Reginald se relajaron, como si mi respuesta le hubiese resultado satisfactoria, y explicó:

—He recibido muchísimos comentarios sobre los artículos que he publicado acerca de ustedes. Pero olvidémonos ya de la pedida de mano, puesto que la gente está más interesada en saber cuándo se celebrará la boda.

—Nos gustaría que tuviese lugar lo antes posible —intervino el rey—. Mi equipo ya ha abordado el tema del desfile o el recorrido de los recién casados por la ciudad. Será espectacular. Puedes decirle al pueblo que cuente con ello.

—No me cabe la menor duda —añadió Reginald, que presionó con el pulgar el extremo del bolígrafo y lo cerró—. Espero publicar este artículo mañana por la mañana. Nuestros lectores se alegrarán muchísimo.

El humo me acosaba y, de pronto, me vi junto a Charles Harris, convertida en su prometida y ataviada con vestido de novia y zapatos de tacón, actuando como había jurado que jamás lo haría. Me había imaginado infinidad de veces ese mi-

169

nuto cuando visité a Caleb en la cárcel, contemplándole la cara abotargada y los verdugones de la espalda. No cesaba de decirme a mí misma que lo matarían, y por ello, lo impedí de la única manera que me era factible.

Pero, precisamente, a causa de mi resolución, yo formaba ahora parte del régimen y, sin duda, me había convertido en traidora a los ojos de los disidentes. Imaginé a Curtis en la fábrica, leyendo el artículo sobre mi compromiso nupcial y mostrándoselo a los demás como prueba de que siempre había estado en lo cierto. Así pues, aunque lograsen cavar los túneles, ya no me ayudarían a escapar.

A todo esto, el jefe de Finanzas, que se hallaba en un corrillo de hombres y cuyo rubio cabello parecía un casco rígido de tanta gomina que se había puesto, hizo señas a Reginald desde el otro extremo de la estancia.

—Si me disculpan, tengo que ocuparme de otro asunto —se excusó el jefe de Prensa, que alzó su copa una vez más y se alejó, eludiendo a una mujer que lucía una estola de piel.

En el restaurante hacía demasiado calor. El humo ascendió hasta el techo y allí se acumuló. Asfixiada, me tapé la boca.

—Necesito ir a mi habitación —musité, y me liberé de la mano de Charles.

El rey depositó su copa en la bandeja de un camarero que pasaba por nuestro lado.

—No puedes escapar —aseguró—. Genevieve, estas personas han venido por ti. ¿Qué quieres que les diga?

Con un ademán, abarcó la sala. Parte de los congregados habían tomado asiento, y otros estaban agrupados y se preguntaban si la madre de Charles se encontraría bien para asistir a la boda.

Haciendo una seña al monarca, Charles murmuró:

—Yo la acompañaré. —Me cogió la mano y la apretó con tanta delicadeza que me sobresalté—. Supongo que todos comprenderán que nos retiremos temprano, porque la velada ha sido bastante larga. Además, la mayoría de los invitados no tardarán en partir.

El rey revisó la sala y observó a las pocas personas que se encontraban junto a nosotros para cerciorarse de que no nos habían oído.

—Sí, creo que será mejor que os retiréis juntos. Por favor, despedíos. —Estrechó la mano a Charles y me abrazó, presionándome la cara contra su pecho y rodeándome el cuello con los brazos, por lo que tuve la sensación de que me ahogaba. A renglón seguido se abrió paso entre la gente. Rose, que sostenía dos copas, le hizo señas de que se acercara.

Charles y yo nos encaminamos hacia la puerta y dimos una rápida explicación a los invitados con los que nos cruzamos: había sido una jornada muy emocionante. Aún me llevaba cogida de la mano cuando por fin salimos al paseo y nos alejamos de la gente. Acercó su rostro al mío y me entrelazó los dedos.

—¿Qué pasa? —quise saber.

—Sigo esperando a que algo cambie entre nosotros —musitó. La pareja de soldados que nos escoltaba se hallaba a unos diez metros, delante de la tienda de artículos para el hogar, en ese momento cerrada, en cuyos escaparates había un sinfín de ollas y cacerolas de cobre—. Sé que no es la forma ideal, pero…

—¿Has dicho «ideal»? —inquirí, y la palabra me hizo reír—. ¡Vaya manera de expresarlo!

—Creo que necesitamos más tiempo para conocernos de verdad. Me han explicado que experimentabas ciertos sentimientos hacia él, pero eso no significa que lo nuestro no pueda prosperar. Puede convertirse en…, en…, en algo más.

Le agradecí que no pronunciara la palabra que, como bien sabíamos los dos, estaba en sus pensamientos: amor.

Liberé mi mano y me resultó muy extraña debido a la rutilante sortija; parecía como salida de la ilustración de un libro.

—No sucederá —murmuré, y eché a andar. Cerré los ojos, y, durante un segundo, casi sentí a Caleb a mi lado, escuché su ronca risa y percibí el dulce olor a sudor que despedía su piel. Estábamos de nuevo en el avión: él apoyaba su oreja en mi corazón y nos abrazábamos en la oscuridad—. Creo que lo que pretendes solo ocurre una vez en la vida.

—No lo creo. No puedo creerlo.

—¿Por qué? —inquirí elevando el tono, que sonó realmente peculiar en el amplio pasillo vacío—. ¿Por qué te cuesta tanto creer que alguien no quiere estar a tu lado?

Bajamos por la escalera mecánica. Él se quedó en el peldaño previo al mío y se pasó la mano por los cabellos.

—Consigues que lo que digo suene fatal, pero no es así. Que yo sepa, la gente siempre ha creído que me casaría con Clara, como si fuese un hecho consumado. Yo no tenía más que dieciséis años, y ya me habían planificado la vida por completo. —Como los soldados iban detrás de nosotros, bajó la voz para evitar que nos oyesen—. Entonces apareciste tú. Y tú eres distinta, porque no has pasado los últimos diez años en esta ciudad, haciendo todos los días lo mismo y relacionándote con las mismas personas. No me arrepiento de que eso sea lo que me gusta de ti. Hasta ahora no me había dado cuenta de que no me permitían tener sentimientos sobre esta cuestión.

—Ten todos los sentimientos que quieras —repliqué con cierto nerviosismo—, pero eso no significa que sea capaz de fingir que nuestra relación es aquella con la que siempre he soñado… No, contigo no fingiré.

Cruzamos la calle en dirección al Palace. Él contempló las fuentes y las estatuas de las diosas griegas, de cuatro metros y medio de altura, talladas en mármol de color hueso. Pero ya no quedaban en él las huellas del hombre al que había conocido en el invernadero, pues parecía no tenerlas todas consigo. Al fin, poco a poco, como si seleccionase con gran cuidado cada palabra que iba a pronunciar, me dijo:

—Estos son mis deseos: te quiero a ti, y necesito creer que tú también me querrás…, tal vez no ahora, sino algún día; probablemente, antes de lo que imaginas.

Ocupamos el ascensor en silencio. Los dos soldados entraron con nosotros, indiferentes, como si no vigilasen cada uno de mis movimientos. Fue entonces cuando desprecié a Charles, porque pensé en las conversaciones que, sin duda, había mantenido con el rey respecto a mí, y porque tal vez era un tema que habían abordado constantemente.

Cuando llegamos a su planta, él se inclinó para besarme en la mejilla. Pero yo aparté la cara y me dio igual que los soldados me vieran. Retrocedió con expresión compungida. Me limité a pulsar una y otra vez el botón del ascensor, que no solté hasta que las puertas se cerraron y dejé de verlo.

Treinta y uno

*B*eatrice me estaba esperando a la salida del ascensor. Me acompañó a la habitación y me ayudó a quitarme el vestido sin cesar de hacerme preguntas sobre la fiesta. Librarme de aquellas prendas tan ceñidas me produjo un gran alivio. Me limpié completamente el rostro, y por fin mi imagen se volvió reconocible gracias a la ausencia de maquillaje. Nos sentamos en la cama, y yo me quité la sortija y la dejé en la mesilla de noche; una ligera huella rosada en el dedo fue el último recordatorio de lo ocurrido durante la velada.

—Jamás habría soportado tanto sin usted —reconocí, y tironeé el cuello del camisón—. Me parece que no basta con darle las gracias.

—¡Vamos, vamos, niña! —exclamó la asistenta y, con un ademán, restó importancia a mis palabras—. He hecho lo que he podido. ¡Ojalá pudiera ayudarla un poco más!

—No puedo seguir viviendo así.

Al pensar en que, de ahora en adelante, mi vida consistiría en pasar monótonamente los días, cada uno más asfixiante que el anterior, se me cortó la respiración. Continuaba esperando que algo cambiase, que en el periódico publicaran alguna noticia sobre Caleb, pero no ocurrió nada semejante, y en cambio, a partir de ese momento, se dedicarían a hablar de los planes de la boda, soltarían una cháchara incesante e irrelevante sobre ramos de novia, anillos o qué alimentos solicitarían y de dónde los traerían. Me preguntarían si quería la mantelería beis o si prefería la blanca, y si me gustaban más las calas o las rosas.

Beatrice juntó las palmas de las manos, preocupada, y me dijo:

—Pues tendrá que hacerlo, como hemos hecho todos. No le quedará más remedio que vivir con los recuerdos anteriores a la epidemia y con la esperanza de que algún día la situación mejorará.

—¿Cómo mejorará? ¿De qué forma mejorará?

No respondió. Me tapé la cara con las manos. Yo ya no podía contactar con la ruta, porque nadie confiaría en mí. Y además, actualmente, estaba sometida a vigilancia constante. Caleb se había ido, había traspasado las murallas de la ciudad y no existían garantías sobre su regreso. En el supuesto de que construyeran los túneles, ¿cómo me las ingeniaría para llegar hasta ellos? Y aun en el caso de que lograse escapar, ¿cómo me defendería sola en el caos, sin armas ni alimentos, mientras los soldados del rey me perseguían sin tregua?

Beatrice seguía sentada a mi lado, pellizcándose la fina piel de las manos, y al fin musitó:

—Desde su llegada me he planteado…, me he preguntado si es posible que alguien sea feliz aquí. Supongo que hay que aferrarse a las falsas ilusiones, aunque es posible que albergar esperanzas sea una tontería —afirmó—. Por el Palace corren rumores…, los trabajadores no paran de comentar… ¿Es cierto lo que dicen que ha hecho usted por ese muchacho?

Afirmé levemente con la cabeza, pues sabía que, de palabra, jamás podría contestar con sinceridad a esa pregunta.

—Fue un acto de gran valentía. —Beatrice me acarició la espalda.

Me sorbí la nariz y me asaltó el recuerdo del estragado rostro de Caleb, la reciente brecha rosácea que recorría su frente y el verdugón en la mejilla.

—A mí no me lo parece. Por otra parte, cabe la posibilidad de que no vuelva a verlo.

La mujer suspiró profundamente mientras pasaba las manos por la colcha, hundiéndolas en la suave tela dorada. El olor a humo de cigarro seguía adherido a nuestras vestimentas.

—Hacemos todo cuanto podemos por la persona a la que amamos —aseveró al cabo de un rato—. Y cuando crees que ya no puedes dar nada más de ti misma, vas y haces algo más, porque negarte a ello te mataría. —Se giró hacia mí, titubeante. En el dormitorio no se oía más que el ruido de los conductos del aire acondicionado—. Yo también he negociado con el rey, ¿sabe? —Un mechón de cabellos canosos cayó sobre su cara y le tapó los ojos.

—¿A qué se refiere?

—Cuando hicieron el censo, nos pidieron que respondiéramos a varias preguntas. Querían saber si estábamos dispuestos a vivir intramuros o extramuros, cuáles eran nuestras aptitudes, qué recursos podíamos aportar y esa clase de cosas. Algunas familias tenían empresas o almacenes llenos de artículos. Pero yo, antes de declararse la epidemia, me dedicaba a limpiar casas; de modo que mis recursos económicos eran escasos, y mi hija y yo no poseíamos nada que les interesase. Nos asignaron, pues, la categoría inferior, la de los trabajos y las viviendas más básicos, y nos habría correspondido habitar en Afueras con los demás. Tras la confusión y el desorden que se produjeron después de la epidemia, los ciudadanos ignoraban qué sucedería y si se repetiría la situación anterior, es decir, la lucha de la gente por conseguir alimentos y agua potable y la sucesión de robos cada vez más violentos.

»Insistieron en que podía considerarme afortunada: fui escogida entre miles. Seleccionaron mi solicitud y me ofrecieron trabajo aquí. Sin embargo, no era posible que mi hija me acompañara, sino que debía regresar al colegio. Nos estaba prohibido mantener el contacto, aunque cabía la posibilidad de que regresase a la ciudad en cuanto se graduara, siempre y cuando eligiese esa vida. Ahora me doy cuenta de que, probablemente, querían que fueran a los colegios y a los campos de trabajo cuantos más niños mejor, tantos como pudieran conseguir. Los colegios… —Dejó escapar una risilla penosa y fugaz, y se frotó la mejilla—. Presuntamente, eran grandes centros de aprendizaje donde las niñas recibirían una educación de primera. Me dijeron que allí le darían mucho más de lo que le ofrecería la vida urbana. Cuando me enteré de la existencia de la generación dorada, me aseguraron que no se trataba de una actividad obligada, ya que las jóvenes que habían secundado la iniciativa de dar hijos al régimen se habían ofrecido voluntarias. Insistieron en que las muchachas podían elegir, pero cuando usted llegó…

175

—¿Qué edad tiene su hija? —la interrumpí—. ¿Sabe en qué colegio está?

—Lo desconozco. Yo estaba embarazada cuando estalló la epidemia; Sarah cumplió quince años el mes pasado. —Se le notaba que había llorado y que no tardaría en hacerlo de nuevo, pero apretó los labios en un intento por evitarlo—. ¿Conoce a alguien del colegio en el que usted estudió que le pueda informar acerca de mi hija?

Conmovida, le estreché las manos. Me acordé de la directora Burns, de cara ajada y tristona, de que siempre había estado al tanto del destino de las graduadas, de la forma en que me ponía la mano en la espalda mientras me tragaba las vitaminas, de que todos los meses me acompañaba a la visita médica... Pero desconocía qué suerte había corrido la profesora Florence, ni si se habían enterado de que me había ayudado a escapar.

—No lo sé, pero puedo intentarlo.

Me apretó las manos con tanta fuerza que los nudillos se le emblanquecieron.

—Sería maravilloso —reconoció, y le falló la voz.

Al abrazarla, me di cuenta de lo menuda que era y de que se encorvaba; a su vez, ella me estrechó firmemente entre sus brazos.

—Claro que sí —logré añadir, y continuamos sentadas en la quietud de la alcoba—. Lo intentaré.

Treinta y dos

—¡Vaya, vaya, Charles Harris! —exclamó la señora Wentworth y, con actitud juguetona, le dio un empujoncito con un dedo en el pecho—. Estás más guapo que nunca; sin duda es la felicidad del amooooor —añadió balanceando las anchas caderas.

Me habían dicho que Amelda Wentworth era una viuda importante para la ciudad —una de las socias fundadoras—, que había permitido al soberano acceder a los bienes de su difunto esposo, incluida la agencia de transportes. Había sido como una tía para Charles, y lo había cuidado desde su llegada a la ciudad cuando todavía era adolescente.

—En cuanto a usted, alteza real —remachó haciendo una reverencia—, supongo que sus vivencias deben de resultarle muy emocionantes, puesto que hasta hace poco residía en el colegio y, en cambio, ahora se halla aquí, en la ciudad, ¿verdad, princesa Genevieve?

La señora Wentworth se quedó con nosotros, aunque de vez en cuando controlaba a los invitados.

Nos hallábamos en el ático de Gregor Sparks, uno de los individuos que había donado dinero una vez pasada la epidemia. El apartamento, ubicado en el edificio del Cosmopolitan, constaba de tres plantas; en el centro de la sala en que nos habíamos reunido había una cascada y las paredes estaban decoradas con cuadros de Matisse recuperados. Celebrábamos de nuevo la fiesta de compromiso para la que habían preparado exquisitas galletitas saladas untadas con queso y un cordero entero asado, que habían servido en una bandeja de plata. El animal era más grande que los que comíamos en las festividades del colegio, y el encargado de despiezarlo le había cortado limpiamente las patas.

—Estoy como en un sueño —respondí, y al verle los rizos tiesos de tanta laca y el carmín acumulado en la comisura de los labios, forcé una sonrisa.

Algunos invitados se habían repantigado en el largo sofá de Gregor, con forma de ese, y su alegre parloteo saturaba la sala. Las mujeres lucían vestidos de noche y chales de seda, y los hombres, camisas almidonadas, corbatas y chalecos abotonados. Era un mundo muy distinto al de allende la muralla, y en ocasiones como esa, rodeada del olor a sidra tibia y a cordero, el caos me parecía muy lejano, tanto como si fuera un planeta de otra galaxia muy distante.

—¿Desea una costilla de cordero? —preguntó el camarero, acercándome la bandeja de plata.

La cogí por el hueso, me la acerqué a la boca, y el intenso olor a menta me hizo cosquillas en la nariz. Mientras la sostenía entre los dedos pulgar e índice me asaltó un recuerdo: Pip y yo estábamos en el jardín del colegio, observando un bulto grisáceo que habíamos encontrado entre los matorrales. Se trataba de un bulto de piel de animal, cuyo rabo ocultaba el resto del cuerpo. Pip se acercó con parsimonia y se empeñó en cogerlo para averiguar si estaba vivo o muerto. Se agachó, lo sujetó con el pie, tiró de él y la carne putrefacta se deshizo. Gritamos a pleno pulmón y abandonamos pitando los matorrales, pero lo cierto fue que, momentáneamente, mi amiga había sostenido un hueso delgado y ensangrentado.

Un sabor a bilis me subió hasta la garganta, y me pareció estar oyendo el chillido de Pip. Dejé caer la costilla de cordero sobre la bandeja y me aparté.

—¿Qué te ocurre? —preguntó Charles, que me cogía por la cintura.

—Estoy mareada —repliqué esquivándolo.

Me sequé la frente y los labios con una servilleta e intenté recuperar la calma. La noche anterior había soñado, precisamente, con Pip, que se hallaba en una de aquellas camas de metal; Ruby estaba en la cama de al lado y, a continuación, Arden. También había otra chica, más joven que ellas, a la que, entre las brumas del sueño, no distinguí bien las faccio-

178

nes. «¿Cuándo volverás? —me preguntaba Pip. El vientre le sobresalía más de medio metro, tenía los pechos hinchados y la pelirroja melena se le adhería a la frente—. Te has olvidado de nosotras.»

—¿Quieres beber algo? —ofreció Charles—. ¿Qué tal un poco de agua? —Hizo señas a un camarero situado en una esquina.

—Solo necesito un poco de espacio. Concédeme un minuto —respondí e, indicando con un dedo el tiempo que solicitaba, me alejé.

Abandoné la atestada estancia y no me detuve hasta que recorrí el pasillo y pasé de largo la cocina; entonces apoyé la espalda en la pared. Permanecí allí hasta que se me normalizó la respiración. Se lo había prometido a Beatrice; le había prometido que la ayudaría a encontrar a su hija pero, en los días transcurridos desde entonces, me había quedado estúpidamente junto a Charles mientras inauguraba el zoo del viejo hotel Grand; había asistido a fiestas y a galas y desempeñado el papel de anfitriona en una comida ligera de media mañana con las esposas de la élite.

—Princesa, ¿se siente bien? —preguntó la señora Lemoyne cuando iba de camino al cuarto de baño—. Tiene mal aspecto.

Esa señora era una mujer tímida, de carácter severo, que siempre regañaba a alguien por haber cometido un presunto error.

Volví a secarme la frente con la servilleta y le respondí:

—Sí, sí, Grace. Le agradezco que se interese por mí. Simplemente necesitaba una pausa y un poco de aire.

—En ese caso, debería acercarse a la ventana —insistió—. Sígame.

Me condujo hasta el comedor de gala, donde un camarero se disponía a servir el té; otro sirviente se había arrodillado ante la vitrina de la porcelana, y retiraba tazas y platos de un estante. Afortunadamente, la ventana estaba abierta y el fresco aire de la noche agitaba las cortinas.

Entré en el comedor y, desde el pasillo, todavía me llegaron los murmullos de los invitados.

—Espero no molestar —dije mientras pasaba cerca del

hombre que estaba junto a la mesa—. Solo me quedaré un momento.

Transcurrieron unos segundos. Él no respondió. Me volví y me percaté de que me miraba fijamente: estaba tieso y erguido, no llevaba gafas y el negro cabello le caía lacio…; su aspecto era muy distinto al de la última vez que lo había visto. Me tapé la boca para no pronunciar su nombre en voz alta.

Curtis mantuvo en equilibrio la bandeja que sostenía. Observé al camarero arrodillado a pocos metros, que tarareaba bajito mientras colocaba las tazas en una bandeja de plata. Uno de los cocineros recorrió el pasillo con una fuente vacía. En ese momento la señora Lemoyne regresó del servicio y, al pasar, me saludó, y yo intenté desentrañar el significado del silencio de Curtis. Me habría gustado preguntarle si sabían algo más sobre la excarcelación de Caleb, quería averiguar si habían avanzado en la perforación de los túneles o reanudado las obras del primero de ellos, si los planos eran correctos… Si ellos podían contactar conmigo en el Palace, significaba que yo aún tenía posibilidades…, posibilidades de escapar.

—¿Té, princesa? —preguntó, y me acercó la bandeja, manteniendo una expresión fría.

Me aproximé y, temblándome la mano, cogí una taza. Inclinó el hervidor, vertió el agua caliente y el vapor formó una nube entre nosotros.

Segundos después se alejaba por el largo pasillo, con la porcelana tintineando en la bandeja de plata. En ningún momento volvió la vista atrás. Me quedé en el comedor, con la taza de té entre las manos, hasta oír que el rey me llamaba desde la estancia contigua.

—¡Genevieve! —exclamó, alegre y desenfadado—. Ven aquí. Ha llegado el momento de celebrarlo con un brindis.

Treinta y tres

$\mathcal{M}$e asomé a la ventana buscando la zona más distante de la ciudad, donde Afueras y la muralla se encontraban. Desde una altura de cincuenta pisos parecía muy pequeña, un espacio inofensivo al que era fácil arrojar una piedra. A la largo de la noche había repasado el instante: Curtis había adoptado la misma expresión que tenía el día en que nos conocimos en el hangar. Imaginé su reencuentro con los demás y sus comentarios acerca de cómo me había desenvuelto en el apartamento, de mi animada charla con Gregor Sparks y de mi aquiescencia mientras el soberano parloteaba acerca de la nueva pareja real.

Detestaba la opinión que ese hombre tenía de mí…, mejor dicho, la impresión que todos debían de tener: supondrían que, una vez desaparecido Caleb, yo había regresado al Palace y me había empeñado en contraer matrimonio con Charles. No existía forma humana de aclararlo. Mi sacrificio para demostrar mi lealtad ya no tenía importancia; a los ojos de los disidentes me había convertido en una traidora. Así pues, cada día acepté un poco más la situación y la pena arraigó en mí…, de tal manera que cada desayuno, cada gala y cada brindis resultaron más solitarios si cabe.

—Alteza real —dijo Beatrice, e hizo una reverencia nada más entrar en la alcoba—, he pedido que envíen los vestidos al salón de la planta baja. La están esperando.

Después de ver mi imagen en el espejo, no comprendí cómo era posible que alguien tuviese el convencimiento de que yo era feliz: estaba muy ojerosa y mis mejillas ofrecían el mismo aspecto macilento que los días inmediatamente posteriores a mi llegada a la ciudad. Parpadeé varias veces para contener el llanto.

—No es necesario —musité al fin.

—¿Prefiere que los dejen en el saloncito de arriba?

—No, no... Me refería a esa tontería de llamarme «alteza real». Aquí no viene a cuento.

—Verá, es que yo no puedo llamarla Genevieve. El rey no me lo permitiría.

Aferré el dobladillo de mi vestido azul, y me alegré cuando un hilo suelto se enganchó y frunció la seda. Era consciente de que Beatrice tenía razón, pero deseaba ardientemente escuchar mi nombre de viva voz: nada de princesa Genevieve, ni princesa, ni alteza real, sino, lisa y llanamente, Eve.

—He estado pensando en su hija, pero es un asunto que requiere dedicación: tengo que averiguar en qué colegio está y quién es la directora. Es posible que después de mi boda... —Esa palabra se me atragantó—. Es posible que una vez casada tenga más probabilidades de negociar su liberación. Por fortuna, disponemos de tiempo antes de...

182

Ella echó a andar hacia mí y, con voz apenas audible, susurró:

—Desde luego, ya lo sé. —Guardamos silencio, hasta que le cogí las manos y se las estreché entre las mías, tratando de tranquilizarla—. Tenemos que irnos —aconsejó, y se dirigió hacia la puerta.

El pasillo estaba tranquilo. Charles y el rey estaban en la ciudad visitando uno de los nuevos establecimientos ganaderos de explotación intensiva, erigido cerca de la muralla. Desde otra habitación llegó el casi imperceptible sonido de una aspiradora.

Las puertas del ascensor se abrieron en el piso inferior; en un extremo del salón, había apiladas cajas gigantescas de color blanco, y en el otro extremo, Rose y Clara desayunaban panecillos de arándanos y tomaban café, bebida que yo todavía no había probado. Rose aún iba en pijama de seda; se había recogido la rubia cabellera en la coronilla y leía el periódico del día. No nos hicieron ni caso cuando entramos.

—Bien, aquí están los vestidos —afirmó Beatrice, y se acercó al montón de cajas—. Aunque se confeccionaron antes de la epidemia, han sido cuidados y conservados; por ello, las telas todavía están en buen estado. Comprobará que los encajes siguen intactos; es algo realmente extraordinario.

Dejó en el suelo la tapa de una caja larga, y quedó expuesto un vestido blanco, rellenado con papel, cuyo corpiño estaba salpicado de abalorios diminutos. Lo normal hubiera sido que me emocionase, pero cuando toqué el escote y rocé las abullonadas y rígidas mangas, lo único que sentí fue espanto.

—¿Tenéis que hacerlo ahora? —preguntó Rose, apartando el periódico—. Estamos desayunando. —Y agitó la taza antes de beber otro sorbo.

—Lo lamento, señora, pero son órdenes del rey —respondió Beatrice—. Esta misma mañana debemos resolver el tema, y me parece que no hay disponibilidad para trasladar las cajas.

Clara puso los ojos en blanco. Apartó el plato del borde de la mesa, se puso de pie y, si hubiera podido, me habría fulminado antes de marcharse. Su progenitora hizo lo mismo. Incluso escuché sus airados comentarios mientras se alejaban por el pasillo; Clara, por su parte, masculló algo acerca de mi desfachatez.

Beatrice cogió la caja, extrajo el primer vestido y comentó:

—Hace años que esa muchacha quiere casarse con Charles. Según su doncella, no lleva muy bien esta situación y se queja de todo y más.

Mientras mi asistenta cerraba las macizas puertas de madera, me quedé en ropa interior. El aire acondicionado me provocó carne de gallina. Me puse el vestido; Beatrice me subió la cremallera, y yo me miré en el espejo colgado en la pared más alejada. El traje tenía un profundo escote en uve; la tela, de excelente calidad, estaba salpicada de abalorios blancos y se me ceñía a los brazos y al pecho. Tironeé del escote y a punto estuve de romperlo.

—No puedo respirar —me quejé.

—Querida, tendrá que probarse varios más —comentó la mujer.

Me bajó la cremallera y sacó otro vestido de la caja correspondiente. Era un traje voluminoso, con una cola gigante de casi tres metros. Caminé frente al espejo y no me gustó nada que el escote dejara al descubierto la palidez de mis hombros.

—¿Qué importancia tiene? —pregunté, apesadumbrada, mientras Beatrice lo guardaba—. Cualquiera servirá.

183

Sacó un tercer traje, y también me lo probé; luego le tocó el turno al cuarto. Mis pensamientos volaron lejos de aquella estancia, del Palace, de los vestidos y del zumbido incesante de las cremalleras que subían y bajaban: seguramente, Caleb habría llegado ya a algún punto de la ruta, y no tardaría en volver a ponerse en contacto con Moss; poco después estaría en condiciones de contar lo sucedido a la gente que se hallaba intramuros.

La asistenta me abrochó otro vestido. Era ceñido, y como el cuerpo me apretaba el pecho, también noté que me ahogaba.

—Lo siento, Beatrice. Por favor, ¿podemos descansar un poco?

—No es necesario que se disculpe. —Me lo desabrochó por la espalda—. Claro que puede descansar. —Desabotonó la mitad del traje, y una vez liberada, me pasó el sencillo vestido sin mangas que me había puesto al levantarme. Me escabullí hasta la mesa y me desplomé en la silla que Clara había ocupado—. Iré a la cocina a buscar agua con hielo —se ofreció y, franqueando la puerta, desapareció.

184

El sol matinal entraba a raudales por la ventana y me calentaba la piel. Me imaginé a mí misma en el desfile nupcial, instalada en el rutilante coche que recorrería las calles de la ciudad, mientras la multitud que nos aclamaba, situada hasta mucho más lejos de las vallas metálicas, golpearía en los laterales de cristal del paso elevado. Dentro de una semana me convertiría en la esposa de Charles Harris, desocuparía mi dormitorio y me mudaría al suyo. Y todas las noches me acostaría a su lado; sus manos me buscarían en la oscuridad y sus labios se posarían sobre los míos.

Tenía el periódico entre las manos, estando a la vez presente y ausente de la estancia, cuando reparé en la letra negrita que decía: ¿TÉ, PRINCESA? Advertí que eran las mismas palabras que Curtis había pronunciado, y que ahora aparecían publicadas en una de las últimas páginas del diario.

La sección de anuncios era el único sitio desde el cual los ciudadanos podían enviar mensajes. Con el consentimiento del rey, desde ella se ofrecían a trocar o vender artículos que habían fabricado, llevado a la ciudad o comprado. Pasé los dedos por encima de la letra negrita e, inmediatamente, me di cuenta de qué se trataba: la ruta solía comunicarse mediante mensajes cifrados. Me acordé de que, en la cárcel, Caleb me había susurrado al oído que yo no era la única que aparecía en el periódico. También recordé la expresión de Curtis en el comedor: después de asegurarse de que nadie lo oía, me había hecho una pregunta con voz entrecortada. Me pareció extraño que solo hubiera pronunciado dos palabras, pero ahora todo cobraba sentido.

Observé la letra normal con que describían el té, del cual habían recuperado cuatro cajas en un viejo almacén de Afueras. En el anuncio figuraban el año, la fecha de adquisición, la marca, el lugar de procedencia y el precio deseado. En las últimas líneas se leía: «Perfecto para celebrar la boda real. Ideal para disfrutarlo con amigos después del desfile nupcial». Continué estudiando la forma en que las letras quedaban alineadas, en un intento de descifrar un código y averiguar si lo habían escrito vertical u horizontalmente.

Beatrice regresó con dos vasos de agua y los depositó en la mesa ante mí.

—¿Tiene un lápiz? —le pregunté, y conté cada dos letras, y luego cada tres, procurando encontrar una pauta.

Ella sacó un lápiz del chaleco y, sentándose a mi lado, me observó, mientras contaba cada cinco caracteres, y después cada seis, y los copiaba uno junto a otro para comprobar si formaban una palabra con sentido. Pero todas ellas se convirtieron en puras tonterías. Finalmente, descifré el código escrito de la segunda a la última columna, y lo escribí en los márgenes del periódico: C, 3, N, P, R, $, N. R, M, 1, N, T, 1, 0.

—Caleb en prisión —leí, y recorté el anuncio—. Rey mintió.

—¿Quién es Caleb? —inquirió alguien.

Me di media vuelta: Clara estaba en el pasillo, apoyando una mano en el marco de la puerta. Sin darme tiempo a reaccionar, se abalanzó sobre mí, intentó coger el anuncio y, con un veloz ademán, me lo arrebató. Di un salto e intenté recuperarlo, pero no conseguí alcanzarla. Demasiado lenta. Ella echó a correr por el pasillo, se metió en su habitación y cerró de un portazo.

185

Treinta y cuatro

No me aparté de la puerta y la golpeé hasta que me dolieron los nudillos.

—Abre, Clara —chillé—. No tiene ninguna gracia.

El soldado apostado junto al salón me observaba; Beatrice le intentaba explicar la disputa. Al final me di por vencida y apoyé la frente en la puerta; oía perfectamente cómo Clara iba de un extremo a otro de la alcoba, caminando descalza sobre el parqué.

En estas, se detuvo tras la puerta, y reconocí el zumbido eléctrico del teclado. Abrió unos centímetros, asomando un trocito de cara, pero lo suficiente para que yo pudiera ver que ya no ostentaba el artículo garabateado.

—¡Vaya, vaya, princesa! —exclamó, burlona, conteniendo a duras penas la risa—. Jamás te habría tomado por una subversiva.

Asesté un buen empujón a la puerta y entré por narices. Ella se masajeó la zona del brazo donde la puerta la había golpeado.

—¿Dónde has puesto mi recorte de periódico?

Abrí el primer cajón de su escritorio y revolví una pila de cuadernos de pocas hojas. Al lado de estos, descubrí la foto ajada de un chiquillo y una niña en una galería, sentados en una mecedora de madera; sobre las piernas del niño reposaba un gatito. Tardé unos segundos en reconocer a la cría: era Clara. El niño parecía unos años menor, aunque tenía el mismo pelo de color pajizo y la piel de color marfil que ella.

—¿Te has vuelto totalmente loca? —inquirió, y al cerrar con violencia el cajón, estuvo a punto de pillarme los dedos—. Vete de mi habitación.

—No me iré hasta que me devuelvas lo que me pertenece —precisé escrutando las mesillas de noche situadas a los lados de la cama. El mullido edredón de color rosa estaba cubierto de cojines de todos los tamaños imaginables: unos eran de encaje y en otros habían bordado delicados lirios. Sobre las cómodas no había nada, ni tampoco en la papelera colocada junto al escritorio. Probablemente, lo había escondido a la espera de una oportunidad para denunciarme.

—¿Qué más da? Al fin y al cabo, ya lo he leído. —Cruzó los brazos sobre el pecho—. Se trata de ese muchacho, ¿no? ¿Tiene que ver con el chico al que veías por las noches?

Negué con la cabeza, y le dije:

—Déjalo correr.

—Me gustaría saber qué piensa Charles de este asunto. Me refiero a que envíes mensajes a través del periódico… —Se había ruborizado y le habían salido manchas en las mejillas; todavía se frotaba el brazo donde la puerta la había golpeado—. Pues esta vez no podrás llamarme mentirosa. Esta vez tengo pruebas.

Incapaz de controlarme, solté un bufido:

—¿Crees que yo he elegido todo esto? Si de mí dependiera, jamás habría venido a la ciudad; nunca he querido estar aquí.

—Entonces, ¿por qué te casas con él? Yo estaba presente cuando te lo pidió. Nadie te obligó a aceptar.

Contemplé mi sombra en el suelo y me planteé qué le contaba. Ya sabía lo suficiente para desenmascararme, de modo que decir la verdad no empeoraría mi situación.

—Porque iban a matarlo…, porque iban a matar a Caleb. Acceder a casarme con Charles fue la única manera de impedirlo.

Se me acercó, ladeando ligeramente la cabeza, y me dijo:

—Ayúdame a entenderlo: si pudieras, ¿abandonarías el Palace ahora mismo?

—Por supuesto —repuse con voz tenue—. Pero lo cierto es que ni siquiera puedo abandonar mi alcoba. Vaya donde vaya, alguien me vigila: cuando salgo al pasillo, Beatrice me está esperando en la puerta del salón, junto al soldado, y Charles me acompaña a todas las comidas. —La brisa que entraba por la ventana, ligeramente entreabierta, arremolinaba las corti-

187

nas—. ¿Acaso no te has percatado de que nunca estoy sola?

Nos enfrentamos en silencio. La expresión de mi prima se tornó más esperanzada que en los últimos días, y yo me envalentoné, al darme cuenta que, después de todo, tenía algo que ofrecerle.

—Si quieres hablar con mi prometido, con el rey o con tu madre sobre el mensaje, adelante —proseguí—. Dentro de una semana me casaré con Charles, y no se hable más. Pero por otro lado, si quieres que me largue, esos códigos son la única salida que tengo.

Me di cuenta de que reflexionaba y sopesaba qué ganaría si me delataba, y qué sucedería si me dejaba escapar. Hizo una mueca e inquirió:

—¿Amas a Charles? —Fui consciente de que su resentimiento había disminuido.

—No, no estoy enamorada de él.

Se aproximó a la hucha de porcelana, con forma de cerdito, que se hallaba en una de las mesillas de noche. La pintura estaba desconchada y casi se le había borrado un ojo. La cogió con cariño.

—Me acompaña desde que tenía tres años. Por eso me negué a trasladarme a la ciudad sin mi cerdito. —Lo puso boca abajo y le quitó el corcho roto que servía de tapón; en su interior estaba el recorte de periódico con mis anotaciones en los márgenes. Me lo devolvió—. En ese caso, tienes mi promesa de que no se lo contaré a nadie.

Corté el trozo de periódico en pedazos tan pequeños como pude y me los guardé en el bolsillo del vestido. Clara me lo había devuelto y había asegurado que no diría nada. No tenía motivos para irse de la lengua, ya que si hablaba, quedaría garantizado que yo jamás abandonaría el Palace. Me abrió la puerta, que franqueé para irme por el pasillo, tocando los trocitos de papel, y por fin me sentí en condiciones de respirar de nuevo.

Treinta y cinco

*E*sa noche no probé bocado. Me senté a la mesa pensando en que Caleb estaba en prisión, e imaginé la brecha que tenía en la frente, y que un soldado le asestaba otro golpe en la espalda y le retorcía el brazo de tal forma que, con la mano, se tocaba su propio omóplato. Sin duda querrían que les proporcionase nombres; estaba segura de que lo intentarían. Tardarían más o menos en darse por vencidos al comprender que jamás les brindaría la información que necesitaban, pero yo ignoraba de cuánto tiempo disponía antes de que lo asesinasen.

—Querida, ¿qué te pasa? —me preguntó el soberano, viendo mi plato lleno—. ¿Prefieres cenar otra cosa? Pediré al chef que te prepare el plato que más te guste.

Me acarició el brazo, y al sentir el roce, me puse en tensión. Pese a ello, intenté hablar con serenidad:

—No tengo hambre.

El pollo asado que me habían servido me repugnaba.

En la mesa no cabían más comensales. Clara y Rose se habían sentado junto al jefe de Finanzas. Mi prima conversaba alegremente con él, y mientras nuestras miradas se cruzaban, lo acribilló a preguntas sobre un nuevo proyecto de negocio. Charles estaba a mi lado y charlaba con Reginald, el jefe de Prensa, acerca de una inauguración inminente.

—Me alegro de que os llevéis tan bien. —El rey señaló a Charles con un leve gesto de cabeza—. Nunca me cupo duda de que congeniaríais.

Me dio un apretón cariñoso en el brazo y continuó cenando.

Experimenté el impulso repentino de coger el vaso de agua y tirárselo a la cara, así como de clavarle el tenedor en la fofa mano. Había mentido. Y supuso que no me enteraría, que me prestaría a realizar el desfile nupcial con paso ligero y que me daría por satisfecha imaginando que Caleb seguía vivo en el caos.

Al fin el soberano, poniéndose de pie, apartó la silla de la mesa para evidenciar que estaba a punto de retirarse. Toqué el papel que llevaba en el bolsillo de la chaqueta de punto y, a modo de consuelo, pasé los dedos por los irregulares bordes. Después de mi conversación con Clara, había regresado al salón y escogido un traje de novia. Me decanté por el segundo que me había probado, pero ni me molesté en ver cómo me quedaba. Cuando regresé con Beatrice a mi alcoba, pasé por el saloncito de la planta superior para arrojar a la chimenea el periódico hecho trizas; las llamas devoraron el anuncio y el mensaje que contenía. Luego me senté ante mi escritorio y me puse a escribir.

190

Tuve mucho cuidado al elegir las palabras, y elaboré las frases de tal modo que el código se leyese de derecha a izquierda, desde el final del texto hacia el principio, utilizando una de cada nueve letras. Tardé dos horas en reacomodar vocablos y frases para que resultase inteligible. El escrito era un discurso formal dirigido al pueblo de la Nueva América, una carta sobre el gran honor que suponía para mí —su princesa— servir a los ciudadanos. Hice alusión a la inminente boda, a mi enorme entusiasmo por los esponsales y a cómo había conocido a Charles hacía pocas semanas. Releí el texto y me demoré en la palabra «amor». Sentí náuseas. No dejé de pensar en Caleb, a solas en una fría prisión, con la sangre reseca pegada a la piel.

En el mensaje cifrado preguntaba si podíamos vernos, y añadía que no había tiempo que perder. Me habría gustado ofrecer algo más, tal vez un plan o la promesa de que garantizaría su libertad, pero si me enfrentaba con el rey, diciéndole que había mentido, se daría cuenta de que yo tenía una conexión con el exterior, conexión que me mantenía al tanto del paradero de Caleb. Cualquier cosa que hiciese, despertaría sospechas, y el trabajo realizado hasta entonces para ganarme la confianza de mi padre no serviría de nada.

—¿Quieres que vayamos a tomar el postre al centro comercial? —preguntó Charles, ayudándome a levantarme.

En los últimos días había estado más callado que de costumbre; al parecer, se sentía abochornado por la charla que habíamos mantenido. Clara se retiró en compañía del jefe de Finanzas.

—En realidad me gustaría hablar con Reginald —repliqué, y saqué del bolsillo una hoja de papel doblada.

El jefe de Prensa se dio la vuelta al oír su nombre.

—¿Para qué? —quiso saber el rey.

Charles y el monarca me rodearon y tuve la sensación de que las dimensiones de la estancia se reducían. El jefe de Educación se detuvo en la puerta para escuchar como quien no quiere la cosa.

—Me gustaría dirigirme por primera vez al pueblo de la Nueva América, ya que siempre estaré aquí y seré su princesa. Me gustaría que, como mínimo, la gente supiese quién soy.

No hice caso al rey, ni a Charles, sino que entregué a Reginald la hoja de papel.

—Reginald, me parece una buena idea —reconoció el rey, un tanto inseguro—, siempre que no se produzcan comentarios inadmisibles.

191

El jefe de Prensa sujetó la hoja con los dedos y examinó el texto. Frunció el entrecejo al leer algunas frases y asintió ante otras. Tragué saliva, y el pánico me dificultó la respiración. «No lo entiende y no será capaz de desentrañarlo», reflexioné. A pesar de todo, evoqué el recuerdo de aquella noche en casa de Marjorie y Otis: se me representaron las crispadas manos de la mujer aferrando la radio, las apremiantes preguntas que nos hacía y cómo ocultaba descuidadamente en la alacena los platos que nosotras habíamos utilizado; me pareció que la oía preguntar qué código había empleado y, no mucho después, el primer disparo mortal.

En un esfuerzo de concentración, Reginald hizo una mueca con los labios, y cuestionó:

—¿Realmente quiere que lo imprimamos? —inquirió escrutándome.

Desplazándose, el rey nos rodeó y, echando un vistazo por encima del hombro de Reginald, examinó el contenido del texto.

Exhalé, intenté calmar los martillazos de mi corazón y, por último, respondí:

—Estoy totalmente segura.

—Es extraordinario —afirmó Reginald, pasando la hoja de papel al monarca. Y como muestra de respeto, hizo una ligera inclinación—. Al pueblo le encantará cuando mañana lo lea en el periódico.

Treinta y seis

*L*a generación dorada se alojaba en un recinto situado al noreste de la carretera principal, un sector aislado de la ciudad que antaño había recibido el nombre de club de campo. Sus extensos prados se habían convertido en jardines y los grandes estanques se utilizaban como embalses. Actualmente, los imponentes edificios de piedra albergaban los dormitorios, el comedor y el colegio de los niños. Subimos por la larga y sinuosa calzada de acceso. Armados con fusiles, los soldados montaban guardia alrededor del recinto.

—¡Princesa Genevieve…! —gritó alguien a mi espalda, mientras me dirigía hacia las puertas acristaladas—. ¡Por favor, princesa, por aquí!

Con la cámara en ristre, la fotógrafa de Reginald se apeó del coche. Tomó imágenes sin cesar a medida que yo subía cada escalón, seguida por el rey a pocos pasos de distancia.

Incapaz de sonreír, permití que hiciera lo que quisiera, mientras pensaba en Pip, Ruby y Arden. Yo había solicitado esa visita: quería ver dónde vivían los niños, deseaba reunirme con ellos y conocer las condiciones de su vida cotidiana. En el periódico del día siguiente publicarían un extenso artículo sobre la antigua estudiante convertida en princesa, la muchacha que comprendía mejor que nadie a las voluntarias. Tenía previsto entregar otro texto a Reginald, es decir, otro mensaje destinado a los disidentes. Cuando por fin llegó el día de la visita y me hallé ante el edificio de piedra, hasta dar un paso me costó lo mío.

—Creo que te complacerá —comentó el rey al detenerse en la entrada. Reginald nos acompañaba, así como tres soldados armados—. Los sacrificios de esas jóvenes no han sido en vano; sus hijos se crían correctamente.

Intenté decir algo, pero el desasosiego y la agitación me retorcieron las entrañas. Habían transcurrido tres días desde la publicación de mi texto en el periódico y, como respuesta, los ciudadanos también habían escrito para alabarme y mostrar su entusiasmo ante mi próxima unión con Charles. A medida que las cartas de los lectores llegaban al Palace, más se ablandaba el rey: su risa resonaba con mayor frecuencia por los pasillos, su conversación se tornó más amable y entusiasta y fue asumiendo su propia mentira: Caleb seguía bajo arresto y yo iba a casarme con Charles. En su mundo todo marchaba sobre ruedas.

—Princesa, la estábamos esperando —afirmó una mujer vestida con un holgado traje blanco. Sería unos años más joven que las profesoras de mi colegio, pero su fina epidermis semejaba el papel crepé; lucía en el cuello un diminuto escudo de la Nueva América—. Soy Margaret, la directora del centro.

—Gracias por recibirnos —contesté—. He pasado muchos años en uno de estos colegios, y necesitaba ver este con mis propios ojos.

Entré en el vestíbulo de mármol, en cuyas paredes retumbaba el griterío de los pequeños. Sobre una gigantesca mesa redonda habían puesto un ramo floral de casi un metro de altura; las flores se disparaban en todas direcciones y su perfume impregnaba el aire.

La directora juntó las manos y, conduciéndome hasta una puerta situada en la pared trasera, me explicó:

—En los últimos años hemos trabajado con ahínco para asegurarnos de que los niños estén bien cuidados y de que cuenten con los mejores médicos. Asimismo les proporcionamos la posibilidad de realizar el ejercicio necesario y de ingerir una dieta equilibrada.

El rey y Reginald se cernían sobre mí mientras estudiaba la amplia estancia. El jefe de Prensa sacó la libreta del bolsillo del traje y tomó apuntes. Los críos más pequeños estaban sentados en el suelo, jugando con coches de plástico y apilando piezas con las que formaban torres de poca altura. En un rincón, una mujer de la edad de Margaret acompañaba a una niña llorosa a la que acariciaba la espalda en un intento de consolarla.

—Este es el cuarto de juegos más grande de que dispone-mos —explicó la directora—. En el pasado era una de las salas de recepciones. De día mantenemos a los niños aquí con la es-peranza de que los ciudadanos vengan a verlos; con un poco de suerte, muchos de ellos serán adoptados en los próximos me-ses. —Una pequeña de coletas rubias se acercó caminando como un pato como consecuencia del pañal que le cubría el tra-sero; nos contempló con sus ojazos de color verde mar—. Se llama Maya y tiene dos años y medio.

Escruté su rostro, la pequeña y encantadora nariz y las regordetas y coloradas mejillas. Cuando le acaricié la mano, sus dedos aferraron la mía, y al abrir la boquita, mostró las dos palas.

—Princesa, ¿verdad que Maya es un encanto? —preguntó la directora, y tras nosotros sonó el disparo de la cámara.

Mientras contemplaba a la niña me vino a la memoria aquella espantosa habitación en la que estaba Sophia: ella me había mirado un instante cuando me asomé a la polvorienta ventana. También recordé a aquella muchacha que gritaba y se dañaba las muñecas para soltarse las correas de cuero, hasta que la médica la silenció con una inyección. Cada uno de esos niños había salido del seno de una chica como cualquiera de mis amigas. Tal vez la madre de Maya se había sentado a mi lado en el comedor del colegio, o quizás había sido una de las alumnas que Pip y yo habíamos admirado, una alumna más alta que las demás, cuya lustrosa cola de caballo se balanceaba de un lado para otro mientras se dirigía a su mesa transpor-tando la bandeja de la comida.

—Albergamos el deseo de que, incluso los que no sean adoptados, crezcan felices, sanos y sintiéndose queridos —pro-siguió Margaret, que se acercó a una puerta lateral y la abrió.

Bajamos entonces por un sendero de guijarros y recorri-mos un maizal atendido por un grupo de trabajadores. Por fin llegamos a un edificio situado un poco más lejos del embalse.

—Estos niños se convertirán en ciudadanos responsables de la Nueva América; amarán este país y sabrán la función que han cumplido a la hora de garantizar el futuro de nuestra tierra —intervino el rey—. Cada niño que nace incrementa la población, nos convierte en menos vulnerables y nos permite estar más cerca de volver a ser la misma y poderosa nación que fuimos.

Subimos los escalones de piedra; Margaret abrió una puerta y nos condujo a otra estancia de grandes dimensiones, donde las enfermeras se afanaban entre montones de cunas de plástico. Unas tensas mantas tapaban a los bebés que había en ellas, por lo que solo se les veía la redonda y rosada carita.

—Son los últimos que han llegado —aclaró la mujer. Una integrante del equipo se paseó por entre las hileras de cunas, meciendo a un recién nacido envuelto en una manta de color azul marino—. Princesa, ¿quiere coger a un bebé?

—Claro que sí —respondió Reginald en mi nombre—. Estaría bien hacer una foto de ese tipo para el periódico.

Margaret entró en la estancia, sorteó algunas cunas y escogió a una niña dormida y arropada con una manta roja. La cogió y la depositó en mis brazos. Se me rompió el corazón ante esa criaturita, a la que sin duda habían trasladado en un camión, devorando kilómetros a fin de llegar a esa inhóspita habitación, a la espera de que alguien quisiera adoptarla.

196

Debo reconocer que el edificio era muy distinto a cómo me lo había imaginado: más pulcro, luminoso y alegre. Cada planta estaba ocupada por personal que hablaba en voz baja a los niños o les palmeaba delicadamente el trasero para que se tranquilizasen. Sin embargo, todo cuanto había allí, ya fueran las cunas, los chupetes de plástico o las mantas tejidas, me recordaba a mis amigas.

—Aquí, princesa, por favor —pidió la fotógrafa de Reginald.

Obedecí y recordé el mensaje; eso me supuso un consuelo. Al día siguiente de la publicación de mi texto, los disidentes habían contestado a través del periódico, firmando la respuesta bajo el conocido nombre de Mona Mash. Se trataba de una carta larga y florida, que recogía el efusivo relato del futuro desfile nupcial bajo el punto de vista de una mujer, aludiendo a la emoción suscitada por el enlace real y especulando sobre los mejores sitios desde los cuales contemplar dicho desfile. Desentrañar el significado me había llevado un día entero. Con suma precaución volví a copiar los caracteres de cincuenta maneras y, por fin, descifré el texto cifrado: «Tenemos un contacto en la prisión. Hemos elaborado un plan que garantizará su liberación. Un túnel terminado».

—¡Qué hermosa estás! —opinó cariñosamente el rey, mientras sostenía al bebé entre mis brazos.

La fotógrafa no cesó de disparar la cámara, aprovechando la luz matinal que entraba a raudales a través de las ventanas. La expresión de la recién nacida era serena. Poco después entreabrió los ojos de iris grises e hizo un ligero puchero, pero yo no experimenté la emoción de la maternidad ni una efusión de ternura, sino que pensé en el futuro que me aguardaba y en los sucesos de la semana siguiente. Me repetí hasta el infinito que solo se trataba de una cuestión de tiempo, y que el final estaba próximo.

Margaret cogió a la pequeña y volvió a acostarla en la cuna.

—Me gustaría mostrarles algo más —apuntó, y franqueó la puerta.

Mientras la seguíamos escaleras arriba, el rey me puso la mano en un hombro, y afirmó:

—Estos niños disfrutarán de una vida auténtica en la ciudad. Incluso los que no sean adoptados correrán mejor suerte que los que habitan extramuros. Aquí los crían y reciben la educación que les corresponde —añadió quedamente—. Los cuidan. Se hace honor al sacrificio de sus madres.

—Ahora lo comprendo —mentí, y las palabras se me atragantaron—. Así tiene sentido.

La directora se dirigió a la segunda planta, seguida de Reginald, la fotógrafa y dos soldados. El rey y yo nos quedamos a solas unos segundos ante la puerta. Él murmuró:

—Sé que para ti no está siendo nada fácil, pero agradezco los esfuerzos que haces. Creo con sinceridad que disfrutarás realmente de tu vida en compañía de Charles. Te adaptarás, estoy seguro.

—Cada vez me resulta más fácil —respondí rehuyéndolo.

Por primera vez dije algo que, hasta cierto punto, era cierto: todo me parecía más soportable desde que había leído el mensaje en el periódico. Había vislumbrado la salida del mundo en que me hallaba, y día tras día, sin prisa pero sin pausa, me dirigía hacia ella. Todavía me quedaba un texto por publicar: el comentario sobre mi visita a ese centro, texto que contendría los rudimentos de un plan: si Harper y Curtis colaboraban en la liberación de Caleb, yo me reuniría con él la misma mañana de la boda. La ciudad estaría tan alborotada que nuestras probabilidades de escapar serían máximas.

Beatrice había accedido a ayudarme: abandonaría un buen rato la suite nupcial y no cerraría con llave la puerta de la escalera este, para que yo la franquease. Además, yo había vigilado a Clara muchos días, sospechando que revelaría mis secretos a Charles o al rey. Pero como no detecté indicios de traición, recabé su ayuda para que distrajese al soldado apostado junto a la puerta de mi habitación, de manera que eso me permitiría escapar sin que se enterasen. Intenté no molestarme por lo contenta que se puso al saber que yo abandonaría la ciudad para siempre.

El rey mantuvo la mano sobre mi hombro mientras recorríamos el pasillo.

—Aquí están nuestras oficinas de adopción —informó Margaret.

Llamó a una de las puertas. La abrió una mujer madura que vestía un traje de color azul marino. Cruzaron unas palabras, y la mujer retrocedió para franquearnos el paso. Ante un escritorio vimos a una pareja. Eran un poco mayores que Beatrice, y las primeras canas habían aparecido ya. Se pusieron de pie cuando nos vieron; el hombre se inclinó y la mujer nos hizo una reverencia al rey y a mí.

—Son los Sherman —añadió Margaret, presentando al matrimonio—. Quieren crear una familia.

—Felicidades —les deseé observándolos detenidamente.

Ella tenía los ojos irritados y le lagrimeaban; el hombre sostenía una gorra entre las manos, y con los dedos enrollaba el delgado borde de algodón.

—Quieren adoptar dos niñas —prosiguió la directora—. Hace un mes que se inició el proceso de adopción, y hoy se las llevarán a casa.

—Se trata de dos niñitas…, de gemelas. —Aunque sonrió, la expresión de la señora Sherman fue de pesar, y percibí que estaba preocupada—. Para nosotros significa hacer realidad un sueño.

El marido le rodeó los hombros con el brazo y la estrechó.

—Cuando puse en marcha esta iniciativa, pensaba en matrimonios como vosotros —intervino el rey—, es decir, en personas que aspiraban a una segunda oportunidad después de la epidemia. La iniciativa se diseñó con el propósito de hacer crecer la Nueva América al tiempo que los ciudadanos volvían a experimentar la alegría de formar una familia. Os deseamos mucha suerte.

—Sus palabras son muy importantes para nosotros —reconoció el hombre en voz baja, y besó a su esposa en la frente.

Como no llevaba uniforme, supuse que pertenecía a la clase media, algunos de cuyos integrantes trabajaban en los despachos del Venetian, o poseían negocios en el centro comercial o en los edificios de apartamentos de la calle principal; sus ropas estaban ligeramente gastadas, con los bajos remendados, y en la manga de la camisa se distinguía un agujerito a la altura del codo.

Margaret se hizo a un lado, nos indicó que saliéramos al pasillo y cerró la puerta. Un poco más adelante nos explicó con voz queda:

—Este caso fue y sigue siendo muy duro: durante la epidemia, la señora Sherman perdió a toda su familia: el marido y dos hijos, uno de los cuales solo tenía dieciséis meses. Por su parte, el señor Sherman perdió a su esposa. Aquella época ya pasó, y, en la actualidad, se han establecido en la ciudad, se han casado y desean crear una familia pero, como cabe esperar, la nueva situación reabre viejas heridas.

El rey guardó silencio y, al cabo de un rato, comentó:

—Por descontado. Todos lo comprendemos.

Bajamos la escalera sin cruzar palabra, retumbando el sonido de nuestras pisadas en las frías paredes. Al llegar al vestíbulo principal, nos despedimos de Margaret, y la fotógrafa no cesó de disparar la cámara mientras yo le estrechaba la mano. Dejamos a Reginald en la entrada delantera, tomando apuntes en su libreta. Pensé en la recién nacida que había tenido entre los brazos, en su tierno rostro, en el modo en que, abriendo los ojitos, me había mirado un fugaz instante. Comprendí que, en cuanto abandonase la ciudad, ya no habría vuelta atrás: el rey me perseguiría, y Caleb y yo nos convertiríamos en eternos fugitivos; me resultaría imposible volver a los colegios, nunca me reencontraría con Pip ni con Arden, que quedarían encerradas en aquel edificio, y sus hijos serían transportados hasta este aséptico centro. Se me representaron de nuevo los vidriosos ojos de Ruby cuando se acercó a la valla.

Tenía que enviarles noticias antes de mi partida.

Sofocada por el calor, bajé los escalones exteriores. El sol me hirió los ojos y resultó todavía más reluciente y riguroso al reflejarse en el edificio de piedra arenisca.

—Padre… —musité, plenamente consciente de que se trataba del apelativo que tanto había evitado. Él alzó la cabeza. Los coches ascendieron por la calzada de acceso de forma circular, y los soldados se desplegaron para escoltarnos—. Padre, me gustaría visitar mi antiguo colegio, aunque solo sea para ver a las chicas más jóvenes. Quisiera ir por última vez.

Reginald y su ayudante ocuparon el segundo coche, mientras los soldados nos esperaban en la acera.

—No sé si será factible. Tienes que organizar la boda y podría provocar…

—Te lo ruego —insistí—. Quiero ver el colegio por última vez. Al fin y al cabo, allí pasé doce años de mi vida. Para mí es muy importante. Además, podría dirigirme a las alumnas en mi condición de princesa de la Nueva América. —Intenté mantener un tono desapasionado.

Los soldados nos contemplaban, aguardando a que bajásemos la escalinata. Varias personas se habían detenido en la acera para contemplar el espectáculo del rey y su hija yendo de paseo por la ciudad.

El monarca me abrazó por los hombros y reconoció:

—Supongo que es una buena idea. He oído comentarios según los cuales las muchachas se sorprendieron mucho por tu repentina desaparición. —Subimos al refrigerado coche gracias al aire acondicionado, y me estrechó la mano—. Sí, creo que estaría bien. Te acompañarán unos soldados y Beatrice, también.

Mi alegría fue auténtica por primera vez en aquel día.

—Gracias —musité cuando el coche emprendió el regreso al Palace—. Gracias, padre, gracias.

Treinta y siete

*L*a lluvia salpicaba las ventanas del todoterreno, formando delgados y ondulantes churretes. Cogidas de la mano, Beatrice y yo nos habíamos sentado juntas, mientras ante nosotras desfilaba el tenebroso caos. Lo asimilé todo: las casas cubiertas de hiedra muy crecida y la carretera en malas condiciones, que serpenteaba a lo largo de un montón de kilómetros, señalizada con conos de tráfico de color naranja. Los coches viejos, a los cuales los viajeros habían abierto el depósito de combustible para intentar extraer la gasolina, continuaban abandonados en el arcén de la autopista. Cada aspecto del recorrido me resultó más familiar que todo lo demás..., incluidos el Palace, mi alcoba y el colegio.

—Hace casi diez años que no veía este panorama —musitó Beatrice—. Está peor que entonces.

En los asientos delanteros iban las dos mujeres soldado. La conductora, una joven rubia con una marca de nacimiento ovalada en la mejilla, escrutó el horizonte buscando señales de la presencia de pandillas.

—Me encanta —reconocí mientras contemplaba las flores silvestres de color morado que asomaban por las grietas del suelo de un viejo aparcamiento. A lo lejos se divisaba una fábrica gigantesca, en una de cuyas paredes laterales se distinguían todavía unas letras descoloridas que decían: TIENDA DE BRICOLAJE.

Viajábamos desde hacía horas, pero el tiempo transcurría casi sin que nos diéramos cuenta. Los árboles, muy altos, se entrelazaban entre sí, ruedas de bicicletas se enredaban con las flores y el agua de lluvia acumulada en los baches formaba charcos turbios y poco profundos. Tras nosotras iba otro todoterreno, que realizaba maniobras semejantes a las nuestras: salvaba los mismos desniveles de la carretera y reducía la velocidad cuando frenábamos, vigilándonos continuamente.

Caleb y yo retornaríamos al caos. Las casuchas y las tiendas abandonadas nos proporcionarían cobijo cuando nos trasladásemos al este, lejos de la ciudad, de los colegios y de los campos de trabajo. El plan ya estaba en marcha: la mañana de mi boda, mientras yo recorría las congestionadas calles de la ciudad, los disidentes se mezclarían con el gentío y contactarían con su enlace en la cárcel para garantizar la liberación de Caleb.

Luego nos desplazaríamos por el túnel, abandonaríamos la ciudad y esperaríamos. Viviríamos en el extremo oriental del país, territorio poco visitado por los soldados, manteniéndonos comunicados con la ruta hasta que los disidentes se movilizasen y planificaran los próximos pasos. Por primera vez desde hacía semanas, sentí que tenía un objetivo y cierto control de la situación; el futuro era algo más que una sucesión de comidas, cócteles, discursos públicos y mentiras llevados a cabo con una actitud forzada e impostora.

—Es allí arriba —afirmó la soldado copiloto, señalando el elevado muro de piedra. Era más baja que la conductora y llevaba la metralleta sobre los fornidos muslos. El rey había ordenado que nos acompañaran las escasas tropas femeninas con las que contaba, pues sabía que la directora Burns jamás permitiría la entrada de hombres en el recinto.

Apretándome la mano, Beatrice me informó:

—Antes de la epidemia eran prisiones juveniles. —Indicó el puntiagudo alambre enroscado que recorría la parte superior de la construcción—. Albergaba celdas para menores que habían cometido delitos.

La lluvia caía torrencialmente sobre el vehículo. Cuando llegamos al muro, las soldados entregaron la documentación a las guardianas de la entrada, cuyos uniformes estaban empapados. Al cabo de unos minutos nos dejaron pasar. El todoterreno circuló a la vera del edificio de piedra en el que, durante doce años, me había alimentado.

Una vez que estuvimos dentro del recinto, el entusiasmo

del viaje se esfumó. Contemplé el edificio sin ventanas del otro lado del lago, donde Pip, Ruby y Arden estaban retenidas, y se me revolvieron las tripas. Contemplé también los arbustos que había junto al comedor, bajo los cuales se extendía una zanja poco profunda; era el sitio exacto en que había encontrado a Arden la noche que escapó, la noche en que reveló la verdad sobre las graduadas.

El pasado me absorbió: el colegio, el jardín, el lago…, todo me recordó mi vida anterior. A pesar de la lluvia, divisé la ventana de la biblioteca del tercer piso, donde Pip y yo solíamos leer, si bien a veces hacíamos un alto para observar a los gorriones; el manzano seguía en su sitio, al fondo del recinto, debajo del cual nos tumbábamos en los meses de verano para disfrutar de su sombra; la barra metálica continuaba sobresaliendo del suelo en el punto en que acostumbrábamos a jugar a la herradura… En cierta ocasión me la llevé por delante y me fracturé la espinilla.

—Tengo la sensación… —murmuró Beatrice, inspeccionando por la ventanilla. Las soldados se apearon de los todoterrenos para hablar con las guardianas de la escuela—. Me parece que quizás… Nunca se sabe, ¿verdad?

No hizo falta que dijera nada más. Por la mañana me había preguntado con frases entrecortadas si cabía la posibilidad de que su hija estuviera en el colegio. Era posible, aunque improbable. Dudaba que el monarca le hubiera permitido acompañarme si su hija estuviera en ese centro; además, yo no recordaba a ninguna alumna llamada Sarah. Así se lo había dicho, pero me di cuenta de que no había tenido otro pensamiento en mente a lo largo de la infinidad de kilómetros recorridos, mientras se retorcía con nerviosismo un mechón de cabello.

—La posibilidad siempre existe —afirmé, y le apreté la mano—. No perdamos la esperanza.

Por la ventanilla del vehículo, a través de la cortina de lluvia, observé a la persona que se aproximaba: llevaba un enorme paraguas de color negro, y el chubasquero gris le llegaba por debajo de las rodillas. Pese a que estaba a cierta distancia, reconocí sus pasos lentos y renqueantes, la figura fofa y el pelo que siempre se recogía en un apretado moño.

Me refiero, claro, a la directora Burns.

203

Se detuvo al lado del todoterreno y me escrutó. Una soldado abrió la portezuela y me prestó ayuda para salvar el alto estribo.

—Princesa Genevieve —me saludó con parsimonia, prolongando la pronunciación de mi nuevo título—, agradecemos que nos honre con su presencia. —A continuación sujetó por el mango el otro paraguas que llevaba y lo abrió lentamente.

—Hola, directora —contesté, mientras la guardiana ayudaba a Beatrice a descender a su vez del todoterreno—. Pues yo agradezco estar aquí.

Me mantuve erguida y con la barbilla en alto para no revelar el terror que experimenté. Me desagradó sobremanera que aquella mujer ejerciese ese efecto en mí y que lo sintiera incluso ahora, cuando ya no estaba bajo su tutela.

Beatrice se hizo cargo del paraguas y lo sostuvo sobre nosotras. Su presencia me reconfortó.

—Ella es Beatrice, mi asistenta —añadí al tiempo que nos encaminábamos hacia el edificio del comedor—. Pasará la noche conmigo.

204

—Eso me han dicho —confirmó la directora Burns—. Han reservado un dormitorio del piso de arriba para ustedes dos, y otro para las escoltas. No es nada del otro mundo, sino las mismas camas como aquella en la que dormía usted durante su estancia en el colegio. Espero que no le parezcan demasiado humildes.

Cada una de sus palabras estaba cargada de malicia, y no encontré la forma de contrarrestarlas.

Abrió la puerta del edificio del comedor e indicó que pasásemos. El único ruido que se percibía en la entrada era el sordo zumbido de los generadores. Me sacudí los zapatos para que el agua cayese, y colgamos los abrigos en el armario.

—Las chicas la esperan en el comedor principal. Supongo que imagina la confusión que sintieron al enterarse de que había desaparecido la víspera de la graduación. Primero Arden, y después usted… Plantearon un montón de preguntas…, sobre todo las más jóvenes.

—Lo comprendo.

—Su padre se ha puesto en contacto conmigo en relación con esta visita. Me ha comunicado que esta noche les hablará sobre el valor de nuestra educación y sobre sus obligaciones regias en la Nueva América. También me ha comentado que explicará a las jóvenes el beneficio que supone el mero hecho de que estén aquí.

—Así es —confirmé. Las mejillas me ardieron—. ¿Están todas las niñas en el colegio? —pregunté mirando a Beatrice por el rabillo del ojo.

—Sí. ¿Comenzamos de una vez? Solo falta una hora para que se apaguen las luces.

Caminamos por el mismo pasillo alicatado que yo había recorrido cientos de veces, con Pip y Ruby cogidas del brazo, cuando íbamos a desayunar, a comer y a cenar. Una noche nos colamos a las tantas e intentamos birlar postres de la cocina, pero Ruby se puso a gritar, jurando y perjurando que una rata le había saltado a los pies; volvimos corriendo a nuestra habitación sin detenernos, hasta que nos tumbamos en mi catre y nos tapamos la cabeza con la manta.

Mi asistenta se retorcía incesantemente las manos. Le palmeé la espalda para tranquilizarla, pero no sirvió de nada; al tocarla, noté que respiraba con dificultad. Por fin llegamos al comedor principal, una estancia inmensa cuyas mesas metálicas estaban sujetas al suelo con pernos. Había más de cien jóvenes, todas mayores de doce años. Probablemente, las más pequeñas habían sido entregadas por padres que ahora vivían en la ciudad, progenitores como Beatrice, a quienes habían convencido de que en el colegio sus hijas tendrían una vida mejor. Las mayores eran huérfanas, como yo.

Al verme, se irguieron en los asientos, y sus murmullos dieron paso a un profundo silencio.

—Todas conocéis a la princesa Genevieve —intervino la directora Burns con un tono de voz carente del más mínimo entusiasmo—. Tened la amabilidad de poneros en pie y mostrad el debido respeto.

Las muchachas se levantaron y, todas a una, hicieron una reverencia. Llevaban el mismo vestido que yo me había puesto todos los días que estuve allí, luciendo el escudo de la Nueva América chapuceramente cosido sobre la pechera.

—Buenas noches, alteza real —saludaron a coro.

Reconocí a una muchacha de pelo negro de primero de ba-

205

chillerato, que estaba en la primera fila; formaba parte de la orquesta que tocó la noche previa a la graduación. En aquella ocasión, la música parecíaa que formaba remolinos de agua sobre el lago.

Les indiqué con un gesto que se sentaran, y respondí:

—Buenas noches. —Mi voz resonó en la estancia. Revisé a todas las alumnas, y reconocí las caras de algunas de ellas que habían estado en cursos inferiores al mío. Por ejemplo, Seema, una niña de ojos oscuros y piel suave de color almendrado, me dedicó un leve saludo; había ayudado a la profesora Fran en la biblioteca, revisando los ajados libros de historia del arte que tanto me gustaban y, constantemente, pedía disculpas por los volúmenes que faltaban—. Agradezco que me hayáis invitado. A muchas de vosotras os conozco de los años que he pasado aquí. Durante bastante tiempo esté colegio fue mi hogar; aquí me sentí totalmente segura y querida. —Observándome desde un lateral del comedor, la directora Burns cruzó los brazos sobre el pecho. Beatrice, que se hallaba a su lado, se estiraba los botones del vestido mientras escrutaba a las congregadas y estudiaba cada cara y a cada muchacha—. Sé que mi partida del colegio os causó confusión, pero ya habéis recibido las noticias de la ciudad: mi padre es el rey, y yo soy la princesa de la Nueva América.

Las chicas aplaudieron; yo continué en mi sitio e intenté mostrarme alegre, pero estaba muy tensa. Tenía ganas de vomitar.

—Ansiaba hablar con vosotras y deciros que no tendréis mejor defensora entre las murallas de la Ciudad de Arena. Haré cuanto esté en mi mano para dar respuesta a vuestras necesidades. —La declaración era sincera…, y lo bastante imprecisa para permitir diversas interpretaciones. No mentiría a esas niñas cuyos rostros entusiasmados me recordaron el mío de hacía algunos años—. En el colegio dispuse de mucho tiempo para estudiar y, entre otras cosas, me convertí en pintora, pianista, lectora y escritora. Aprovechad cuanto tenéis. —Una de las chicas del fondo levantó la mano. Otra la imitó, una tercera hizo lo propio y, finalmente, casi una cuarta parte de las muchachas alzó la mano, a la espera de que yo les prestase atención—. Creo que ha llegado el momento de las preguntas —añadí.

«Solo es cuestión de tiempo», me repetí mientras me encaraba a las alumnas: los disidentes acabarían la construcción de los túneles, terminarían de introducir las armas y no tardarían en organizarse. Únicamente teníamos que esperar.

Di la palabra a una niña bajita, sentada al fondo, que lucía una larga trenza negra.

—¿Cuáles son sus deberes como princesa? —inquirió.

Me mordí el pellejito de un dedo. Me habría gustado explicarle que me habían arrebatado el poder desde el momento en que puse un pie en el Palace, y que el rey solo me permitía hablar si era para alabar al régimen.

—He visitado a muchas personas en la ciudad, en diversos lugares, para comentarles la visión que el rey tiene de la Nueva América.

—¿Quiénes son sus amistades? —quiso saber otra muchacha.

Me volví hacia Beatrice, que continuaba junto a la directora Burns. Se mordió las uñas y revisó la primera hilera de chicas, buscando a Sarah. Me resultó imposible contestar y apenas reparé en la joven que dijo que no había entendido mi respuesta. Al llegar al final de la fila, Beatrice se demudó, presa de la angustia, y las lágrimas afloraron a sus ojos tan rápido que no pudo contenerlas. Entonces echó a correr, enjugándose el llanto con la manga.

No me lo pensé dos veces: salí a toda prisa tras ella hasta el pasillo, pasando por delante de las soldados apostadas a los lados de la puerta.

—¡Beatrice! —la llamé, y continué andando por el pasillo alicatado—. ¡Beatrice!

El único sonido que percibí fue el de mi propia voz, que resonó en el corredor, repitiendo como el eco su nombre.

Treinta y ocho

—*D*ormirán en la segunda planta —informó la profesora Agnes cuando comenzamos a subir la escalera, dando vistazos intermitentes a Beatrice, que aún tenía la cara abotargada—. Princesa, me alegro de volver a verla —afirmó.

La profesora Agnes se encorvaba cada vez que superaba un escalón, ladeándose hacia mí, mientras se aferraba a la barandilla con su nudosa mano. Había sido una presencia constante en mi vida, incluso después de mi partida del colegio. A veces oía su voz cuando Caleb me acariciaba la nuca o sus dedos tamborileaban sobre mi vientre. La había odiado, y la furia se apoderaba de mí cada vez que recordaba cuanto había dicho en las clases, sus referencias a la naturaleza manipuladora de los hombres y su afirmación de que el amor es una mentira, la principal herramienta que se esgrime contra las mujeres con el propósito de volvernos vulnerables.

Ahora que la tenía a mi lado me pareció muy canija; tenía el cuello encorvado, dando la sensación de que siempre dirigía la vista al suelo, y su respiración era lenta y ruda. Me cuestioné si, realmente, había envejecido, o si el hecho de permitirme considerarla con los ojos de una desconocida se debía al paso de los meses que yo había vivido en el caos.

—Pues sí, aunque ha pasado bastante tiempo —comenté.

Cogí de la mano a Beatrice mientras subíamos a la segunda planta. La había encontrado escondida tras la puerta de la cocina, tapándose la cara con el jersey en un intento de calmar sus sollozos. Sarah no estaba en el colegio. No pude decir ni hacer nada, salvo abrazarla y estrecharla contra mi pecho mientras lloraba. Al cabo de unos minutos, volví a reunirme con las chicas y la directora Burns, respondí a sus preguntas y les aseguré que mi asistenta estaba bien y que, simplemente, se había sentido indispuesta después de pasar tantas horas en el coche.

—Las guardianas han subido su equipaje.

La profesora Agnes entró en una habitación situada a la derecha, y se dedicó a encender las lamparitas de las mesillas de noche. Los habituales ruidos producidos por las alumnas se propagaron de punta a punta del pasillo. Las chicas se congregaron en el cuarto de baño para cepillarse los dientes, y sus carcajadas retumbaron entre las paredes de azulejos. Una maestra salió del lavabo y se dio la vuelta al reparar en mi presencia. Nos observamos unos segundos y sonrió ligeramente, pero la sonrisa se le desvaneció tan rápido que dudé de si me la había inventado.

Se trataba de la profesora Florence.

—Enseguida vuelvo —avisé a Beatrice, que se había tumbado en la cama. La profesora Florence seguía vistiendo la blusa roja y el pantalón azul, y el canoso cabello se le había ensortijado a causa de la humedad—. No sabía si nos veríamos, profesora. —Me cercioré de que la directora Burns no estaba cerca—. ¿Se encuentra bien?

Nos detuvimos en el pasillo, donde había estado tantas veces las noches en las que Ruby y yo esperábamos a la puerta del baño a que se desocupase un lavabo. La profesora señaló una puerta del final del pasillo, la que correspondía a mi antigua habitación, y la franqueamos. El cuarto estaba vacío. No dijo nada hasta que la puerta metálica se cerró y quedamos a solas.

—Estoy bien —replicó—. Espero que tú también lo estés.

Me observó atentamente.

No respondí. Me era imposible dejar de examinar el cuarto: habían desplazado nuestros lechos y los habían puesto uno tras otro contra una de las paredes; los tres estaban sin hacer, cubiertos de libros en pésimas condiciones y de uniformes arrugados. En una de las mesillas de noche había un cuaderno lleno de garabatos; de la pared, encima del escritorio, colgaba una hoja de papel en la que había dibujadas en blanco y negro dos chicas, y debajo ponía: Annika y Bess: amigas para siem-

PRE, escrito con letras grandes y ampulosas. No quedaba la menor huella de Pip, Ruby o mía.

—Lo estoy. La vida en la ciudad es muy distinta —comenté sin hacer caso de la opresión que notaba.

—Ignoraba que eras la hija del rey. La directora Burns era la única que estaba al tanto de ello. —Se sentó en uno de los estrechos lechos y tiró de los hilos de la áspera manta gris.

¿Tal vez si lo hubiera sabido, habrían cambiado las cosas? ¿Me habría ayudado a escapar igualmente aquella noche, haciéndome salir por la puerta secreta del muro?

—Me lo imaginaba —dije lentamente.

—Me he enterado de que han traído de nuevo a Arden, y que ahora está al otro lado del lago. ¿Lo sabías?

Me senté a su lado y respondí:

—Sí. Lo sabía. —No nos atrevíamos a mirarnos—. Me encontré con ella cuando estuve en el caos; me salvó la vida.

Busqué el mosaico roto, bajo el cual Pip y yo nos habíamos dedicado a esconder notas. El fragmento suelto ya no estaba, y el sucio mortero quedaba al descubierto.

La profesora se puso de pie y, agitando las llaves que llevaba en el bolsillo, confesó:

—Fui yo quien condujo a las chicas a la ceremonia de graduación. Pip, angustiada, no quería acudir y juró que estaba segura de que te había pasado algo…; de lo contrario, no te habrías marchado. Le pidió insistentemente a la directora Burns que ordenase a las guardianas que te buscaran en el exterior. Eso me indujo a pensar en lo que te dije… —No concluyó la frase y agitó de nuevo las llaves; el tintineo rompió el silencio—. Tal vez todo habría sido distinto.

Infinidad de veces había repasado mentalmente aquel momento y revivido las palabras de la profesora Florence, la orden de que debía irme sola. Había imaginado todo cuanto podría haber hecho; por ejemplo, despertar a Pip y a Ruby, o esconderme tras el muro. También había imaginado que volvería al día siguiente, cuando se reuniesen en el jardín, para gritarles a la cara qué les sucedía a las graduadas, así como los planes del rey.

La profesora se desplazó hasta el rincón en el que había una única silla, la empujó hacia delante y me dijo:

—Lo descubrí después de que las chicas cruzaran el puente, cuando regresé para limpiar la habitación.

Nos arrodillamos detrás de la silla, y acaricié las letras grabadas: EVE + PIP + RUBY HAN ESTADO AQUÍ. Lo había olvidado. Una mañana, después del desayuno, Pip había entrado en nuestro cuarto y hablado entusiasmada de Violet, una compañera de curso, que había escrito su nombre en la pared del fondo de su armario, detrás de la ropa, donde nadie lo veía. Pip había puesto nuestras camas contra la puerta mientras, con un cuchillo robado, grabábamos nuestros nombres. Contemplé la inscripción con ojos llorosos al recordar lo satisfecha que se había mostrado cuando terminamos nuestra pequeña obra maestra.

Sin darme tiempo a pronunciar palabra, la profesora me cogió de la mano y dejó sobre mi palma un objeto frío. Asintió con la cabeza, como si quisiese confirmar de qué se trataba, me cerró los dedos e hizo señas para que lo guardase. Me lo metí en el bolsillo e, inmediatamente, noté que se trataba de una llave, mejor dicho, de «la llave».

La puerta metálica se abrió de golpe y chocó contra la pared de cemento.

—¡No te atreviste a preguntárselo...! —La voz de una chica rompió el silencio—. A veces eres muy cobardica.

Dos quinceañeras, que llevaban las pecheras de los camisones mojadas después de lavarse la cara, entraron. Cuando nos vieron, se quedaron de piedra. Una de ellas se ruborizó tanto que hasta las orejas se le enrojecieron.

—¿Queríais preguntarme algo? —quise saber mientras me apartaba de detrás de la silla. Las chicas no abrieron la boca—. Esta fue mi habitación durante mi estancia en el colegio. Confío en que no os moleste que esté aquí; la profesora Florence ha querido mostrármela.

La muchacha que había hablado tenía un tupido flequillo negro y le caía sobre los ojos.

—Claro que no —murmuró negando con la cabeza—. Por supuesto que no nos molesta.

Aferré la mano de la profesora Florence y quise agradecerle su comprensión, su ayuda y que no me pidiera explicaciones, pero en ese momento la directora Burns se presentó en la puerta frunciendo los labios.

—Princesa, la estaba buscando. Me gustaría hablar con usted en mi despacho…, a solas. —Y a la profesora le indicó—: Por favor, ocúpese de que estas jovencitas se acuesten como corresponde.

Desapareció por el pasillo y no se molestó en volverse para comprobar si la seguía. Cuando me dispuse a marcharme, toqué la llave que llevaba en el bolsillo, la giré entre los dedos y noté que su contacto me tranquilizaba. Justo antes de franquear el umbral de camino hacia el corredor, la saqué y la introduje por el cuello de mi vestido.

Las luces se apagaron. La directora Burns encendió una lámpara mientras bajábamos la escalera rumbo a su despacho. Me ardieron las mejillas ante el mero pensamiento de entrar en aquella estancia, porque nadie iba allí a menos que tuviese que recibir un castigo. Me sentía como una cría: nerviosa, asustada y dispuesta a confesar todo cuanto había hecho y que podía disgustarla.

Al llegar al despacho, ella dejó la lámpara sobre el escritorio y me indicó que tomase asiento. La puerta se cerró violentamente, y la llama parpadeó dentro del cristal. Muy erguida, le sostuve la mirada y no quise desviarla.

—Directora, ¿en qué puedo ayudarla? El viaje me ha dejado sin fuerzas y estoy impaciente por retirarme.

Soltó una risilla y, con cierto sarcasmo, replicó:

—Desde luego, princesa. Estoy segura de que está extenuada.

Se sentó ante mí y, apoyando las rollizas nalgas en el borde del escritorio, balanceó repetidamente las piernas, como un metrónomo que marca el compás.

Yo tenía las manos empapadas de sudor, aunque le hice frente. Podía acusarme de lo que le viniera en gana, pero ya no tenía la menor importancia. No pensé más que en Pip, Arden y Ruby y en la llave que llevaba escondida, que era la única posibilidad de salvarlas.

—Sin duda creyó que había sido más astuta que nadie —prosiguió fríamente—, y supongo que nos tomó por mentirosas que la habían timado, pero ahora está aquí, como hija de su padre, hablando maravillas de la educación que ha recibido.

—¿Tiene algo más que decir? ¿Me ha hecho venir para soltarme una reprimenda?

Se inclinó hasta que su cara quedó a la altura de la mía, y aclaró:

—La he hecho venir porque quiero saber quién la ayudó. Dígame quién fue.

—No recibí ayuda. Nadie me...

—Miente descaradamente. —Soltó una carcajada—. ¿Pretende que crea que saltó el muro por sus propios medios?

Me di cuenta de que estaba convencida de que lo había escalado. Se trataba de algo imposible, pues medía cerca de nueve metros, pero en lugar de corregirla aproveché la oportunidad y le seguí la corriente.

—Encontré varios metros de cuerda en el armario de las profesoras. Me hice daño en el brazo con la alambrada.

Le mostré la zona donde el cristal de la puerta del almacén me había rajado la piel cuando intentaba huir del teniente; la cicatriz todavía estaba tierna.

La examinó, y después, inquirió:

—¿Cómo supo el destino que les esperaba a las graduadas?

—Siempre lo sospeché —respondí con frialdad. La relación de fuerzas había comenzado a cambiar, y mi voz sonó más tranquila a medida que respondía satisfactoriamente a sus preguntas—. La forma como escapé no tiene relevancia. Lo único que cuenta es que estoy aquí y que he hablado a las alumnas; he explicado mi desaparición y me he deshecho en halagos sobre su colegio. Mañana por la mañana me gustaría ver a mis amigas.

—No es posible —se apresuró a replicar. Se puso de pie y se dirigió hacia la ventana, cruzándose de brazos. El recinto estaba a oscuras. En lo alto del muro había encendidas algunas lámparas, cuya luz hacía brillar la alambrada de espino—. Ese encuentro desataría toda clase de preguntas y confundiría a las alumnas.

—¿Y no se sentirían más confundidas si yo regresara a la ciudad para no volver jamás, y ni siquiera quisiese verlas, o saber si les va bien o mal en la universidad laboral del otro lado del lago?

La directora Burns se plantó frente a mí. Exhaló un pro-

213

fundo suspiro y se pasó el pulgar por las gruesas venas del dorso de la mano, y yo repasé con atención las estatuillas alineadas en las estanterías del despacho: lustrosos y llamativos niños que en ese momento se volvieron amenazadores, mostrando unas facciones demudadas a causa de un éxtasis extraño y forzado. Ella estuvo mucho rato callada.

—¿Es necesario que le recuerde que un día seré reina? —pregunté, inflexible.

La directora cambió de expresión. Frunciendo la nariz como si hubiese detectado olor a podrido, dio unos pasos y replicó:

—Está bien, mañana verá a sus amigas. —Fue hacia la puerta y la abrió para darme a entender que debía retirarme.

Me puse en pie y me alisé el vestido.

—Gracias, directora —dije, muy seria.

Salí y, como tantas veces había hecho, avancé a tientas por el pasillo a oscuras.

—Eve, recuerda que todavía no eres reina —concluyó ella cuando ya estaba a punto de llegar a la escalera.

Seguía en la puerta del despacho; la lámpara proyectaba sombras sobre su rostro.

Treinta y nueve

*P*or la mañana la tormenta había cesado. Crucé el puente paso a paso y noté que las delgadas planchas de madera se curvaban bajo mis pies. Era poco más ancho que mis hombros y a cada lado había cuerdas; se trataba de una construcción ligera que se extendía sobre el tranquilo lago. Joby, una de las guardianas del colegio, iba tras de mí. De vez en cuando, yo giraba la cabeza para observar a las chicas que estudiaban en el jardín, mientras que Beatrice charlaba con la profesora Agnes junto al edificio del comedor.

Imaginé cómo debieron de suceder las cosas el día de la graduación: las sillas estarían colocadas en el césped y el estrado situado ante el lago; seguramente, las maestras se alinearon en la orilla, con los pies al borde del agua, tal como habían hecho siempre... ¿Quién había pronunciado el discurso y hablado a las alumnas sobre la gran promesa que entrañaba su futuro? ¿Quién las había conducido al otro lado? Me figuré que Pip había regresado al colegio, para esperarme, convencida de que en el último momento yo haría acto de presencia.

Cuando llegamos a la otra orilla, comprobamos que el suelo aún estaba empapado de lluvia. Joby se adelantó, rodeó el edificio y me hizo señas de que la siguiese. Las dos guardianas que se encontraban en la orilla tiraron de la cuerda para izar el puente. Al doblar la esquina, giramos y avisté las altas ventanas, las mismas por las cuales había espiado la noche que escapé. El cubo al que me había encaramado ya no estaba.

—Debe de resultarle extraño volver a estar aquí —comentó Joby, que llevaba recogida la larga melena negra bajo la gorra de uniforme. Parecía como si quisiera evocar la vez que la había visto, en ese mismo lugar, cuando apearon a Arden del todoterreno, y Stark me obligó a irme.

Me limité a asentir, pues no quise correr el riesgo de dar una respuesta. Antes de que ella me racheara al cruzar el puente, me había deslizado la llave bajo la lengua, a punto para entregársela a Arden, de modo que percibía un potente sabor metálico en la boca.

La mujer se acercó al sector protegido por la elevada valla, donde habían encerrado a Arden. Abrió la primera puerta y me condujo por la corta calzada de acceso, cubierta de grava. Atravesamos la puerta siguiente y nos adentramos en el jardín en el que había visto a Ruby. Fuera había dos mesas de piedra, pero ni el más mínimo indicio de las graduadas.

—Espere aquí; su amiga saldrá enseguida —me indicó, y entró en el edificio.

Paseé tratando de tranquilizarme. Desde el otro lado de la valla, junto a la verja cerrada, otras dos guardianas me vigilaban; cada una de ellas llevaba un fusil al costado. Desplacé la llave por la boca. No había conciliado el sueño en toda la noche, ya que me había representado a Pip tal como la había visto por última vez en el colegio, bailando en el jardín mientras las antorchas proporcionaban un cálido brillo a su epidermis. Recordé también cómo se burlaba cuando se detenía junto a mí en el lavabo, y su forma de chillar como una loca, con los brazos en alto, después de ganar una ronda del juego de las herraduras.

Por fin se abrió la puerta, y Arden salió, seguida de Joby. Cuando me escrutó de arriba abajo, noté que no estaba atontada; reparó en mi corto vestido azul, en mis pendientes de oro y en mi cabello recogido en un moño.

—Espero que no te hayas engalanado tanto solamente para venir a verme —ironizó.

Me percaté de que, por el contrario, el vestido de papel verde le llegaba por debajo de las rodillas. Observé mi vestimenta y lamenté que no me permitiesen vestir más informalmente en público. En lugar de decirle algo, me acerqué a ella, la abracé y la besé en la mejilla. En todo momento estuve atenta a Joby y a las dos guardianas, que permanecían junto a la verja cerrada, comprobando que no cesaban de vigilarnos.

Le cogí una mano, la sostuve delante de mí y entorné los ojos cuando le besé la palma y solté la pequeña llave. Le cerré entonces los dedos y apoyé su puño en mi pecho.

—Es exactamente lo que he hecho —afirmé riendo.

Arden se sentó en el banco. Le había crecido el pelo y ya no se le veía el cuero cabelludo, pero los pálidos brazos estaban salpicados de diminutos morados circulares producidos por las inyecciones. Apoyó el puño sobre la mesa, con la palma hacia abajo y la llave en su interior.

—¡Verte me produce un gran alivio! —exclamó—. No te han hecho daño, ¿verdad?

Tras Arden, Joby cambió de posición para vernos mejor.

—No, no. Yo también estaba preocupada por ti. —Examiné la pulsera de plástico que mi amiga llevaba en la muñeca, en la que figuraba una sarta de números—. ¿Estás…? —No terminé la frase.

—Todavía no. Creo que no.

Permanecimos unos segundos en silencio. Yo estaba compungida, aunque contenta por que Arden no estuviese embarazada.

Joby consultó la hora. Con las puntas de los dedos rocé el dorso de la mano de Arden, y le pregunté:

—¿Te acuerdas de cuando jugábamos bajo el manzano? —Yo sabía que no lo recordaría. Mientras estuve en el colegio nos habíamos llevado fatal, y a lo largo de los últimos años nos habíamos evitado. Sin embargo, durante las primeras noches que pasamos en el refugio subterráneo, le había contado que la profesora Florence me había ayudado y que había escapado por una puerta secreta. La cuestión era si lo recordaba, o si había estado demasiado perturbada para retener los detalles—. Solíamos jugar bajo el manzano, junto al muro. Me encantaba que nos dejasen salir al jardín.

Se le escapó una risilla. Contempló nuestras manos y reconoció la presencia de la llave en la suya.

—Sí, claro que lo recuerdo.

Busqué una señal de entendimiento por su parte; ella asintió.

—No sé cuándo volveré a visitarte. Tengo muchas obligaciones y deberes con el rey. Por eso he querido venir ahora porque es posible que, durante algún tiempo, no pueda regresar. —Me falló la voz—. Quiero que cuides de Ruby y de Pip como si fueras yo misma.

—Te he comprendido. —Tenía los ojos llorosos. Me puso una mano sobre las mías, y sentimos el calor de la mesa de piedra—. Estoy muy contenta de verte —acotó moviendo afirmativamente la cabeza—. No sabía si nos encontraríamos otra vez. —Se secó los ojos con el vestido de papel.

Continuamos así un minuto. En lo alto una bandada de pájaros trazó un arco en el cielo, luego se dispersaron, volvieron a congregarse y, nuevamente, se separaron.

—Te he echado de menos —afirmé.

Me repetí que Arden conseguiría escapar. Una vez había conseguido traspasar los muros del colegio y llegado a Califia. Si había alguien capaz de salir de ese edificio de ladrillos, si alguien era capaz de contribuir a que Ruby y Pip escapasen, esa era ella.

Joby se acercó e hizo señas a mi amiga para que se pusiera de pie.

—Traeré a las otras —anunció.

Arden me abrazó. Cuando, a mi vez, hice lo mismo, tuve la sensación de que su cuerpo era mucho más pequeño que el mío. De espaldas a la guardiana, mi amiga se llevó los dedos a la boca y se introdujo la llave, como si chupara un caramelo. Me estrechó las manos antes de alejarse.

Me quedé donde estaba y observé cómo regresaba al edificio de ladrillos, con las manos a la espalda para que Joby las viese. Se me representó su expresión sutil cuando acomodó la llave en la palma de la mano, mientras yo le hablaba del manzano junto al muro. Me había entendido; había comprendido mi mensaje. Pero al ver el jardín vallado y los fusiles de las guardianas, me asaltaron las dudas: ¿Cuánto tardaría en escapar? ¿Transcurriría el tiempo con la suficiente rapidez? Si no pasaba algo enseguida, ella acabaría indefinidamente encerrada en ese edificio.

Al abrirse de nuevo la puerta, los oxidados goznes emitieron un chirrido insoportable. Ruby fue la primera en salir, y caminó con paso firme; llevaba el largo cabello negro recogido en una cola de caballo.

—¡Has vuelto! —exclamó, y su abrazo me dejó sin aliento. Al estrecharla entre los brazos, comprendí que su pequeño vientre todavía no era visible bajo el holgado vestido verde. Cuando se apartó, le detecté cierta tristeza—. Estaba segura de que seguías viva y de que no habías desaparecido. Te recuerdo, de pie justamente ahí, junto a la verja. —Señaló el lugar donde yo la había dejado, aferrada a la valla, mirando a lo lejos sin ver nada.

—Es verdad —confirmé, y la cogí del brazo. Fueran cuales fuesen las pastillas que le administraban, ya no le surtían efecto—. Aquel día te vi; fue el mismo día que trajeron a Arden.

—Le dije sin cesar a Pip que te había visto. Se lo repetí hasta el infinito, pero no me creyó.

En ese momento Pip salió del edificio, cabizbaja, manteniendo las manos a la espalda. La puerta se cerró de golpe, y el sonido fue tan estrepitoso que pegué un salto. Ella jugueteaba con las puntas de su rizada melena pelirroja, que en los últimos meses le había crecido muchísimo.

—Pip, estoy aquí —le dije, pero no reaccionó—. He venido a visitarte.

Se acercó pasito a pasito. La abracé, pero tuve la sensación de que su cuerpo era de piedra. Se apartó de mí y se frotó la zona del brazo que le había tocado.

—Me ha dolido —musitó—. Todo resulta doloroso.

—Siéntate en el banco —propuso Joby y, cogiéndola del codo, la acompañó.

—¿Por qué llevas esa vestimenta? —preguntó Ruby, señalando mi vestido—. ¿Dónde has estado?

Me noté la boca reseca. No quería contarles la verdad: que ahora vivía en la Ciudad de Arena y que era hija de la misma persona que las había encerrado en ese edificio, el hombre que durante tantos años les había mentido…, mejor dicho, nos había mentido. No quería de ninguna manera que nuestro breve encuentro comenzara de esa guisa.

—Me llevaron a la Ciudad de Arena, donde descubrí que soy la hija del rey —respondí.

Alzando la cabeza, Pip dijo:

—Estuviste en la Ciudad de Arena sin mí. —No fue una

219

pregunta, sino una afirmación—. Todo este tiempo has estado en la Ciudad de Arena.

—Sé que parece una cosa… —murmuré, y quise cogerle la mano, pero la retiró antes de que se la tocara—, aunque es otra. —Callé, pues sabía que no podía dar demasiados datos en presencia de Joby—. Lo que cuenta es que ahora estoy aquí.

Esas palabras sonaron nimias y patéticas, incluso a mis oídos.

Ruby no me quitaba ojo de encima. Se mordió las uñas y preguntó:

—¿A qué has venido?

«Para ayudaros a escapar —pensé, y faltó poco para que lo dijera de viva voz—. Porque no sé cuándo volveré a veros; porque, desde que me fui, todos los días he pensado en vosotras.»

—Tenía que hacerlo. Necesitaba saber que estáis bien.

—Pues no lo estamos —masculló Pip. Se dedicó a trazar círculos con el dedo en la mesa; tenía las cutículas ensangrentadas e inflamadas. Cuando se sentó, su embarazo resultó perceptible, pues el vestido verde se tensó a la altura de su cintura—. Todos los días nos dejan estar al aire libre una hora. Eso es todo. —Bajó la voz y ojeó disimuladamente a Joby—. Solo lo permiten una vez al día. Las chicas que tienen que guardar reposo están atadas con correas, y a veces nos dan unas pastillas que nos dificultan pensar.

—Han dicho que no falta mucho —intervino Ruby—. Han dicho que pronto nos liberarán.

Intenté mantener la calma, pero tuve la sensación de que las guardianas me observaban atentamente. El monarca todavía no había decidido cuál sería el destino de la primera generación de las participantes en el programa para parir; no obstante, me había enterado de que todavía faltaban años para su liberación. Pensé en la llave que había entregado a Arden, en los disidentes que se encontraban en las entrañas de la ciudad y cavaban los túneles, y en los restantes integrantes de la ruta, que se alejarían de los colegios y se adentrarían en el caos rumbo a Califia. Arden las liberaría. Y si no las ayudaba o no podía llevarlo a cabo, yo encontraría otra solución.

—Pues sí, todo saldrá bien.

—Eso dicen —añadió Pip—. Eso repiten las chicas…, Maxine, Violet y hasta las doctoras. Están convencidas de que todo saldrá bien. —Dejó escapar una risilla penosa—. Pero no todo saldrá bien.

La contemplé: deslizaba los dedos por la mesa de piedra y movía rítmicamente la pierna. No era la misma persona que había dormido en la cama contigua a la mía, o hacía el pino en el jardín, y a la que a veces pillaba tarareando mientras se vestía y se desplazaba de un lado para otro, marcándose un baile secreto y solitario.

—Pip, tienes que creerme. Todo irá bien.

—Chicas, tenéis que entrar ya —nos interrumpió Joby, acercándose.

Pip continuaba dibujando círculos en la mesa.

—Pip, ¿me oyes? —pregunté, y esperé hasta que alzó la cabeza. Estaba bastante pálida, y las pecas se le habían difuminado a causa de las horas que pasaba entre cuatro paredes—. Te garantizo que todo irá bien.

Me habría gustado continuar animándolas, pero ya se habían levantado, habían cruzado las manos a la espalda a la altura de las muñecas, y se disponían a entrar en el edificio.

—¿Volverás? —me preguntó Ruby, dándose la vuelta.

—Haré lo imposible por venir.

Pip entró en el edificio sin despedirse. Ruby fue tras ella, pero giró la cabeza una vez más para dedicarme un postrero adiós. Franquearon el umbral, la puerta se cerró tras ellas y el chasquido del pestillo me puso en tensión.

221

Cuarenta

$\mathcal{A}$ mi regreso a la ciudad concedí más entrevistas a Reginald, en las que hablé de mi enorme entusiasmo por la boda, del compromiso de Charles con la Nueva América, de mi visita al colegio… Y en todo momento me sentí reconfortada al pensar en las preguntas que los ciudadanos se plantearían una vez que yo hubiera desaparecido. Se preguntarían qué había sido de mí, de su princesa, y por qué me había esfumado en uno de los días más importantes de la historia reciente. El rey no lo tendría nada fácil para justificarlo de la misma forma que explicaba todos los demás acontecimientos. Cada día que yo pasase viviendo en el caos, como fugitiva, supondría otra jornada durante la cual deberían cuestionarse dónde estaba, replantearse el sentido de mis palabras y recordar los rumores que habían circulado tras la captura de Caleb. Muchas personas vieron cómo me habían reducido los soldados, atado las manos y devuelto al lugar que, según ellos, me correspondía.

Harper se puso en contacto conmigo en una sola ocasión más, a través del periódico, para confirmarme que el plan seguía en marcha. Ahora me encontraba en mi alcoba, asomada a la ventana para contemplar la superpoblada ciudad, cosa que ya no haría nunca más. El sol matinal se reflejaba en las vallas metálicas que bordeaban las aceras, e iluminaba el vasto camino que discurría por el centro de la ciudad. La gente había comenzado a congregarse en la carretera principal, y las calles estaban atiborradas hasta Afueras.

A todo esto se abrió la puerta de la habitación. Beatrice lucía un vestido de color azul pálido y, presa del nerviosismo, se retorcía las manos. Me acerqué y se las estreché entre las mías.

—Ya le he dicho que no está obligada a hacerlo. No es necesario que me ayude; puede resultar peligroso.

—Quiero ayudarla —afirmó—. Hoy tiene que marcharse; de eso no hay duda. Acabo de esconder la sortija.

La abracé y la retuve. Una hora después, el monarca se presentaría en mi dormitorio para escoltarme escaleras abajo hasta el coche que aguardaría con el motor en marcha a fin de emprender el largo desfile. Pero descubriría que la alcoba estaba vacía y que sobre la cama reposaba el ridículo vestido blanco. Entonces recorrería el Palace y me buscaría en el comedor, en el salón y en su despacho. En una de las plantas encontraría a Beatrice, empeñada en su propia búsqueda y desesperada por dar con mi anillo antes de que se iniciase el desfile; ella le diría que yo acababa de abandonar mi habitación, rogándole encarecidamente que buscase la joya desaparecida, ya que temía que se me hubiese caído fuera del dormitorio.

—Gracias —susurré, aunque esas palabras me parecieron insuficientes—. Gracias por todo. —Recordé que, cuando me llevaron por primera vez al Palace, aquella mujer había limpiado mis laceradas muñecas, se había sentado a mi lado en la cama y me había acariciado la espalda mientras me quedaba dormida—. En cuanto me ponga en contacto con la ruta me dedicaré a buscar a Sarah; la rescataremos a tiempo.

—Eso espero —dijo ella, pero se le ensombreció el rostro al oír el nombre de su hija.

—Volverá a su lado —aseguré—. Se lo prometo.

Enjugándose los ojos, me dijo:

—Clara está al final del pasillo…, y espera para hacer la señal acordada antes de que usted se marche. Yo me quedaré aquí cuarenta minutos más. Me figuro que todas las entradas están expeditas. No permitiré entrar a nadie. —Hizo un gesto para que me fuese.

Caminé sigilosamente hasta la puerta; habíamos obturado la cerradura, incrustando en lo más hondo una bolita de papel, lo mismo que en el de la escalera, para evitar que se cerrasen. Presté atención al soldado que montaba guardia tras la puerta y escuché su profunda respiración. Apoyé la mano en el picaporte y me preparé para percibir la voz de Clara.

Al cabo de unos minutos sonaron unas pisadas.

—¡Socorro, necesito ayuda! —gritó mi prima desde el fondo del pasillo—. ¡Eh, tú…, alguien ha entrado en mi habitación!

Oí cómo el soldado rezongaba y la discusión que se desencadenó. Clara insistía en que el guardia la acompañase, ya que su vida corría peligro. En el momento en que echaron a andar por el pasillo, entreabrí la puerta. Ella caminaba deprisa, sujetándose el bajo del vestido, y le explicó al guardia que habían forzado la cerradura de su caja fuerte y que, seguramente, alguien había entrado en su alcoba durante el desayuno. Él la escuchó con atención y se restregó la frente. Antes de doblar el recodo, Clara se volvió y nos miramos.

Me lancé hacia la escalera este. Vestía los mismos tejanos y el jersey que la primera noche en que había salido del Palace, y me había recogido el pelo en un moño bajo; me faltaba la gorra que, en aquella ocasión me había calado hasta los ojos, de manera que al empezar a bajar la escalera, me sentí más expuesta y reconocible. Bajé la cabeza y me cuidé muy mucho de agacharme al pasar por las mirillas de las puertas de acceso a cada planta.

El paseo del Palace estaba lleno a reventar. Los trabajadores cerraban las tiendas tras cumplir el horario matinal, y bajaban las voluminosas persianas metálicas para proteger los escaparates; los compradores salieron a las calles, y los soldados condujeron a la gente a las diversas salidas y despejaron la planta principal para tenerlo todo a punto antes del comienzo del desfile. Cabizbaja, me dirigí hacia la misma puerta por la que salí en mi escapada inicial, teniendo la sensación de que los soldados me vigilaban.

—¡Avanzad, avanzad! —dijo uno de los militares, y al oír esta orden, me tensé de pies a cabeza—. Dirigíos hacia la derecha cuando lleguéis a la calle principal.

Seguí al gentío que se congregaba en el espacio entre la fuente del Palace y las vallas metálicas. A mi lado iba un hombre con su hijo al que protegía, cogiéndolo por los hombros, mientras se acercaban muy despacio a la salida; a mi derecha había dos mujeres mayores que llevaban festivos pañuelos de color rojo y azul anudados al cuello; intenté taparme la cara para que no se fijasen en mí.

—Desde Paradise Road veremos mejor —aseguró una de las mujeres—. Si nos ponemos a la derecha, frente a la Wynn Tower, evitaremos la congestión. No quiero quedar apresada, como nos ocurrió en el desfile anterior.

Por fin bajamos la escalinata de mármol del Palace y nos desplazamos más rápido al caminar en fila por el paseo principal y cruzar el paso elevado. Me aparté un poco, experimentando un gran alivio cuando me alejé de las mujeres, y me perdí entre la gente que fluía sin cesar. Aunque había previsto que necesitaría tiempo para llegar a Afueras, en ese momento resultó más evidente si cabe, ya que todos se apiñaban junto a las vallas y caminaban lentamente por la acera. Habían acordonado varias calles. El recorrido del desfile estaba salpicado de soldados, y algunos de ellos se hallaban apostados en la calleja y, fusil en mano, vigilaban los techos de los edificios.

Me confundí con la gente y esquivé a un hombre que se había agachado para atarse el cordón del zapato. Al pasar frente a un restaurante, consulté la hora en el reloj del interior. Eran las nueve y cuarto. El contacto de Harper ya habría sacado a Caleb de la cárcel, y para entonces los disidentes, seguramente, se habían reunido con él en Afueras. Con toda probabilidad estaban en el hangar. Dado que habían concentrado a los soldados en el centro de la ciudad, deduje que, cerca de la muralla, las medidas de seguridad se habrían reducido. Nadie se acercaría a las obras en construcción. Transcurriría como mínimo una hora hasta que el puñado de soldados que vigilaba la cárcel se diera cuenta de que Caleb ya no estaba, e informase a la patrulla de la torre.

Hacía un calor asfixiante. Me estiré el cuello del jersey y lamenté no poder ponerme a cubierto del sol. Alrededor la gente hablaba con entusiasmo sobre el desfile nupcial, el traje de novia de la princesa y la ceremonia que retransmitirían a través de las pantallas instaladas por toda la ciudad. Sus voces me parecieron muy lejanas, como un coro que poco a poco dejaba de oírse, y mi mente volvió a concentrarse en Caleb: Harper me había dicho que no estaba herido y asegurado que lo sacarían de la cárcel; me había prometido que Jo nos conseguiría un lugar en la ruta donde quedarnos, y había añadido que, cuando yo llegase, me estarían esperando en el hangar. A medida que

225

me aproximaba a Afueras, me dio la impresión de que los minutos pasaban más rápido. Me permití imaginar a Caleb y verlo allí, en ese espacio inmenso: entrelazaríamos las manos al echar a andar por el túnel a oscuras, y dejaríamos la ciudad a nuestra espalda.

Apreté el paso y me desplacé entre la muchedumbre a medida que me acercaba al viejo aeropuerto. No me fijé en nadie, sino en un punto del sur, contiguo a la carretera principal, donde los edificios daban paso a la calzada resquebrajada.

Afueras estaba tranquilo: junto a la gravilla de la calle, dos hombres, sentados en cubos puestos del revés, compartían un cigarrillo, alguien tendía sábanas recién lavadas en una ventana… Me dispuse a cruzar el aparcamiento del aeropuerto sin contener mi alegría. Probablemente, el monarca ya se había presentado en mi alcoba y acababa de enterarse de que yo no estaba…, mala suerte. Por el contrario, me hallaba aquí, a pocos minutos del hangar, muy cerca de Caleb, que estaba tras la puerta y me esperaba con las mochilas a punto.

Entré en el viejo hangar y me sentí muy pequeña entre los aviones. Al llegar a la habitación del fondo, observé que habían apartado las cajas y que el túnel quedaba al descubierto. Jo no estaba. Escudriñé el otro extremo del hangar y no vi indicios de Harper ni de Caleb. Tampoco había mapas desplegados sobre la mesa ni lámparas distribuidas por el suelo, sino que la luz se colaba por una ventana rota y trazaba caprichosos dibujos en el cemento.

El silencio bastó para ponerme los pelos de punta. En el suelo, a mis pies, había dos mochilas con las cremalleras abiertas y el contenido revuelto. En el acto supe que algo fallaba. Retrocedí. Escruté el hangar, las escalerillas oxidadas que se apiñaban en los rincones y los altísimos aviones. En el aparato situado a mi izquierda, todas las ventanillas salvo una estaban cerradas, y entonces se produjo un movimiento en su interior. Me di la vuelta y me encaminé hacia la puerta, manteniendo la cabeza baja.

Cuando casi estaba a punto de salir, una voz conocida retumbó en las paredes al ordenarme:

—Genevieve, no se mueva. —Los soldados, que se cubrían el rostro con máscaras de plástico rígido, abandonaron el avión sin dejar de apuntarme—. Ponga las manos donde podamos verlas.

Stark iba delante y, acechándome desde lejos, se me aproximó.

Otros dos hombres armados asomaron por detrás de la escalerilla del rincón, y un tercero salió del túnel; se desplegaron por el hangar y avanzaron a lo largo de las paredes, tanto a uno como a otro lado de la entrada.

Stark se detuvo a mi lado, me agarró de las muñecas y me las sujetó a la espalda con una brida de plástico. Me arrodillé porque temí que me fallasen las piernas. Solo pensé en Caleb y albergué la esperanza de que uno de los disidentes le hubiese advertido de la redada.

Cuando Stark quiso conducirme hacia la habitación del fondo, oí pasos que se aproximaban a la puerta del hangar. Alguien estaba a punto de entrar allí. Arma en mano, los soldados se agazaparon y esperaron. La puerta se abrió sin darme tiempo a reaccionar: Harper entró, y fui consciente de que asumía la escena, pero ya no tuvo tiempo de rectificar. Fue el primero en caer abatido. Sucedió tan rápido que no me di cuenta de que le habían disparado. Lo vi apoyarse en el marco de la puerta, y reparé en la herida del pecho, donde lo había alcanzado el primer proyectil.

Me puse en pie.

—¡Caleb! ¡Están aquí! —chillé, y noté que mi voz sonaba rara—. ¡Lárgate!

Stark me tapó la boca con la mano. Caleb acababa de doblar una esquina y apenas se le veía. Por fin llegó, y fue entonces cuando oí la detonación, el disparo que le desgarró el costado del cuerpo. Sonó más fuerte debido al inmenso espacio que ocupaba el hangar, y el eco de la detonación reverberó en las paredes. Presencié cómo trastabillaba y se aplastaba un brazo con su propio cuerpo al caer al suelo; su demudado rostro expresaba extrañeza. Me arrodillé de nuevo, pero me negué a mirar hacia otro lado cuando él se quedó inmóvil y cerró fuertemente los ojos haciendo una mueca dolor. A continuación los soldados se le acercaron, lo rodearon y me lo ocultaron a la vista.

227

Cuarenta y uno

*E*l todoterreno se puso en marcha con rapidez y circuló muy deprisa por las calles acordonadas para el desfile. Miles de personas se inclinaban sobre las vallas, sin cesar de vitorear a la princesa, buscando indicios de su presencia. Yo iba en el asiento trasero, hecha un ovillo, sin acabar de creer lo ocurrido. Me había herido las manos cuando me sacaron del hangar, pues había forcejeado con el soldado que me sujetaba e intentado agarrarme a cuanto podía, pero me llevaron a rastras para impedir que me aproximase a Caleb.

«Le han disparado, le han disparado», me repetí, y se me reprodujo su expresión cuando la bala lo traspasó. Estaba solo, tendido en el frío suelo de cemento, y la sangre se esparcía bajo su cuerpo.

Recorrimos a toda velocidad la larga calzada de acceso al Palace, y una vez que hubimos superado las fuentes de mármol, me obligaron a entrar. Como habían desocupado la planta principal para celebrar el enlace, nuestras pisadas resonaban en el vacío recinto. Reginald era el único que estaba presente: iba arriba y abajo por la zona del ascensor con su ridícula libreta en la mano, mordisqueando la punta del bolígrafo.

—Apártese de mí —ordené al imaginar el artículo que publicaría al día siguiente, explicando cómo habían reducido a los enemigos de la Nueva América la mañana misma de la boda, y la mayor seguridad de la que ahora disfrutarían los ciudadanos—. Ni se le ocurra acercarse.

—¿Puedo hablar un momento a solas con la princesa? —preguntó Reginald a mis guardianes, sin hacer caso de mi orden—. Tengo que hacerle unas preguntas antes de que suba a su alcoba.

Un soldado me cortó las ataduras, y todos ellos se apartaron sin dejar de vigilarnos.

—¿Qué quiere? —le espeté en cuanto nos quedamos a solas, frotándome las muñecas—. ¿Pretende alguna declaración sobre lo gozosa que ha sido la jornada?

El jefe de Prensa me puso una mano en el hombro y echó un vistazo a los soldados, desplegados junto a las paredes del vestíbulo circular.

—Preste atención —dijo poco a poco, casi susurrando—. No disponemos de mucho tiempo.

—¿Qué hace? —intenté apartarle la mano, pero se acercó todavía más y continuó sujetándome y clavándome los dedos.

—Se acabó —afirmó suavemente—. En cuanto a usted se refiere, la ruta y los túneles no existen; nunca ha visto a Harper, ni a Curtis ni a los demás disidentes. Y según sus noticias, Caleb trabajaba solo.

—¿Y qué sabe usted de él?

—Unas cuantas cosas. Harper y Caleb acaban de morir luchando contra el régimen.

—Me parece que no tiene ni la menor idea de lo que está diciendo.

—Escúcheme —añadió presionándome el hombro. No dejó de apretar hasta que lo obedecí—. Usted me conoce como Reginald…, y otros como Moss.

Retrocedió, dándome tiempo para asimilar la noticia. Lo observé fijamente, como si viera por primera vez al hombre que tomaba sin cesar apuntes en la libreta, escribía artículos para el periódico y adecuaba mis declaraciones a sus necesidades. Se trataba de la misma persona que había ayudado a Caleb a salir de los campos de trabajo y que había contribuido a la construcción del refugio subterráneo. Por si eso fuera poco, era el organizador de la ruta.

—Caleb ha muerto —repetí, insensible.

—Tiene que seguir adelante, como si nada hubiese ocurrido —prosiguió—. Debe casarse con Charles.

—No estoy obligada a nada. ¿De qué servirá?

229

Los aplausos fueron en aumento en el exterior de la entrada principal del Palace.

Acercó la boca a pocos centímetros de mi oreja, y murmuró:

—Es imprescindible que siga aquí como princesa para liquidar a su padre —dijo con toda la intensidad del mundo, pero no añadió nada más. Abrió la libreta e hizo como que tomaba apuntes de nuestra conversación. Acto seguido, indicó a los soldados que se aproximasen, y todos entramos en el ascensor en el más absoluto silencio.

Cuarenta y dos

*A*l regresar a mi dormitorio, comprobé que el rey me estaba esperando. Sujetando un fajo de papeles, revisaba con atención el vestido de novia que reposaba sobre la cama.

—Dijiste que permitirías que se fuera. Me mostraste fotos y me llevaste a su celda —le espeté porque me resultaba imposible contener la ira—. Me has mentido.

—No tengo por qué dar explicaciones de mis acciones…, y aún menos a ti —replicó yendo de un extremo a otro de la alcoba—. No entiendes este país. Te habías enterado de que estaban construyendo un túnel que comunica con el exterior, y no dijiste nada. —Se giró y me apuntó a la cara con un dedo—. ¿Tienes idea del peligro que para los civiles supone la apertura de un paso hacia el caos?

—Los soldados los abatieron —afirmé con la voz rota.

—Hacía meses que esos individuos se dedicaban a organizar a los disidentes y a planificar la entrada de armas y no sé qué más en la ciudad. —Arrugó los papeles que sostenía en la mano—. Era imprescindible frenarlos.

—Los han asesinado —precisé—. Querrás decir que los asesinaron, no que los frenaron. Exprésate con propiedad.

—¡No me hables con ese tono! —Presa de la ira, se ruborizó—. ¡Ya está bien! Esta mañana vine a entregarte estos papeles —acotó, y me los tiró a la cara. Cayeron al suelo—. Venía a decirte lo orgulloso que estaba de ti y lo mucho que me gustaba la mujer en la que te estabas convirtiendo. —Dejó escapar una risilla ronca y cargada de remordimientos.

Apenas lo escuché, ya que mi mente se concentró en los

acontecimientos de la mañana: él había ordenado el asesinato de Harper y de Caleb, pero ¿quién le había descubierto la existencia del túnel excavado bajo la muralla? ¿Por qué Stark había llegado al hangar antes que yo? Las preguntas formaron una espiral infinita en mi pensamiento. «Caleb está muerto», me repetía sin cesar, pero no hubo manera de que asumiera esa realidad.

—En la calle hay cerca de medio millón de personas que esperan a que la princesa baje con su padre —prosiguió él—, pues quieren desearle lo mejor antes de su boda. —Se encaminó hacia la puerta y pulsó el teclado—. ¡Beatrice, ven y ayuda a la princesa a vestirse! —chilló antes de perderse por el pasillo.

Al salir, la puerta se cerró violentamente. Respiré hondo y tuve la sensación de que, en su ausencia, la habitación se volvía más grande. Me ardían las manos y las marcas rojizas de las muñecas debido a las ataduras. No me quitaba de la imaginación a Caleb, su expresión antes de caer, cómo se aplastó el brazo bajo el peso de su propio cuerpo… Cerré los ojos porque me resultó excesivo. Era imposible que no hubiese muerto, pero la idea de que ya no estaba, de que jamás volvería a acunarme la cabeza entre sus manos, a besarme, a burlarse por tomarme tan en serio a mí misma…

Aunque oí entrar a Beatrice, continué contemplándome la lacerada piel de las muñecas, la única prueba de que las últimas horas realmente habían existido. Cuando por fin alcé la cabeza, la vi en medio de la alcoba, compungida.

—Fue Clara, ¿no? —pregunté—. ¿Qué les ha contado? ¿De qué información disponen?

Ella guardó silencio. Al fin asintió y articuló unas palabras para que le leyera los labios.

—Lo siento muchísimo —consiguió decir por fin—. No tuve otra opción.

Detecté algo en su expresión que me aterrorizó: tenía los labios crispados y trémulos.

—¿Cómo dice?

—El rey me amenazó con matarla. —Se me aproximó y me cogió las manos entre las suyas—. Vino temprano, inmediatamente después de que usted se fuera. No la encontró, y

232

enseguida averiguaron que la celda de Caleb estaba vacía. Aseguró que mataría a mi hija si no le decía dónde se hallaba usted. No me quedó más remedio que mencionar el túnel. —Me aparté, horrorizada—. Eve, no sabe cuánto lo siento. —Intentó acariciarme la cara—. Tuve que hacerlo, en ningún momento pretendí…

—No siga —la interrumpí—. Haga el favor de retirarse.

Beatrice se me aproximó de nuevo y apoyó su mano en mi brazo, pero me aparté. Aunque fui consciente de que no tenía la culpa, tampoco quise el consuelo de una persona que había tenido que ver con la muerte de Caleb. Me giré hacia la ventana mientras escuchaba sus ahogados sollozos, hasta que el silencio se impuso. Al fin oí cómo cerraba la puerta. Cuando tuve la certeza de que ya no estaba, di media vuelta y me dispuse a examinar los papeles arrugados y desperdigados por el suelo.

Cogí el que estaba encima del todo, y esa letra tan conocida me tranquilizó. Era el mismo papel amarilleado que llevaba conmigo desde los tiempos del colegio. La vieja carta, la que había leído un millar de veces, estaba en una mochila, cerca de la ruta ochenta, a las puertas del tan cacareado almacén. No volvería a verla nunca más.

Los bordes del papel estaban desgastados. En la parte delantera, con letras irregulares, habían escrito: «Para el día de la boda». Me senté en la cama, apreté la hoja con los dedos e intenté estirar la gruesa arruga que el rey le había hecho al estrujarla.

Mi dulce niña:

Es imposible saber cuándo y cómo leerás esta misiva, dónde estarás y qué edad tendrás. En los últimos días he imaginado muchas veces la situación. El mundo es como siempre lo ha sido. A veces las puertas de la iglesia dan a una calle bulliciosa; sales del templo acompañada del hombre que acaba de convertirse en tu marido, y alguien te ayuda a montar en el coche que te espera. En otras ocasiones, solo estáis tú, él y un puñado de amigos; casi veo las copas que alzan en tu honor. Cierta vez imaginé que no había boda, ceremonia ni gran vestido blanco…, nada tradicional, sino

233

que estabais tú y él, tumbados una noche uno junto al otro, y decidíais que con eso bastaba; decidíais que a partir de ese momento estaríais siempre juntos.

Sean cuales sean las circunstancias y dondequiera que estés, sé que eres feliz. Albergo la esperanza de que se trate de una felicidad inmensa e ilimitada que se abra paso hasta el último recoveco de tu vida. Debes saber que ahora estoy contigo…, como siempre lo he estado.

Te quiero, te quiero y te quiero,

MAMÁ

Doblé la carta y la puse sobre mi regazo. Me quedé inmóvil; la cara se me había abotargado. Seguí sentada en la cama, hasta que oí la voz del monarca, que me sobresaltó como si me hubiese arrancado del sueño:

—Genevieve, ha llegado la hora.

Cuarenta y tres

$\mathcal{M}$e situé en la entrada de la catedral del Palace. El rey, que había adoptado una sonrisa sobrecogedora, se hallaba a mi lado. Me ofreció el brazo, y cuando sonaron los primeros compases de música, apoyé la mano en él y di el primer paso hacia el altar, donde Charles me aguardaba con la alianza matrimonial a punto. Por fortuna, el velo de gasa me protegía del millar de ojos que estaban pendientes de mí.

El cuarteto de cuerda tocó una nota prolongada y triste mientras yo daba un paso y luego otro. La tribuna estaba atestada de personas que lucían sus mejores galas, rebuscados tocados y joyas, pero sus hipócritas actitudes me resultaron insoportables. Clara y Rose, que se habían peinado a base de rizos muy ostentosos y engominados, se hallaban junto al pasillo. Clara estaba más blanca que el papel; me ignoró cuando pasé por su lado, ya que se dedicaba a enrollar el cinturón de raso entre los dedos, apretándolo con tanta fuerza que la sangre no le circulaba por las manos. Busqué a Moss entre los asistentes y, por fin, lo divisé en el centro de la primera fila. Nuestras miradas se cruzaron un segundo, pero enseguida desvió la vista hacia otro lado.

Era una prisionera, y volví a experimentar una pavorosa sensación de sofoco. Cerré los ojos unos segundos y recuperé la voz de Caleb, así como el olor a humo, tan real como lo había sido anteriormente. En esos momentos ya deberíamos haber salido del túnel y atravesado el barrio abandonado, llevando las mochilas llenas de provisiones. Di otro paso..., y otro más..., y cuanto tendría que haber ocurrido se me representó sucesivamente: tendríamos que haber estado a punto de dejar la ciudad; de alejarnos de la muralla, de los soldados y del Palace, desplazándonos hacia el este a medida que el sol realizaba su lento recorrido por el cielo y, por fin, nos calentaba por la espalda... Tendríamos que haber llegado a la primera parada de la ruta.

Tendríamos que haber estado juntos..., pero yo me hallaba en la catedral, más sola que nunca, pesándome una barbaridad la tiara de diamantes en la cabeza. El rey hizo un alto al llegar al altar y, levantándome el velo unos segundos, me observó con fijeza sin dejar de interpretar el papel de afectuoso padre. Los fotógrafos no cesaron de disparar las cámaras, inmortalizándonos para siempre en ese espantoso lugar. Me besó ligeramente en la mejilla y dejó caer el velo para que volviese a cubrirme el rostro.

Por fin se retiró. Ascendí los tres escalones de poca altura y ocupé mi sitio junto a Charles. La música dejó de sonar, y los presentes guardaron silencio. Me centré en mi propia respiración, el único acto que me permitió saber que todavía seguía viva. Calmé mis angustias, recordando las palabras de Moss.

La ceremonia estaba a punto de comenzar.

Agradecimientos

*U*n gran abrazo y mi agradecimiento a quienes han posibilitado la existencia de esta trilogía: al chistoso Josh Bank por ser habitualmente maravilloso; a Sara Shandler por sus espontáneos correos electrónicos de «I love Eve», tan enrollados que me entran ganas de bailar. A Joelle Hobeika, extraordinaria editora, por charlar con el mismo entusiasmo tanto del desarrollo de los personajes como de la telerrealidad. A Farrin Jacobs por sus notas «ajá». Y también a Sarah Landis, el «tercer ojo» que todo lo sabe, por ver aquello que se nos había escapado (e incluso más cosas).

A las lúcidas mujeres que auspician estos libros como si fueran propios: a Marisa Russell, por las visitas a los blogs, los *retweets* y las firmas de libros; a Deb Shapiro por ser la primera en querer saberlo todo sobre Eve; a Kate Lee, mi mejor amiga en Twitter, por su buen hacer y su asesoramiento, y a Kristin Marang, por el tiempo y el cariño dedicados a los aspectos digitales, ya que aquella «conversación» de dos horas fue realmente mágica.

Todo mi afecto y mil gracias a mis amigos de tantas ciudades, amigos que me lo ofrecieron todo y más, desde *flash mobs* hasta cócteles, para celebrar la publicación de la trilogía. Deseo manifestar mi especial agradecimiento a quienes me mantuvieron a flote durante el proceso: a Helen Rubenstein y Aaron Kandell, que leyeron los primeros borradores de esta novela; a Ali y Ally (mis aliadas, como sus nombres indican), por su comprensión; a Anna Gilbert, Lanie Davis y Katie Sise, amigas a distancia, por manifestar sus opiniones; a Lauren Morphew, lo mismo digo…, y a T.W.F., por hacerme sentir como en casa en Los Ángeles.

Como siempre, una gratitud infinita a mi hermano Kevin y a mis padres, Tom y Elaine, por ser los primeros en quererme y por ser quienes más me quieren.

Este libro utiliza el tipo Aldus, que toma su nombre
del vanguardista impresor del Renacimiento
italiano Aldus Manutius. Hermann Zapf
diseñó el tipo Aldus para la imprenta
Stempel en 1954, como una réplica
más ligera y elegante del
popular tipo
Palatino

* * *
* *
*

Una vez
se acabó de imprimir
en un día de invierno de 2013,
en los talleres gráficos de Liberdúplex, s.l.u.
Crta. BV-2249, km 7,4, Pol. Ind. Torrentfondo
Sant Llorenç d'Hortons
(Barcelona)

* * *
* *
*